Le Club des Baby-Sitters

Le Club des Baby-Sitters

Nos passions et nos rêves

Ann M. Martin

Traduit de l'anglais
par Katine Jovelin et Florence Meyeres

Illustrations d'Émile Bravo

GALLIMARD JEUNESSE

La lettre de KRISTY

Présidente du Club des Baby-Sitters

Le Club des Baby-Sitters, c'est une histoire
de famille. On se sent tellement proches
l'une de l'autre... comme si on était sœurs.
Dans ce livre, nous allons vous faire
partager nos passions et nos rêves,
mais avant de commencer, nous allons tout
d'abord nous présenter. Même si nous sommes
tout le temps ensemble et que nous nous
ressemblons beaucoup, nous avons chacune
notre personnalité et nos goûts, dans lesquels
vous allez peut-être d'ailleurs vous retrouver.
Alors pour mieux faire connaissance,
lisez attentivement les petits portraits
que nous vous avons préparés.
Je vous souhaite de vous amuser
autant que nous...

Bonne lecture à toutes !

Kristy

Comme promis, voici le portrait
des sept membres du

Club
des Baby-Sitters...

NOM : Kristy Parker, présidente du club
AGE : 13 ans – en 4e
SA TENUE PRÉFÉRÉE : jean, baskets et casquette.
ELLE EST... fonceuse, énergique, déterminée.
ELLE DIT TOUJOURS : « J'ai une idée géniale... »
ELLE ADORE... le sport, surtout le base-ball.

NOM : Mary Anne Cook,
secrétaire du club
AGE : 13 ans – en 4^{e}
SA TENUE PRÉFÉRÉE :
toujours très classique,
mais elle fait des efforts !
ELLE EST... timide,
très attentive aux autres
et un peu trop sensible.
ELLE DIT TOUJOURS :
« Je crois que je vais pleurer. »
ELLE ADORE... son chat,
Tigrou, et son petit ami, Logan.

NOM : Lucy MacDouglas,
trésorière du club
AGE : 13 ans – cn 4^{e}
SA TENUE PRÉFÉRÉE : tout,
du moment que c'est à la mode...
ELLE EST... new-yorkaise
jusqu'au bout des ongles,
parfois même un peu snob !
ELLE DIT TOUJOURS :
« J'❤ New York. »
ELLE ADORE... la mode,
la mode, la mode !

NOM : Carla Schafer, suppléante
AGE : 13 ans – en 4e
SA TENUE PRÉFÉRÉE :
un maillot de bain pour bronzer sur les plages de Californie.
ELLE EST... végétarienne, cool et vraiment très jolie.
ELLE DIT TOUJOURS :
« Chacun fait ce qu'il lui plaît. »
ELLE ADORE... le soleil, le sable et la mer.

NOM : Claudia Koshi, vice-présidente du club
AGE : 13 ans – en 4e
SA TENUE PRÉFÉRÉE :
artiste, elle crée ses propres vêtements et bijoux.
ELLE EST... créative, inventive, pleine de bonnes idées.
ELLE DIT TOUJOURS :
« Où sont cachés mes bonbons ? »
ELLE ADORE... le dessin, la peinture, la sculpture (et elle déteste l'école).

NOM : Jessica Ramsey,
membre junior du club
AGE : 11 ans – en 6e
SA TENUE PRÉFÉRÉE :
collants, justaucorps
et chaussons de danse.
ELLE EST... sérieuse,
persévérante et fidèle en amitié.
ELLE DIT TOUJOURS :
« J'irai jusqu'au bout de mon
rêve. »
ELLE ADORE... la danse
classique et son petit frère,
P'tit Bout.

NOM : Mallory Pike,
membre junior du club
AGE : 11 ans – en 6e
SA TENUE PRÉFÉRÉE : aucune
pour l'instant, elle rêve juste
de se débarrasser de ses lunettes
et de son appareil dentaire.
ELLE EST... dynamique et très
organisée. Normal quand on a sept
frères et sœurs !
ELLE DIT TOUJOURS : « Vous
allez ranger votre chambre ! »
ELLE ADORE... lire, écrire. Elle
voudrait même devenir écrivain.

SOMMAIRE

LE CLUB DES BABY-SITTERS

Le rêve de JESSICA

L'auteur tient à remercier chaleureusement
Ellen Miles pour son aide

1

– Et maintenant, mesdemoiselles, si vous le voulez bien : pas de bourrée couru, en cinquième, avec port de bras suivi d'une arabesque... Allez-y.

Mme Noelle a donné un coup de baguette par terre pour ponctuer sa phrase.

Un inconnu qui aurait atterri là aurait pu penser qu'il était dans un monde étrange et, dans un certain sens, il aurait eu raison ; car un cours de danse est en effet un monde étrange, où le mouvement est tout, où les mots ne font que diriger les corps.

Pas de bourrée couru ? En cinquième ? Port de bras ? Arabesque ?

Un code secret ? Non, c'était juste les pas de danse que Mme Noelle, notre professeur, nous demandait d'exécuter.

J'ignorais tout cela quand j'ai commencé mais ces mots

me sont devenus familiers, comme beaucoup d'autres, car je fais de la danse depuis l'âge de quatre ans. J'ai onze ans maintenant, alors, vous voyez, ça fait déjà un bout de temps.

– Jessica Romsey, à votre tour, s'il vous plaît.

Jessica Romsey, c'est moi. Sauf que la plupart des gens m'appellent Jessi. Quant à mon nom de famille, c'est Ramsey et non Romsey. C'est juste l'accent de Mme Noelle qui rend tous les mots, comment dirais-je…, plus romantiques.

J'ai fermé les yeux une ou deux secondes pour me concentrer sur ce que j'avais à faire. Je voulais que ce soit le meilleur pas de bourrée que j'aie jamais exécuté. Pourquoi ? Parce que je jouais ma dernière carte pour l'audition du spectacle organisé par l'école de danse. On allait monter *La Belle au bois dormant*. Et j'auditionnais pour le rôle principal !

J'ai inspiré profondément, puis j'ai laissé l'air ressortir doucement avant de me mettre sur les pointes. Et je me suis mise à danser. J'étais si concentrée que je sentais à peine le regard de Mme Noelle, mais je savais qu'elle scrutait chaque muscle de mon corps pour s'assurer que je maîtrisais parfaitement ce que je faisais.

D'ordinaire, lorsque j'exécutais mon pas de bourrée devant elle, elle faisait des commentaires du genre : « Plus long le cou, mademoiselle Romsey, plus long », ou alors : « Plus fermes, les gevilles. » (Au cas où vous ne l'auriez pas compris, ça veut dire « chevilles ».)

Mais là, on n'était pas en cours. Il s'agissait d'une audition. Et je devais me débrouiller toute seule.

Après le pas de bourrée, j'ai terminé mon arabesque

gracieusement – en tout cas c'est ce que j'espérais –, puis j'ai quitté la scène en faisant claquer le bout de mes pointes.

J'ai observé toutes celles qui sont passées après moi. Il y a beaucoup de bonnes danseuses dans mon cours, ce qui n'est pas très étonnant puisqu'il s'agit du cours le plus avancé. Prenez Mary Bramstedt, par exemple. Elle était justement en train d'exécuter à la perfection son pas de bourrée sur scène. D'ailleurs, elle est toujours parfaite. Mais il me semble, même si je garde ça pour moi, qu'il manque quelque chose quand elle danse, quelque chose comme… oui, comme la passion. On dirait un peu un robot.

Je ne pense pas que, moi, on puisse me prendre pour un robot, et pas seulement parce que je suis encore loin de la perfection ! Car, pour autant que je sache, les robots noirs ne sont pas vraiment chose courante. En fait, il y en a peut-être encore moins que de ballerines de couleur. Oui, il y en a quelques-unes aujourd'hui, alors qu'il y a seulement vingt ans, c'était impensable. Et quelqu'un comme moi, avec la peau couleur chocolat et les yeux d'un noir de charbon n'aurait jamais pu être engagé dans une compagnie de danse. Alors qu'aujourd'hui, je peux me laisser aller à rêver, et j'en suis heureuse, car j'adore, mais vraiment plus que tout, j'adore danser.

Et Carrie Steinfeld aussi, d'ailleurs. C'était évident dans sa manière d'exécuter son pas de bourrée. C'est une très bonne danseuse, parmi les meilleures du cours. C'est aussi l'une des plus anciennes et elle finira ses classes bientôt. Aujourd'hui, c'est peut-être le dernier espoir qu'elle ait d'obtenir un grand rôle dans un spectacle. Sans un grand rôle comme celui d'Aurore dans *La Belle au bois dormant*, Carrie aura peut-être des difficultés pour entrer dans une autre école. Et elle n'aura aucune chance d'être retenue par une compagnie. Il faut dire que la danse est un monde dans lequel il y a beaucoup de compétition.

– Très joolii, mademoiselle Steinfeld, a dit Mme Noelle.

Je me suis mordu la lèvre : elle n'avait fait aucun commentaire lorsque moi, j'avais terminé mon enchaînement. J'ai essayé de ne pas y accorder trop d'importance. Après tout, ça ne voulait peut-être rien dire.

Quand mes parents sont venus s'installer à Stonebrook dans le Connecticut, je suis entrée à l'école de danse de Mme Noelle, et elle m'impressionnait beaucoup. C'était il n'y a pas si longtemps que ça, lorsque mon père avait été envoyé à Stamford pour y travailler dans une filiale de son entreprise. Nous avons tous eu du mal à nous habituer à notre nouvelle vie.

C'était dur, bien sûr, de quitter ses amis et une partie de sa famille pour venir habiter dans une ville inconnue, mais il y avait aussi d'autres raisons qui rendaient ce déménagement difficile. Là où nous habitions avant, dans le New Jersey, les Blancs et les Noirs vivaient ensemble, sans problème, et fréquentaient les mêmes écoles. Mais ici, à Stonebrook, c'était différent. Ici, il y avait peu de familles noires. Les gens n'avaient pas l'habitude et lorsque nous sommes arrivés, l'accueil a été plus que froid – glacial, même.

Mais peu à peu, nous avons appris à nous connaître et nous nous sommes faits à notre nouvelle vie. Je dois dire que ma famille est plutôt heureuse ici. Quant à moi, mon arrivée a surtout été marquée par mon entrée dans cette école de danse. L'école ne se trouve pas à Stonebrook même, mais à Stamford, là où mon père travaille. C'est l'une des meilleures écoles de la côte Est, si l'on ne tient pas compte des très grandes écoles de New York. Et Mme Noelle est un professeur reconnu dans le monde de la danse. Elle m'impressionne toujours beaucoup même si c'est un peu moins qu'avant.

J'ai levé les yeux et j'ai vu Katie qui venait de finir son audition. Elle semblait plutôt contente d'elle, comme d'habitude. Elle faisait partie des chouchoutes de Mme Noelle depuis son arrivée dans la classe, parce que c'était la plus jeune. Maintenant que je suis là, ce n'est plus le cas (elle, elle a douze ans), mais c'est quand même la préférée.

– Beau travail, Katie, lui ai-je lancé à sa sortie de scène.

Elle a répondu « merci », mais elle n'avait pas l'air convaincue. Elle devait se demander si j'étais sincère.

Katie et moi, nous n'avons pas toujours été de bonnes amies, on pourrait même dire que, à certains moments, nous nous sommes détestées. Mais les choses se sont arrangées ces derniers temps. Il faut tout de même avouer que l'atmosphère qui règne dans les auditions n'est jamais des plus amicales !

Debout près de moi, Katie a tiré sur l'élastique de son justaucorps tout en regardant les autres auditionner.

– Ah, je déteste ce machin-là, j'aimerais qu'on soit libre de choisir sa tenue.

Nous étions toutes habillées de manière identique : un justaucorps noir et des collants roses. Ça me rappelle un peu l'uniforme que je porte à l'école. J'imagine que, si l'on était autorisée à s'habiller comme on le voulait, il y aurait tellement de couleurs criardes qu'on pourrait se croire dans un cirque ! Moi, ça m'est égal de devoir porter la même tenue pour chaque cours. Même, je trouve ça plutôt pas mal de ne pas avoir à me poser de questions quand je prépare mon sac.

Et ce n'est pas comme si l'on ne pouvait pas laisser notre personnalité s'exprimer. On peut se faire la coiffure que l'on veut, la seule restriction étant que « le visache soit dégaagé », comme le dit si bien Mme Noelle. Pour ma part, je me fais une natte ou je les coiffe en chignon. Carrie, elle, se fait souvent une queue-de-cheval sur le côté. Quant à Hilary..., c'est une autre histoire.

Hilary Morgan a toujours ce qu'il y a de mieux : un justaucorps neuf toutes les trois semaines, de nouveaux chaussons dès qu'elle en a envie... (Nous, on fait durer les nôtres le plus longtemps possible, car les pointes coûtent très cher.)

Et elle ne se coiffe pas toute seule : elle se « fait » faire une natte extrêmement compliquée et recherchée.

Non pas que les parents d'Hilary soient milliardaires (même s'ils ne sont pas pauvres non plus), mais c'est que, pour la mère d'Hilary, la carrière de danseuse de sa fille est une priorité absolue !

Mme Morgan était une danseuse professionnelle avant d'abandonner sa carrière pour fonder une famille. D'après ce que j'ai entendu dans les vestiaires, c'est l'une des pires mères que l'école ait connue. Elle est toujours derrière Hilary, je le sais car je l'ai vue faire. Quelquefois, elle reste assise à regarder le cours pendant deux heures !

Par chance, elle n'était pas là ce jour-là, il ne fallait pas qu'on soit dérangées. D'ailleurs, je ne crois pas que Mme Noelle aurait toléré la présence de visiteurs un jour d'audition.

Soudain, je me suis rendu compte que les dernières danseuses étaient passées. Les auditions étaient terminées. Mme Noelle nous a toutes fait remonter sur scène. Elle nous a observées l'une après l'autre sans dire un mot, puis elle a souri :

– Toutes mes petites demoiselles ont bien travaillé aujourd'hui, mais seulement une seule sera la princesse Aurooore.

Elle a tapé trois fois dans ses mains.

– Allez vous rhabiller et revenez ici. Je vous ferai part aloors de ma décision.

On a couru dans les vestiaires et c'était à qui serait rhabillée la première. On parlait toutes en même temps, on voulait toutes savoir ce que les autres pensaient de notre audition.

– Tu as remarqué comme j'ai tremblé en faisant mon arabesque ? m'a demandé Lisa en enfilant un sweat-shirt beaucoup trop grand pour elle.

J'aime bien Lisa, mais de temps en temps, elle est vraiment trop anxieuse.

J'ai secoué la tête :

– Non, désolée, je n'ai pas vraiment fait attention, j'avais un peu la tête ailleurs.

C'est vraiment l'impression que j'avais : je m'étais tellement concentrée que c'était un peu comme si je m'étais retrouvée sur une autre planète.

– J'ai cru que j'allais mourir quand il a fallu faire le pas de bourrée sur cette scène immense. Ce n'est pas juste, la scène est tellement plus grande que notre studio de danse ! a dit Hilary.

– Bien sûr que c'est juste, a protesté Carrie, on a toutes dû faire la même chose sur la même scène, pas vrai ?

– Oui, peut-être..., a répondu Hilary, mais elle ne semblait pas convaincue.

J'ai jeté mon justaucorps et mes collants dans mon sac et ensuite, j'ai soigneusement enroulé les rubans de mes chaussons avant de les ranger sur le dessus. Il faut prendre grand soin de ses chaussons si on veut qu'ils durent longtemps.

– J'espère que Mme Noelle aura remarqué que j'ai amélioré mes ports de bras, a ajouté Carrie.

Elle a rangé ses chaussons dans son sac, puis elle s'est levée et a quitté le vestiaire.

– En fait, elle ferait mieux d'espérer que la prof n'ait pas remarqué qu'elle est un peu trop vieille ! a fait Hilary en éclatant de rire.

Trop vieille ? C'est vrai qu'elle est parmi les plus âgées du cours, mais elle n'a que quelques années de plus que moi ! Pour vous, le monde de la danse est peut-être un monde de grâce et de douceur, mais c'est loin d'être le cas. C'est aussi dur et la compétition y est aussi forte que dans le sport. J'aurais pu défendre Carrie, mais je me suis abstenue. Je déteste prendre parti dans ces commérages de vestiaires.

Hilary s'est regardée dans le miroir en caressant sa natte parfaite.

– Je suis impatiente d'incarner la princesse Aurore sur scène, quel rôle fantastique !

Puis elle a tourné les talons et a quitté la pièce.

– Croisons les doigts pour qu'elle n'obtienne pas le rôle, ou bien nous devrons supporter Mme Morgan pendant toutes les répétitions ! a lancé Katie.

J'ai hoché la tête sans rien dire. Les critiques allaient bon train aujourd'hui, c'était sûrement à cause de l'audition.

En sortant des vestiaires, nous nous sommes assises en demi-cercle par terre, face à Mme Noelle. Elle nous regardait du haut de sa chaise, l'air grave.

– *La Belle au bois dormant* est l'un des plus peaux ballets qui existent, c'est un immeeense privilège que de le danzer, quel que soit le rôôle qui vous est attribué.

Oui, d'accord, mais aucune d'entre nous ne voulait un « petit rôle », nous voulions toutes le rôle principal.

– Pour commencer, a repris Mme Noelle, le rôle de la fée des Lilas sera tenu par Lisa Jones.

Le visage de Lisa s'est éclairé. Je ne pense pas qu'elle espérait franchement obtenir le premier rôle et elle semblait ravie.

– Enzuite, l'Oiseau du bonheur...

D'habitude, ce rôle revient à un homme, mais il semblait bien qu'il allait revenir à une fille de notre cours.

– ... sera dansé par Carrie Steinfeld.

Carrie a poussé un soupir puis s'est pincé les lèvres avant d'esquisser un sourire :

– Merci beaucoup, Mme Noelle, je sais que le pas de deux des oiseaux bleus est un passage très connu. Je ferai de mon mieux.

Je dois bien admettre que Carrie se montrait bonne joueuse.

– Et maindenant l'annonce que fous attendez toutes...

Elle s'est arrêtée quelques instants avant de reprendre :

– Il n'y a qu'une danseuse dans cette classe qui ait le talent et le « je-ne-sais-quoi » indispensables à l'inderprédation d'un tel rôôle...

Que voulait-elle dire avec son « je-ne-sais-quoi » ?

– J'ai nommé mademoiselle Romsey.

J'étais toujours à m'interroger sur la signification de ce « je-ne-sais-quoi » et je n'ai même pas entendu mon nom. Lisa m'a posé la main sur l'épaule.

– Bravo, Jessi, cette fois encore tu as réussi.

Elle avait l'air sincère.

– Félicitations, a ajouté Katie sur un ton un peu forcé.

Je lui ai répondu par un petit sourire : je n'avais pas encore vraiment compris que j'avais obtenu le rôle, de nouveau un rôle majeur dans un spectacle ! J'avais adoré danser *Le Lac des cygnes*, et tenir le rôle de Swanilda dans *Coppélia*, mais Aurore ! Une telle chance, ça n'arrivait qu'une fois dans une vie !

Quand j'ai fini par retrouver mes esprits, j'étais seule dans la pièce – avec Mme Noelle. Elle me souriait gentiment.

– Félicitations, Jessica, tu as vraiment mérité le rôôle.

– Merci infiniment, madame, ai-je répondu en rougissant. Mais il y a une chose que je voudrais bien savoir, que vouliez-vous dire en parlant de ce « je-ne-sais-quoi » ?

– Cela veut dire quelque chose d'indéfinissable, mais d'indispensable. Et vous, mademoiselle, vous l'avez en vous.

J'ai piqué un autre fard ; puis je l'ai remerciée encore une fois avant de sortir pour attendre qu'on vienne me chercher.

La mère d'Hilary est arrivée en voiture au moment même où je descendais les marches. Hilary s'est dirigée vers la voiture et on aurait dit qu'elle allait à un enterrement.

– Alors, tu as eu le rôle ? a rugi Mme Morgan.

Hilary a secoué la tête. J'ai vu le visage de Mme Morgan se fermer et je l'ai entendue qui se mettait à sermonner sa fille :

– Je t'avais pourtant prévenue...

Je me suis retournée : je ne pouvais en supporter davantage. Une partie de moi en venait même à souhaiter qu'Hilary ait obtenu le rôle. La pauvre ! Mais, je dois bien l'avouer, j'étais tellement heureuse que je l'ai vite oubliée.

J'ai répété plusieurs fois ce doux nom : « Princesse Aurore, princesse Aurore... »

2

Après le départ d'Hilary, je me suis assise en attendant que mon père vienne me prendre. J'étais encore abasourdie par la bonne nouvelle, mais j'ai décidé de n'en rien laisser paraître, du moins au début.

Mon père n'a pas tardé. J'ai ouvert la portière et je me suis glissée dans la voiture en jetant mon sac sur la banquette arrière.

– Bonsoir, ma petite chérie, a-t-il fait en m'embrassant.

Il a démarré et je l'ai vu qui m'observait du coin de l'œil tout en conduisant. Il ne voulait surtout pas me bousculer, mais il était évident qu'il mourait d'envie de savoir comment ça s'était passé.

– Alors, ça a été ?

– Oui, plutôt bien, ça a été.

Les mots me brûlaient les lèvres, mais je voulais le laisser attendre encore un peu. Mais on n'avait pas parcouru cent mètres que j'ai éclaté :

– Papa, j'ai réussi, j'ai le rôle !

Il a tourné la tête vers moi, avec un grand sourire.

– Génial, je savais que tu y arriverais !

Il avait levé un bras en l'air tout en disant cela et un coup de klaxon l'a rappelé à l'ordre : il a redressé le volant.

– Je veux tout savoir, mais attends qu'on soit arrivés à la maison, comme ça, tu n'auras pas à répéter ton histoire des millions de fois.

Ensuite, il s'est garé le long du trottoir et il a éteint le moteur.

– Attends-moi là, je vais acheter une glace : il faut qu'on fête ça !

A l'instant même où nous arrivions à la maison, Becca s'est ruée sur nous.

– Alors, tu as le rôle ? a-t-elle demandé, tout excitée.

Maman la suivait, avec P'tit Bout dans les bras. Tante Cecilia était restée dans l'entrée, un torchon à la main.

Becca, c'est ma petite sœur. Elle a huit ans et demi et elle est vraiment super, même si de temps en temps, j'ai envie de la jeter par la fenêtre ! Mais elle est très intelligente et elle a beaucoup d'imagination. Becca adore venir me voir danser. En fait, je crois bien qu'elle aussi aimerait monter sur scène, mais elle a un trac fou.

P'tit Bout me dévisageait en faisant « bah bah », un grand sourire aux lèvres. C'est encore un bébé, et P'tit Bout n'est que son surnom. Son vrai nom c'est John Philip Ramsey, mais P'tit Bout lui va beaucoup mieux. Ce sont les infirmières de la maternité qui l'ont surnommé ainsi car il était tout petit quand il est né, deux kilos cinq, à peine ! Aujourd'hui, il ressemble plus à une grosse limace, une limace qui se dandinait dans tous les sens pour échapper aux bras de maman.

– Je vais le prendre, maman. Viens là, ma grosse limace.

Je l'ai pris dans mes bras et je l'ai bercé doucement :

– Alors, ça fait quelle impression d'être dans les bras d'une princesse ?

Maman n'en revenait pas :

– C'est vrai ? Tu as eu le rôle ?

– Ouais, c'est moi, la princesse Aurore. A votre service.

Becca a sauté de joie et elle s'est pendue à mon cou pour m'embrasser.

– C'est bon, Becca. Laisse la princesse tranquille. Qu'elle puisse venir se mettre à table.

Tante Cecilia essaie toujours de mettre un frein à nos crises d'excitation. C'est la sœur aînée de papa. Elle s'est installée chez nous il y a peu de temps, quand maman a décidé de retourner travailler. Il fallait quelqu'un pour s'occuper de P'tit Bout.

Au début, on a bien cru que papa et maman avaient fait une grosse erreur en la faisant venir chez nous.

Becca et moi, on la trouvait trop stricte et trop sévère. Elle nous traitait comme des bébés ! Mais petit à petit, elle a appris à nous faire confiance, et nous, on a appris à l'apprécier. Maintenant, on est bien contentes qu'elle soit chez nous.

Pendant le dîner, j'ai raconté l'audition en détail et, pendant qu'on mangeait la glace (j'en ai pris un petit morceau, même si, avec le spectacle qui arrivait, je devais faire attention à ma ligne), je leur ai tout dit sur *La Belle au bois dormant.*

– Vous connaissez tous cette histoire, c'est exactement comme dans le conte de fées. Ça commence le jour du baptême de la princesse Aurore. Les fées viennent offrir leurs présents tout en dansant de magnifiques variations.

– Et puis la méchante fée arrive ? a demandé Becca.

– C'est ça. Ce qui est amusant, c'est que ce rôle est souvent dansé par un homme qui porte une perruque. Donc la méchante fée arrive et jette un mauvais sort sur le bébé : elle prédit qu'elle se piquera le doigt et mourra le jour de son seizième anniversaire. Mais une bonne fée intervient : elle ne peut pas annuler la malédiction, mais elle fait en sorte qu'au lieu de mourir, la princesse dorme pendant cent ans.

– Et qu'est-ce qui arrive ensuite ? a demandé papa.

Il faut croire qu'il ne connaît pas les contes de fées aussi bien que nous.

– Eh bien, dans l'acte suivant, je monte sur scène. C'est le jour de mes seize ans, et il y a une grande fête. Quatre princes se présentent et m'offrent des roses, et c'est là que je danse l'Adage à la rose. C'est un morceau très dur. Puis la méchante fée se glisse dans le château et s'arrange pour que je me pique le doigt et que je m'endorme pour cent ans.

J'ai repris mon souffle et j'ai poursuivi :

– Cent ans plus tard, il y a un prince qui part à ma recherche. Je lui apparais, comme dans un rêve, et nous dansons ensemble. Puis il reprend ses recherches et, quand il me retrouve, il me donne un baiser et...

– Beurk, a fait Becca. Il faut vraiment que tu embrasses

un garçon ? Je préférerais mille fois embrasser Brume ! (C'est notre hamster.)

J'ai fait semblant de ne pas l'entendre.

– ... et alors je me réveille, et puis il y a le mariage et je danse avec plein de personnages de contes de fées, comme l'Oiseau du bonheur, par exemple. J'ignore si ça a vraiment un lien avec l'histoire mais, en tout cas, c'est une très belle danse. Et puis, tout à la fin, je danse encore une fois avec le prince.

Rien que de penser à tout ça, j'étais épuisée !

– A t'entendre, on dirait bien que c'est un magnifique ballet, a dit ma mère.

– Oh, oui. La musique aussi est magnifique. Elle est de Tchaïkovski. Il a aussi composé la musique du *Lac des cygnes.*

Après le repas, j'ai couru dans ma chambre (comme c'était un jour exceptionnel, je n'avais pas à débarrasser ni à faire la vaisselle) pour téléphoner à Mallory. J'étais impatiente de lui annoncer la bonne nouvelle. Et je savais qu'elle s'empresserait d'en informer toute notre bande.

Qui est Mallory ? Je devrais peut-être vous la présenter, comme toutes mes autres amies, d'ailleurs.

Mallory Pike est ma meilleure amie, et la plus ancienne aussi : je l'ai rencontrée quand je suis arrivée à Stonebrook. Elle est géniale, intelligente et pleine d'humour. Nous passons de bons moments ensemble. Toutes les deux, nous adorons les livres, particulièrement les livres sur les chevaux, comme *Mon amie Flicka*, et Mal aime aussi beaucoup écrire. Un jour, elle espère écrire et illustrer des livres pour enfants. Je trouve cette idée sensationnelle.

Ce que j'aime spécialement chez elle, c'est sa bonne humeur et son aplomb en toutes circonstances. Je crois que c'est parce qu'elle vient d'une famille nombreuse, et quand je dis nombreuse...

Mallory a onze ans, comme moi, mais elle a sept frères et sœurs ! Et parmi eux, il y a même des triplés ! Ils se nomment Adam, Jordan et Byron, et ils ont dix ans. Ensuite vient Vanessa, qui a neuf ans, et Nicky, qui a huit ans, puis Margot, qui elle, est âgée de sept ans. Claire est la petite dernière de la famille. Elle, elle a cinq ans. On ne s'ennuie jamais chez M. et Mme Pike ! En fait, je crois que, quelquefois, Mal envie ma vie de famille qui est – relativement – plus tranquille. Elle n'a pas beaucoup de temps à elle.

Même si elle est l'aînée, Mallory a l'impression que ses parents la considèrent encore comme un bébé. (Ça me rappelle quelque chose !) Elle a dû batailler ferme pour qu'ils l'autorisent à se percer les oreilles. Maintenant, elle voudrait bien porter des lentilles de contact, mais je crois que ce n'est pas pour demain. Avec ses cheveux roux, ses taches de rousseur, ses lunettes et son appareil dentaire, Mal ne ressemble pas vraiment à une poupée Barbie – même avec des boucles d'oreilles. Mais vous savez quoi ? Je suis persuadée qu'un jour, ce sera une fille magnifique. Il faut juste qu'elle soit un peu patiente. (Ça me va bien de dire ça !)

Quand je suis arrivée à Stonebrook, je me sentais très seule. J'étais loin de ma meilleure amie de l'époque, Keisha, qui, soit dit en passant, est aussi ma cousine, et je me demandais si je rencontrerais quelqu'un pour la remplacer. En fait, je me suis non seulement liée d'amitié avec Mallory, mais j'ai aussi rencontré tout un tas d'autres amies. Elles sont toutes très différentes les unes des autres, mais elles ont un point commun : elles adorent faire du baby-sitting, et moi aussi. C'est pour ça qu'elles ont créé le Club des Baby-Sitters, dont j'ai la chance de faire partie. Mallory et moi, nous sommes plus jeunes que les autres membres du club qui ont treize ans.

Kristy Parker est notre présidente. Elle est super. La première fois que je l'ai rencontrée, j'étais un peu intimidée. Elle est directe, quelquefois même un peu trop, et très dynamique. Mais je l'aime bien et je l'admire beaucoup. Elle a souvent de bonnes idées, et elle ne se contente pas de penser : elle agit aussi.

C'est assez compliqué de vous parler de la famille de Kristy, mais je vais quand même essayer. Pour commencer, ses parents ont divorcé il y a pas mal de temps. Son père a quitté la maison et a laissé sa mère seule pour s'occuper d'elle et de ses frères. (Elle a deux frères plus âgés, Charlie et Sam, et un autre plus jeune qu'elle, David Michael.) Et je trouve que Mme Parker s'en est bien sortie. Ensuite, elle a rencontré Jim Lelland, un millionnaire, un vrai. Ils sont tombés amoureux et se sont mariés. Kristy et sa famille sont parties s'installer à l'autre bout de la ville, dans la grande maison de Jim. Mais ils ne sont pas seuls, là-bas. Jim aussi a été marié une première fois et il a deux enfants : une petite fille de sept ans, Karen, et Andrew, un petit garçon de quatre ans. Ils viennent chez leur père un week-end sur deux et passent aussi deux semaines avec lui l'été. Karen et Andrew adorent Kristy, et c'est réciproque.

Vous pensez peut-être que c'est une famille suffisamment grande comme ça, eh bien non, pas du tout : la mère de Kristy et Jim ont décidé il y a peu de temps d'adopter Emily Michelle, une petite Vietnamienne de deux ans et demi. C'est un amour ! Et alors est arrivée Mamie, la grand-mère de Kristy, qui venait s'occuper d'Emily. Là, ça fait vraiment une grande famille. Et je ne vous ai pas encore parlé de Louisa et de Boo-Boo. Mais, pas d'inquiétude, ce ne sont pas des enfants. Louisa, c'est le chien, et Boo-Boo est le chat de la maison. Et il y a aussi des poissons rouges !

Et voilà, je vous ai tout dit sur Kristy. Ah non, je ne vous ai pas dit de quoi elle a l'air. Elle est plutôt petite, avec des cheveux châtains et des yeux marron. Elle fait un peu garçon manqué, enfin, elle se fiche pas mal des vêtements et du maquillage, et elle ne s'intéresse pas aux garçons.

Mary Anne Cook est la meilleure amie de Kristy. Je crois bien que ça a toujours été comme ça. Physiquement, elles se ressemblent beaucoup : mêmes cheveux et mêmes yeux. Mais Mary Anne attache un peu plus d'importance aux vêtements. A part ça, elles sont vraiment très différentes. On dit que les extrêmes s'attirent, pas vrai ? Eh bien, c'est tout à fait Kristy et Mary Anne. Kristy est pleine d'assurance et a la langue bien pendue, tandis que Mary Anne est timide, calme et très raisonnable.

Je ne sais pas pourquoi elle est comme ça mais je me dis que ça vient de la façon dont elle a été élevée. Sa mère est morte quand elle était encore toute petite et c'est donc son père qui s'est occupé d'elle. J'ai entendu dire qu'au début, il était très strict avec elle, mais ça va mieux maintenant. Il n'a même rien dit quand Mary Anne est sortie avec un garçon pendant quelque temps. (C'est la seule de notre club qui ait eu un petit ami.) Une chance que M. Cook ait apprécié Logan. (Je parle de Logan Rinaldi, l'ex de Mary Anne. Lui aussi est membre de notre club, mais je vous en parlerai plus tard.)

M. Cook a dû beaucoup changer quand il est de nouveau tombé amoureux et qu'il s'est remarié. Voilà un beau roman à l'eau de rose ! Un jour, il a rencontré par hasard une amie de lycée et il l'a invitée à sortir avec lui. Et le meilleur dans l'histoire, c'est que cette amie, c'était la mère de Carla Schafer ! Mais qui est Carla Schafer ?

Carla est elle aussi membre du club. C'est la sœur par alliance de Mary Anne et aussi sa meilleure amie ! (Et oui, Mary Anne a deux meilleures amies.)

La mère de Carla a grandi à Stonebrook, puis elle est partie en Californie. Là-bas, elle s'est mariée et a eu deux enfants : Carla et son jeune frère, David. Après son divorce, elle est revenue à Stonebrook, ce dont nous lui sommes toutes très reconnaissantes puisque c'est grâce à elle que nous avons Carla parmi nous. Le seul point noir, c'est que David regrettait la Californie et que son père lui manquait aussi beaucoup. Alors, il est retourné vivre là-bas. Maintenant, sa famille est divisée, mais Carla a bien pris la chose.

C'est vraiment une fille superbe, elle a de très longs cheveux blonds et elle s'habille d'une façon très originale. Elle porte merveilleusement bien des tenues décontractées dans des coloris incroyables. Elle est la seule de Stonebrook à s'habiller comme ça : on voit tout de suite qu'elle vient de Californie. Elle se démarque aussi des autres par d'autres côtés : par exemple, elle adore le soleil et la mer et les aliments bio. Les germes de soja sont aussi importants pour Carla que le chocolat pour Claudia !

Claudia Koshi est la vice-présidente du Club des Baby-Sitters. Elle, c'est la reine du grignotage ! Je n'ai jamais vu personne manger aussi mal qu'elle, mais malgré ça, elle reste mince et elle a une peau superbe. Je ne sais pas quel est son secret, mais elle arrive toujours à se mettre en valeur. Il faut dire qu'elle est très élégante. C'est aussi une grande artiste, et c'est peut-être pour ça qu'elle sait s'habiller.

Claudia a des origines japonaises : elle a de longs cheveux noirs et soyeux qu'elle coiffe de plein de manières différentes, et de magnifiques yeux en amande. Sa famille n'est pas très grande, elle n'a qu'une sœur, Jane, qui est un génie, un vrai. La grand-mère de Claudia, Mimi, vivait avec elles autrefois, mais elle est morte récemment. J'ai l'impression que Mimi manque beaucoup à Claudia, elles étaient très proches.

Contrairement à son génie de sœur, Claudia n'est pas très bonne élève. Elle n'est pas bête, loin de là, mais elle pense qu'il y a des choses bien plus intéressantes à faire que travailler à l'école, comme la peinture, la sculpture ou les collages. Elle aime aussi beaucoup lire des livres d'Agatha Christie tout en se gavant de chocolat. Mais ses parents n'apprécient pas trop et lui imposent des limites. C'est pour ça que, quand vous êtes dans la chambre de Claudia, il n'est pas rare de tomber sur un paquet de bonbons, des gâteaux ou un Snickers. Elle en cache partout ! Tout comme elle cache ses romans policiers.

Mais même si les parents de Claudia sont stricts sur certaines choses, dans l'ensemble, ils sont plutôt tolérants. Pour les vêtements, par exemple. Mallory et moi, on est toujours en train de se chamailler avec nos parents pour qu'ils nous laissent porter des minijupes ou de grands T-shirts sur des caleçons. Les parents de Claudia, eux, la laissent porter ce qu'elle veut. J'ai l'impression qu'ils considèrent ses tenues comme l'expression de son tempérament artiste. (Qu'est-ce que je l'envie !)

Lucy MacDouglas aussi s'habille super bien. En fait, je crois qu'elle et Claudia se sont tout de suite entendues. Et si Lucy a des tenues si sophistiquées, c'est, je crois, parce qu'elle vient de New York : la ville des plus grandes compagnies de danse, des meilleurs restaurants mais aussi des grands magasins...

Mais Lucy est attachée à Stonebrook. Elle est arrivée ici quand son père a été muté à Stamford, puis elle est retournée à New York quand son père a de nouveau dû retourner travailler là-bas. Tous les membres du club pensaient avoir perdu Lucy pour de bon. Et puis il y a eu une bonne et une mauvaise nouvelle : les parents de Lucy ont divorcé, ça, c'était la mauvaise nouvelle, mais Lucy et sa mère ont décidé de revenir vivre à Stonebrook. Voilà pour la bonne nouvelle !

Malheureusement, elles n'ont pas pu se réinstaller dans la maison qu'elles habitaient auparavant. Pourquoi ? Parce que, entre-temps, ma famille et moi, on y avait emménagé ! Elles ont quand même trouvé une jolie maison et bien sûr, Lucy fait de nouveau partie du club.

Lucy est très sympa. Elle a des cheveux blonds qu'elle

fait permanenter et, comme je l'ai déjà dit, elle égale Claudia au concours de « je suis la fille la plus à la mode et la mieux habillée du coin ».

Juste un petit hic : Lucy souffre de diabète, ce qui veut dire qu'elle doit faire attention, suivre un régime draconien et se faire elle-même, tous les jours, des piqûres d'insuline (moi, je ne pourrais jamais faire ça !). Mais elle ne se laisse pas aller à la déprime, elle est toujours de bonne humeur.

En parlant de bonne humeur, moi, j'étais vraiment aux anges ce soir-là. Quand on vient d'apprendre qu'on a été choisie pour danser un grand rôle, on se sent sur un petit nuage. Il faut en profiter avant les répétitions épuisantes. Dans le couloir, en me dirigeant vers ma chambre pour téléphoner à Mallory, je me suis vue dans le miroir, et j'ai souri à mon reflet en disant : « Salut, Aurore. Comment ça va ? »

3

– J'adore tes guêtres, a fait Carrie, elles sont neuves ?

Nous étions toutes en train de nous changer dans les vestiaires pour la première répétition de « La Belle au bois dormant ».

J'étais encore tout excitée à l'idée d'avoir été choisie pour le rôle de la princesse Aurore, mais j'étais bien décidée à n'en rien laisser paraître. La plupart des autres filles étaient sûrement heureuses pour moi, mais personne n'aime les danseuses qui jouent les stars.

– Oui, elles sont vraiment chouettes, ai-je ajouté. Tu les as achetées où ?

– Ma mère les a achetées chez Capezio. Elle me les a offertes hier soir. Elles sont couleur lilas, car je suis la fée des Lilas.

J'étais contente de voir que Lisa était heureuse d'avoir

obtenu ce rôle. Quelquefois, je me sens un peu coupable d'avoir été choisie pour danser le rôle principal. Parce que, si c'est moi qui le danse, ça veut dire que les autres ont été écartées. Vous comprenez ?

J'ai jeté mon sac par terre à côté de moi, et j'ai commencé à me déshabiller. Je suis toujours pressée quand je me change, mais c'est aussi l'impression que donnent les autres filles. On sait que Mme Noelle est là, à côté, dans le studio de danse et que le moindre retard la mettrait de très mauvaise humeur. Et ça, c'est un mauvais début...

Je me suis vite débarrassée de mes vêtements et j'ai rangé mon jean, mon sweat rouge tout neuf et mon T-shirt dans mon sac. Il vaut mieux ne pas laisser traîner ses vêtements sur les bancs du vestiaire, même une toute petite minute. On risque toujours de les mélanger avec ceux de sa voisine, et ça fait un vrai méli-mélo.

J'ai ensuite sorti mon justaucorps et mes collants. Je les ai enfilés en un clin d'œil (des années de pratique, je vous dis) et je m'apprêtais à emporter mes pointes avec moi : je pourrais toujours les mettre dans le studio tout en écoutant Mme Noelle nous parler du programme des répétitions. Mais elles n'étaient pas dans mon sac ! J'ai vérifié à nouveau : rien. Il y avait bien mon T-shirt, mais pas mes chaussons. Ça fait maintenant sept ans que je fais de la danse, et bien quatre ans que je prépare mon sac toute seule. Et jamais, jamais je n'ai oublié de prendre mes affaires. Il arrivait aux autres filles de danser les jambes nues quand elles oubliaient leurs collants, ou dans de vieux maillots de bain quand elles n'avaient pas leur justaucorps. Mais pas moi. Jamais. Je n'oublie pas mes affaires, ce n'est pas mon genre.

– Mesdemoiselles, va-t-on se déécider à venir donser aujourd'hui ? a crié Mme Noelle.

Elle a frappé dans ses mains, juste une fois, mais, dans le jargon de notre professeur, ça voulait dire : « Je n'attendrai pas une seconde de plus ».

J'ai retourné mon sac, complètement paniquée. Je me souvenais pourtant parfaitement d'avoir rangé mes pointes dans mon sac la veille au soir après les avoir suffisamment aérées.

J'ai regardé tout autour de moi dans le vestiaire. Oui, il y avait des tonnes de vêtements qui traînaient partout, des guêtres qui pendouillaient sur les bancs, des justaucorps pendus à des crochets par une manche, mais pas de chaussons en vue. Qu'est-ce que j'allais faire ?

Tout le monde se précipitait hors du vestiaire. Mary s'est arrêtée une seconde en passant devant moi.

– Quelque chose te tracasse, Jessi ? m'a-t-elle demandé.

Je lui ai dit que je ne trouvais plus mes pointes. Elle a écarquillé les yeux : elle savait que c'était très grave.

– J'aimerais bien t'en prêter, mais j'ai laissé ma paire de rechange à la maison.

– Ne t'en fais pas. De toute façon, je ne pourrais pas mettre les chaussons de quelqu'un d'autre.

Oui, car les pointes ne se prêtent pas. Chaque danseur les fait à son pied. Moi, à chaque fois que j'en ai une nouvelle paire, je commence par les casser en les tapant contre la rampe de l'escalier. Ensuite, il faut coudre les rubans pour les attacher et mettre du coton au bout. Évidemment, moi aussi j'avais des pointes de rechange. Mais devinez où elles étaient ? A la maison, bien sûr !

C'était vraiment la catastrophe !

J'étais toute seule dans les vestiaires. Je distinguais à peine la voix de Mme Noelle, au loin. Elle faisait l'appel. Dans quelques secondes, elle remarquerait mon absence. Il fallait que je rejoigne les autres pieds nus. J'ai pris une grande inspiration et j'y suis allée. En atteignant la porte, je me suis arrêtée et j'ai jeté un dernier regard autour de moi : pas de chaussons, nulle part. J'ai regardé mes pieds : comme ce qui allait suivre serait humiliant ! Et Mme Noelle n'allait pas apprécier du tout.

Au moins, mon entrée n'a pas été remarquée. Pieds nus, on fait beaucoup moins de bruit qu'avec des pointes qui font un tintouin du tonnerre. Mais, malgré ma discrétion, tous les yeux se sont tournés vers moi quand je suis apparue.

– Ah ! s'est exclamée Mme Noelle. La princesse Aurore daigne enfin se joindrre à nous.

D'un signe de la main, elle a désigné une place par terre :

– Si sa grrâândeur veut bien se donner la peine.

C'est alors qu'elle a remarqué mes pieds nus.

– Mais où sont vos chaussons, mademoiselle Romsey ? a-t-elle fait en haussant les sourcils.

J'avais tellement honte...

– Je n'en sais rien, ai-je fini par dire, je les ai mis dans mon sac hier soir, mais je ne les trouve plus.

J'avais des sueurs froides.

– Mais vous ne pouvez pas répéter sans pointes, et nous ne pouvons pas répéter sans vous... Il faut encorrre les chercher. Ils sont peut-être cachés sous les vêtements de vos camarrrades. Venez !

Elle a frappé dans ses mains et elle a fait signe au reste des filles de la suivre.

Je me suis sentie tellement ridicule dans les vestiaires avec tout le cours de danse derrière moi ! Arrivées là-bas, on a remué ciel et terre. Mme Noelle, postée près de la porte, nous observait. Elle avait un air bizarre, comme si elle flairait quelque chose de louche. D'ordinaire, elle ne mettait jamais les pieds dans les vestiaires et il était évident qu'elle n'appréciait guère d'être là.

– Qu'est-ce que c'est que ccceela ?

Elle montrait du doigt le blouson de Carrie qui était vert fluo, rose et jaune et qui avait été jeté négligemment en travers d'un lavabo.

– C'est mon blouson, a répondu Carrie.

– Je vois..., a fait Mme Noelle d'un ton réprobateur. Mesdemoiselles, si vous preniez un peu plus soin de vos affaires, un tel incident ne serait pas arrivé.

J'étais au bord des larmes. Non, vraiment, ce n'était pas juste. D'accord, il y avait des affaires qui traînaient partout, mais moi, je suis plutôt ordonnée. Je range toujours mes affaires dans mon sac. Et je suis toujours prête en temps et en heure. En tout cas, c'était vrai jusque-là...

J'ai jeté un regard aux autres filles du cours : elles avaient fini de passer en revue leurs affaires et avaient toutes les yeux tournés vers moi. J'ai de nouveau vérifié le contenu de mon sac, mais sans succès. Il n'y avait que mon T-shirt dedans. Et pour danser, il ne me servait pas à grand-chose.

Je me suis tournée vers Mme Noelle et j'ai dit, en haussant les épaules :

– Désolée, je ne les trouve pas.

Elle m'a jeté un regard qui signifiait clairement : « Jessica Romsey, vous me décevez beaucoup. »

Nous sommes toutes retournées à sa suite dans le studio et nous nous sommes mises à la barre pour nous échauffer. J'allais devoir faire mes exercices pieds nus. Mme Noelle a mis de la musique et nous a fait faire toute une série de pliés. Pour faire un plié, il faut se baisser en restant le plus droite possible et en pliant les genoux. Ces pliés étaient suivis de relevés, c'est-à-dire d'un équilibre sur pointes. Mme Noelle m'a regardée. Elle a secoué la tête, les lèvres pincées :

– Non, vraiment, c'est impossible, a-t-elle fait, si mademoiselle Romsey n'a pas ses pointes, je ne vois pas l'intérêt de répéter. Après tout, c'est elle la princesse Aurore, et on ne peut pratiquement rien faire sans sa participation.

Elle nous a tourné le dos et a arrêté la musique en disant :

– C'est fini pour aujourd'hui, la répétition est annulée.

J'étais consternée. C'était pire que ce que j'avais pu imaginer. Tout le monde râlait. Je savais ce qu'elles devaient ressentir : il n'y a rien de pire que de manquer une répétition. Ça fausse tout le programme. Et nous avions besoin de beaucoup d'entraînement. D'autant plus que nous n'avions que peu de temps d'ici à la représentation.

– On ne peut pas répéter quand même ? a insisté Lisa.

– Et si on regardait encore dans les vestiaires ? a ajouté Hilary. Si Jessi dit qu'elle a pris ses chaussons, ils doivent bien être quelque part.

L'idée ne semblait pas ravir Mme Noelle, mais elle a quand même accepté.

– Bon, vous regardez une dernièrrre fois. Mais aprrrès, la répétition est annulée pour de bon.

Ah, j'aurais tout donné pour qu'elle arrête de m'en vouloir.

Nous sommes retournées une fois de plus dans les vestiaires. Je fermais la marche – il faut dire que je n'étais pas trop enthousiaste à l'idée de chercher de nouveau pour rien. Mais à la seconde où je suis entrée, j'ai entendu Katie qui hurlait :

– Hé, hé, les voilà !

Elle brandissait une paire de chaussons. C'étaient les miens, je les reconnaissais, même d'où j'étais.

– Ils étaient dans ton sac, Jessi.

J'ai couru jusqu'à elle et je lui ai arraché les chaussons des mains sans penser à la remercier. Mes pointes ! Jamais je n'avais été aussi heureuse de les voir. Mais je savais bien que Katie se trompait : non, elles n'étaient pas dans mon sac, en tout cas pas quand je les avais cherchées. J'en aurais mis ma main au feu.

– Très bien, Katie, a repris Mme Noelle, le mystèrrre est maintenant résolu. Reprenons la répétition.

Nous sommes reparties derrière elle et la répétition a pu commencer pour de bon. J'ai enfilé mes chaussons tout en écoutant Mme Noelle nous donner ses instructions sur le passage que nous allions étudier.

– ... alors, a-t-elle expliqué, la princesse Aurore entre en faisant une glissade...

Elle a mimé le mouvement.

– ... pour finir avec une arabesque relevée.

Une fois encore, elle nous a montré ce qu'elle voulait.

J'adore regarder Mme Noelle faire ses mouvements. Elle ne porte jamais de justaucorps pour nous faire cours, mais un sous-pull et une longue jupe noire. Quand elle nous montre des pas, elle ne les exécute pas complètement. Mais le moindre de ses mouvements est plein de grâce ! Toutes ses années de danse transparaissent dans le plus insignifiant port de bras. Je crois qu'elle a oublié la manière dont les gens ordinaires se déplacent. Je me demande si j'arriverais un jour à avoir la même prestance.

A mon niveau, la danse, c'est beaucoup de travail. Les seules choses que j'arrive à faire de manière automatique sont celles que je répète depuis que j'ai commencé la danse, il y a sept ans. Et tout ce que j'apprends de nouveau prend appui sur ces connaissances de base. La danse, c'est un long, long apprentissage.

Je me suis concentrée, ou en tout cas, j'ai essayé, sur l'enchaînement de pas que je devais mémoriser. Je faisais tout mon possible pour oublier les incidents qui avaient retardé la répétition. Mais je n'y parvenais pas.

C'était vrai aussi pour Mme Noelle, ça se voyait bien. Elle n'était pas très patiente avec moi et, comme j'avais la tête ailleurs, il fallait sans cesse qu'elle me répète ses instructions. Bref, ça n'allait pas bien.

– Plus long le cou, mademoiselle Romsey, plus long. Vous êtes censée incarner une princesse, pas un bossu !

J'ai allongé mon cou mais l'instant d'après, j'ai dérapé en exécutant ma glissade.

J'ai entendu quelqu'un ricaner dans mon dos. Génial ! Maintenant, toutes les filles du cours se moquaient de moi ! J'ai essayé de me reprendre.

– Stop ! a hurlé Mme Noelle tout à coup.

Je n'étais plus en rythme. Ce n'était décidément pas mon jour.

Elle a remis la musique au début.

– Encore une fois, a-t-elle dit en me faisant un signe de la tête, je veux de la grâce, rien que de la grâce, de vous toutes, une grâce merrrveilleuse et magnifique.

D'accord.

J'ai donné tout ce que je pouvais, en oubliant tout le reste, même l'incident des chaussons. La seule chose qui comptait, c'était la musique sur laquelle je dansais.

Mme Noelle a de nouveau tapé dans ses mains :

– Bien, mesdemoiselles, c'est fini pour aujourd'hui. Nous ferons mieux la prochaine fois, n'est-ce pas ?

J'ai croisé son regard et j'ai hoché la tête. Elle m'a lancé un petit sourire : je crois bien qu'elle m'avait pardonné.

Je me suis dirigée vers le vestiaire, soulagée que la répétition soit enfin terminée. J'ai repris mon sac pour me changer. Je me disais qu'il faudrait absolument que la prochaine répétition se passe mieux. En tout cas, ça ne pouvait pas être pire ! Au moment où je sortais la chaussure gauche de mon sac, j'ai aperçu un bout de papier coincé dans les lacets.

C'était un message qui disait :

ATTENTION !

Pas un mot de plus. Je me demandais ce que ça pouvait bien vouloir dire. Attention à quoi ? Attention à qui ? Je trouvais ça vraiment bizarre. Mais j'étais trop épuisée après la répétition pour y réfléchir plus longtemps. J'ai remis le bout de papier dans mon sac et je me suis dirigée vers la sortie.

4

Quand je suis arrivée chez Claudia pour notre réunion habituelle du Club des Baby-Sitters, je n'étais pas encore tout à fait remise de mes émotions.

Mais je n'en ai rien laissé paraître. J'ai pris ma place habituelle, par terre, à côté de Mallory. Comme toujours, j'étais arrivée juste pour le début de la réunion. (J'arrive toujours à la dernière minute à cause de mon cours de danse, mais personne ne m'en tient rigueur, ce que je trouve plutôt sympa.)

Je crois que j'ai oublié de vous dire que le club tient toujours ses réunions dans la chambre de Claudia. C'est parce que notre vice-présidente a son propre téléphone et sa ligne téléphonique à elle. Ce qui veut dire que nous ne dérangeons personne lorsque nous répondons aux appels qui arrivent pendant nos réunions.

Je vais revenir un petit peu en arrière et vous expliquer le fonctionnement du club et comment tout ça a démarré.

C'est Kristy qui en a eu l'idée. Vous vous souvenez, je vous ai dit qu'elle avait toujours des plans géniaux. Et là, vraiment, elle a tapé dans le mille.

Un jour – c'était avant que sa mère ne se remarie avec Jim Lelland –, il a fallu chercher quelqu'un pour garder David Michael, le petit frère de Kristy. D'habitude, elle ou l'un de ses frères s'en chargeaient, mais ce jour-là, tout le monde était occupé. Mme Parker a dû passer des millions de coups de téléphone pour essayer de trouver quelqu'un, mais sans succès.

C'est alors que Kristy a eu son idée de génie : et si les parents pouvaient contacter tout un groupe de baby-sitters en ne passant qu'un seul coup de téléphone ? Elle a exposé son projet à ses deux amies, Mary Anne et Claudia, qui ont été très intéressées. Et c'est comme ça qu'est né le Club des Baby-Sitters. Mais un club avec simplement trois membres, ça faisait un peu juste. Alors Claudia en a parlé à Lucy, qu'elle commençait à voir beaucoup à cette période. Elles étaient donc quatre, jusqu'à l'arrivée de Carla, qui était devenue l'amie de Mary Anne. Carla avait déjà fait du baby-sitting, là-bas, en Californie, alors elle est tout naturellement devenue membre du club. Mallory et moi, nous nous sommes jointes au groupe à l'époque où Lucy est repartie vivre à New York, avant le divorce de ses parents. Les autres membres du club croulaient sous les demandes, et nous, nous étions disponibles, alors comme ça, tout le monde y a trouvé son compte. Même si on est un petit peu plus jeunes que les autres et qu'on ne peut pas travailler tard le soir (sauf pour notre propre famille), je crois qu'on s'acquitte plutôt bien de notre tâche.

Donc, maintenant, nous sommes sept en tout, ce qui semble être l'idéal. En fait, je ne crois pas que la chambre de Claudia pourrait contenir une seule personne de plus !

Le fonctionnement du club est très simple : on se réunit le lundi, le mercredi et le vendredi entre cinq heures et demie et six heures. Les parents peuvent appeler pendant ce laps de temps pour demander une baby-sitter. (La plupart des parents qui font appel à nous nous connaissent depuis toujours, les autres ont lu les publicités que nous distribuons de temps à autre ou ont entendu parler de nous par le bouche à oreille.)

Kristy est la présidente du club et elle prend son rôle très au sérieux. Elle s'assied toujours dans le grand fauteuil de Claudia, une casquette à visière sur la tête et un crayon derrière l'oreille. Elle débute toujours la séance à cinq heures et demie pile. Quelquefois, elle nous demande même si nous avons parcouru le journal de bord. Dans ce journal, nous notons toutes les gardes que nous faisons, comment ça s'est passé, et s'il est arrivé quelque chose de particulier, à qui et pourquoi. Sans rire, il nous sert vraiment beaucoup. On sait toujours ce qui se passe avec nos clients. Le seul petit hic, c'est que ça prend beaucoup de temps de rédiger nos comptes-rendus et de lire ceux des autres ! Mais ça en vaut la peine. Ah, soit dit en passant, c'est évidemment Kristy qui a eu cette idée de journal.

Bon, reprenons avec l'histoire du téléphone. Dès qu'il y a un appel, quelqu'un répond (on se précipite toutes sur le combiné !) et demande la date et l'heure de la garde.

Ensuite, on dit aux parents qu'on les rappelle immédiatement. Mary Anne, la secrétaire du club, consulte alors l'agenda (à ne pas confondre avec le journal de bord). Dedans, elle a noté nos emplois du temps respectifs : l'heure et le jour des cours de dessin de Claudia, de mes cours de danse ou de mes répétitions et même les rendez-vous de Mal chez l'orthodontiste. Donc, dès qu'il y a un appel, il lui suffit d'ouvrir son agenda pour savoir laquelle d'entre nous est libre. Dans son agenda, Mary Anne a aussi noté le nom, l'adresse et le numéro de téléphone de tous nos clients ainsi que des informations utiles sur les enfants que nous gardons, comme par exemple qui est allergique à quoi.

Dès que Mary Anne a vu quelles filles peuvent assurer la garde, nous désignons l'une d'entre nous. Ça se passe toujours bien, vu qu'il y a du travail pour tout le monde. Dès que nous nous sommes mises d'accord, on rappelle les parents. Et voilà, c'est fini.

Enfin... pas tout à fait. J'ai oublié de vous parler du côté financier. C'est Lucy, notre génie en maths, qui est trésorière. En moins de trois secondes, elle est capable de vous dire précisément combien d'argent on a en caisse.

D'où vient cet argent ? Voilà comment nous fonctionnons : chacune d'entre nous conserve intégralement l'argent des baby-sittings mais, chaque lundi, nous nous acquittons d'une cotisation. (Ça nous fend le cœur, il faut bien le dire, de piocher dans notre argent si durement gagné !) Les cotisations sont utilisées pour tout ce qui touche au fonctionnement du club, comme payer le frère de Kristy qui la conduit en voiture à nos réunions, car maintenant elle habite trop loin pour venir à pied.

Avec cet argent, nous nous payons quelquefois des pizzas ou des trucs à grignoter quand nous passons la soirée ensemble. (Hé, il faut bien se détendre de temps en temps !) On l'utilise aussi pour renouveler ce que nous appelons « les coffres à jouets » (Devinez qui a eu cette grande idée ? Kristy, évidemment !) En fait, ce ne sont que des cartons, mais que nous avons personnalisés en les décorant d'autocollants, de paillettes, enfin, plein de trucs comme ça. Chacun de ces cartons est rempli de petites choses dont les enfants raffolent : des crayons de couleur, des petits livres, des puzzles, des poupées en carton... Nous les emportons partout avec nous et c'est souvent bien utile.

Bon, donc voilà : Kristy est notre présidente, Claudia notre vice-présidente, Mary Anne notre secrétaire et Lucy notre trésorière. Qu'est-ce qui reste pour Carla, Mallory et moi, me direz-vous ? Eh bien, Carla est ce que nous appelons notre suppléante, ce qui veut dire que dès qu'un membre du bureau est absent, Carla le remplace. Il faut donc qu'elle soit capable de faire le travail de toutes les autres.

Mallory et moi, nous sommes les « membres juniors », ce qui ne veut pas dire grand-chose sinon que nous sommes plus jeunes que les autres et que nous ne pouvons pas travailler tard le soir. Ça me convient parfaitement car je ne suis pas sûre d'être prête à faire du baby-sitting jusque tard dans la nuit chez des inconnus ! Il m'arrive de garder mon frère et ma sœur, le soir, et Mal aussi fait du baby-sitting chez elle, mais ce n'est pas la même chose !

Il y a aussi deux autres membres dont je ne vous ai pas encore parlé. Ce sont des membres intérimaires et ils n'assistent pas à nos réunions. Mais ils assurent des remplacements quand tous les autres sont déjà pris. Ils nous sont souvent très utiles. Le premier de ces intérimaires est Logan Rinaldi, l'ex de Mary Anne. Il est très gentil et il a un accent du Sud vraiment étonnant. Il vient de Louisville, dans le Kentucky, et on le dirait tout droit sorti d'*Autant en emporte le vent.* Notez que Mary Anne et lui sont restés bons amis. La seconde est Louisa Kilbourne. Elle n'habite pas loin de chez Kristy. Je ne la connais pas très bien, mais elle a l'air sympa.

Donc j'étais là, assise par terre dans la chambre de Claudia, en attendant que la réunion commence. Claudia, Mary Anne et Carla étaient assises en tailleur sur le lit. Kristy trônait dans son fauteuil de présidente et Lucy était dangereusement affalée sur la chaise de bureau de Claudia.

– Vous avez vu comment était habillée Jennifer Cooke, aujourd'hui ? On aurait dit un croisement entre Lady Di et Minnie la souris ! a dit tout à coup Claudia.

Il n'en fallait pas plus pour faire basculer la chaise de bureau… et Lucy avec !

Il n'y a pas eu de casse : Lucy était étendue par terre, morte de rire.

– Elle se prend pour qui, celle-là ? Tout ça parce qu'elle a gagné un minable concours de beauté ! Et tout ce maquillage ! Beurk !

J'étais tordue de rire. J'essayais de m'imaginer la tenue que Claudia avait décrite quand Kristy a annoncé :

– La réunion est ouverte !

Il était cinq heures et demie pile. Nos réunions commencent toujours à l'heure !

Lucy s'est relevée et a épousseté son jean. Elle faisait son possible pour reprendre son sérieux. Kristy lui a envoyé un de ses regards qui disaient « tu ferais mieux de te calmer », mais Lucy n'arrivait pas à se contrôler. Vous savez ce qui se passe quand vous devez absolument vous arrêter de rire, quand ça vous prend au milieu d'un cours ou à la bibliothèque : vous avez encore plus envie de rire. Et c'est justement ce qui arrivait à Lucy. Elle continuait à hocher la tête en répétant « Minnie », et à chaque fois, elle pouffait de rire. Kristy ne semblait pas vraiment apprécier. Par chance, le téléphone s'est mis à sonner. Kristy s'est précipitée :

– Club des Baby-Sitters... très bien, madame Perkins, pas de problème... je vous rappelle tout de suite.

Kristy a raccroché et a regardé tout autour d'elle. Le coup de téléphone avait donné à Lucy le temps de reprendre son sérieux.

– Mme Perkins a besoin de quelqu'un pour garder Laura, a-t-elle dit.

Laura est un bébé. Quand on la garde d'habitude, on garde aussi ses deux sœurs aînées.

– Et Myriam et Gabbie ne seront pas là ? a demandé Mallory.

– Non, a répondu Kristy, leurs parents les emmènent voir un spectacle à Stamford, vous savez, ce spectacle sur glace avec Mickey et Minnie...

Il n'en fallait pas plus : on a toutes éclaté de rire, même Kristy, et on a ri à s'en rouler par terre. Il a fallu que le téléphone se remette à sonner pour qu'on se calme.

Pendant un certain temps, on a été très occupées : il fallait répondre aux appels, déterminer qui ferait les baby-sittings, bref, j'ai dû attendre un moment avant de pouvoir dire aux autres quel désastre avait été ma répétition. Mais finalement, il y a eu une pause, et j'ai pu raconter mes malheurs.

– Oh, Jessi ! s'est exclamée Mallory. Tu devais être morte de honte quand tu es entrée pieds nus ! En tout cas, c'est comme ça que j'aurais réagi !

J'ai bien dû admettre que j'avais passé un sale moment.

– Mais le pire, c'est que Mme Noelle était très en colère après moi.

Mary Anne m'a souri gentiment :

– Tu tiens vraiment à ce qu'elle ait une bonne opinion de toi, pas vrai ?

– Je sais ce que c'est, a renchéri Claudia, quand je dois rendre un travail à mon professeur de dessin et que je suis en retard, ça me met très mal à l'aise. Je n'aime pas le décevoir.

– Mais ça s'est bien fini, pourtant, a ajouté Carla, tu as retrouvé tes chaussons. Moi, c'est ce mot qui me tracasse, pas toi ?

J'ai hoché la tête, même si le message que j'avais trouvé ne m'inquiétait pas tant que ça.

Toutes les filles se montraient très compréhensives. Rien de tel que de vraies amies quand on n'a pas le moral. J'ai pourtant remarqué que Kristy n'avait rien dit. Peut-être que mes histoires de ballet ne l'intéressaient pas après tout.

– Mais bon, ça va maintenant, ai-je fait pour clore la discussion.

Je ne voulais pas contrarier Kristy et prendre trop de temps sur la réunion.

– Oui, j'espère pour toi que ça ira mieux à la prochaine répétition, a-t-elle dit. Écoutez, tout le monde, j'ai une super idée.

On a toutes fait semblant de râler, juste pour l'embêter. Comment peut-on avoir autant d'idées ? Pas étonnant que mes problèmes ne l'intéressent pas, elle devait mourir d'impatience de nous faire part de sa dernière trouvaille.

– Il me semble que ça fait un moment qu'on ne fait rien de vraiment nouveau avec les enfants que nous gardons, a-t-elle expliqué, pas de goûter, ni de fête déguisée, rien de tout ça.

– C'est vrai, a renchéri Carla, mais que peut-on faire de nouveau et de vraiment intéressant ?

– Eh bien, nous allons organiser un défilé d'animaux de compagnie. Je me suis souvenue que Foxy avait participé à l'un de ces défilés une fois. (Foxy était l'ancien chien de Kristy, un grand colley. Je ne l'ai jamais vu, il est mort avant mon arrivée à Stonebrook.) Le défilé avait eu lieu à la bibliothèque et Foxy avait gagné le deuxième prix. J'étais tellement fière de lui !

Tout le monde a trouvé son idée géniale.

– Les enfants vont adorer, a affirmé Mallory, ce sera l'occasion pour eux de se retrouver et de faire admirer leurs petits amis à poils. Mais à quel endroit pourrions-nous organiser ça ? Il nous faut beaucoup d'espace.

– Je me disais qu'on pourrait utiliser le jardin de Carla et Mary Anne, a fait Kristy, il est très grand et leur maison est bien située.

– Bonne idée, a répondu Carla, je crois que ma mère n'y verra pas d'inconvénient.

– Comment allons-nous faire pour mettre tout le monde au courant ? a demandé Lucy. Il va falloir s'organiser.

– Je me charge des invitations, a lancé Claudia, on les enverra à tous nos clients pour leur donner la date et le lieu du défilé. On ferait quand même bien de se donner quelques semaines, il faudra du temps pour tout préparer.

– On aura aussi besoin de prix pour les vainqueurs, de boissons et de bien d'autres choses, a ajouté Mary Anne.

Tout le temps qui nous restait, nous avons parlé du défilé – enfin, entre les coups de téléphone – et j'étais si concentrée sur cette fête à venir que j'en ai presque oublié mon horrible répétition. Presque.

5

Lorsqu'est arrivé le jour de la deuxième répétition, je n'étais plus la princesse Aurore, mais la princesse « j'ai pensé à tout ».

En défaisant mon sac dans les vestiaires, j'ai failli éclater de rire : non seulement j'avais apporté ma deuxième paire de pointes, mais aussi toute une tenue de rechange. Au cas où...

J'avais donc deux paires de collants, deux tuniques noires, deux bandeaux (Mme Noelle serait tout simplement furieuse si je dansais avec les cheveux dans les yeux !), deux paires dc guêtres en laine, une blanche et une violette, et deux vieux sweat-shirts gris bien larges pour l'échauffement. J'étais donc prête à faire face à tout !

Tout en m'habillant, je surveillais attentivement mes affaires. Quand j'ai traversé la pièce pour vérifier ma coiffure dans le miroir, j'ai continué à jeter des regards par-dessus mon épaule pour m'assurer que personne ne s'approchait de mon sac. Vraiment paranoïaque, la fille ! Mais je me fichais bien de ce que pourraient penser les autres. Ça me rassurait de savoir que j'avais TOUTES mes affaires pour la répétition. J'étais certaine qu'aujourd'hui, tout se passerait bien.

– Bravo, Jessi, a fait Katie, je vois que tu n'as pas oublié tes chaussons, cette fois.

J'ai serré les dents : quelquefois, Katie me tape vraiment sur les nerfs.

– Je te signale que je les avais aussi la dernière fois !

– Bien sûr, si tu le dis…

Elle a couru devant moi jusque dans le studio de danse. Je l'ai suivie, sourcils froncés.

Mais j'ai immédiatement retrouvé le sourire.

– Bonjour, madame Noelle, ai-je fait d'un ton joyeux.

Elle était occupée à chercher les disques pour le cours, et elle s'est contentée de me faire un signe de tête.

– Bien, mesdemoiselles, commenzons l'échauffement, z'il vous plaît.

Nous avons toutes pris nos places à la barre et nous avons enchaîné les exercices que je connais si bien que je pourrais les faire les yeux fermés. Quelquefois, je me demande combien de pliés j'ai pu faire dans ma vie…

Quand j'étais toute petite, on faisait des jeux amusants pendant les cours. Par exemple, le professeur nous faisait deviner le titre du morceau sur lequel on venait de danser. C'étaient évidemment toujours des morceaux classiques, ou des comptines. On tenait toutes absolument à donner la bonne réponse.

Mais plus de petits jeux comme ça, maintenant. Pas de fantaisie pendant le cours de Mme Noelle. On n'osait jamais pouffer de rire, ni même parler tout bas et on ne posait presque jamais de question. Mais vous savez quoi ? Même si je m'amusais beaucoup petite, je préfère le sérieux de mes cours actuels.

J'aime travailler dur, j'aime me concentrer et voir que tous ces efforts en valent vraiment la peine. Et vous savez pourquoi ? Parce que ça me donne quelquefois l'impression de voler. Quand je suis en l'air, au beau milieu d'un jeté, je me prends pour un oiseau. Et alors, j'oublie tous les efforts, tout n'est que grâce et légèreté.

Après l'échauffement à la barre, on est passées au milieu. Mme Noelle a changé le disque, et bientôt la magnifique musique de Tchaïkovski a bercé nos oreilles.

Mme Noelle était devant nous, récapitulant les pas qu'elle allait nous montrer. On la voyait bouger les mains et on l'entendait murmurer des mots tels que « glissade » et « piqué ». En attendant qu'elle s'adresse à nous, j'ai levé les yeux vers le miroir qui couvrait tout un mur du studio.

J'ai vérifié ma position : pas mal, mais pas parfait. J'ai tiré sur mon cou « comme si il y avait une corde qui me tirait vers le plafond », comme nous le répète tout le temps Mme Noelle, et j'ai rentré le ventre, j'ai tendu le bras droit et j'ai placé ma main aussi gracieusement que possible. Voilà, c'était beaucoup mieux comme ça !

Vous pensez peut-être que les autres filles du cours trouvaient bizarre que je me regarde comme ça dans la glace, mais pas du tout. Elles font la même chose, elles aussi. Dans un cours de danse, on passe son temps à se regarder dans le miroir pour se corriger. Il faut toujours rechercher la perfection.

– Mademoiselle Romsey, mademoiselle Steinfeld et mademoiselle Jones, s'il vous plaît.

Mme Noelle allait nous montrer les pas. Il fallait faire très attention car notre professeur ne nous les montrait jamais deux fois. Elle nous a mimé les pas en les nommant l'un après l'autre. On la suivait en les esquissant derrière elle. Quand elle a montré la dernière arabesque, Carrie a perdu l'équilibre et s'est écroulée sur moi avant de tomber au sol.

– Jessi, tu pourrais faire attention ! s'est-elle écriée.

Quoi ? Moi ? Je n'en croyais pas mes oreilles. Je n'avais rien à voir là-dedans. C'était elle la responsable, pas moi. J'ai levé les yeux vers Mme Noelle et je m'apprêtais à prendre la parole pour me justifier, mais quand j'ai vu le regard qu'elle me lançait, j'ai préféré renoncer. Il était clair qu'elle avait toujours en tête l'incident des chaussons, et il fallait que je me fasse oublier pour le moment. Alors, au lieu de la contredire, je me suis approchée de Carrie pour l'aider à se relever.

– On recommence, a lancé Mme Noelle, sans attendre que Carrie reprenne son souffle, et un, deux, trois...

On a repris les pas. Je faisais tout mon possible pour retrouver ma concentration. On sautait, on tournait en comptant soigneusement pour garder la mesure. Je commençais à me familiariser avec l'enchaînement, mais je savais qu'il faudrait encore beaucoup de travail avant que je le danse convenablement.

Une fois encore, au moment de l'arabesque finale, Carrie est tombée sur moi – et plutôt violemment. Cette fois, elle ne s'est pas retrouvée par terre, mais l'incident a attiré l'attention de Mme Noelle qui m'a lancé un regard contrarié.

– Mais, mais...

J'ai voulu parler, mais je me suis arrêtée immédiatement. On aurait dit un bébé, un bébé du cours des débutantes. Ici, je ne pouvais pas me défendre comme ça. Si Carrie et Mme Noelle voulaient me faire porter le chapeau, je ne pouvais rien faire pour les en empêcher. Je ne ferais qu'empirer les choses.

Donc, au lieu d'essayer de me justifier, je me suis concentrée une fois de plus sur les pas que Mme Noelle venait de nous montrer. Et j'ai essayé d'effacer de mon esprit jusqu'au nom de Carrie Steinfeld. Ça n'a pas été facile au début, mais je suis parvenue à ne penser qu'à mes pas de danse. Il n'y a pas eu d'autre catastrophe, et le reste de la répétition s'est déroulé normalement. A la fin du cours, Mme Noelle m'a adressé un petit signe de tête approbateur : je crois qu'elle voyait que je faisais de mon mieux.

Dans les vestiaires, je me suis écroulée sur un banc, épuisée et j'ai ramassé mon sac. Je me sentais très fatiguée, mais c'était une bonne fatigue : j'étais satisfaite du résultat de tous mes efforts. J'ai défait ma queue-de-cheval et secoué mes cheveux. Ensuite, j'ai mis la main dans mon sac et, immédiatement, j'ai senti que quelque chose n'allait pas.

Mon jean et ma chemise étaient toujours là et mes chaussures aussi. Mais ma tenue de rechange avait disparu. Plus de tunique, ni de collants. Pas de guêtres non plus. (J'avais mis les blanches et les violettes étaient envolées !) Manquaient aussi un sweat-shirt et ma deuxième paire de pointes.

– Oh ! là, là, là, là ! ai-je fait tout bas. (C'est l'expression favorite de Claudia, et nous la lui avons toutes empruntée.)

J'ai jeté un regard autour de moi pour voir si quelqu'un avait remarqué ma réaction. Mais les autres étaient toutes occupées à se déshabiller.

J'ai haussé les épaules. Qu'est-ce que je pouvais bien faire ? Il y avait un voleur parmi nous (tiens, on se croirait dans un livre d'Agatha Christie !), mais je n'allais sûrement pas le coincer aujourd'hui. J'étais trop exténuée pour ébaucher le moindre plan. Je me suis rhabillée puis je me suis penchée en avant pour attacher mes chaussures. C'est alors que je l'ai vu : une fois encore, un message était coincé dans les lacets de ma basket gauche. Seulement, cette fois-ci, il était écrit avec des lettres de sang !

Je suis restée sans voix. C'était horrible ! Cacher ma paire de pointes, ce n'était pas terrible, voler ma tenue de rechange, c'était déjà plus grave, mais bon, il n'y avait pas mort d'homme. Mais écrire un message avec du sang ! J'ai bien cru pendant une seconde que j'allais m'évanouir !

Alors j'ai examiné le message avec plus d'attention, et je me suis aperçue que ce n'était pas du sang. Seulement de l'encre rouge. Mais cette fois, ça ne disait pas : ATTENTION, mais plus précisément :

ATTENTION
OÙ TU METS LES PIEDS.

Je tremblais tout en parcourant la note. J'ai froissé le bout de papier et je l'ai jeté dans mon sac. Cela devenait effrayant. Quelqu'un me voulait réellement du mal. Mais pourquoi ?

J'ai quitté le vestiaire aussi vite et aussi discrètement que possible. Je ne voulais pas attirer l'attention. Mon père est venu me prendre et je n'ai pratiquement pas ouvert la bouche sur le chemin du retour. Il n'a pas essayé de me faire parler, même s'il était évident qu'il avait senti que quelque chose n'allait pas. Il devine toujours ces choses-là.

Quand on s'est garés devant la maison, j'ai fait un effort surhumain pour tenter d'oublier les événements sinistres de la journée. Je voulais ne plus penser à ce message pendant un certain temps.

Heureusement, Becca avait un peu oublié *La Belle au bois dormant* quand je suis arrivée. A la seconde où elle m'a vue, elle a dévalé les escaliers, un bout de papier à la main.

– Pourquoi tu ne m'as rien dit ? Je ne peux pas croire que tu m'aies caché ça.

– Quoi « ça » ? Tu parles de quoi ?

Je n'avais vraiment aucune idée de ce qu'elle voulait dire.

– Mais du défilé d'animaux, évidemment ! Ça va être génial.

J'avais complètement oublié.

J'ai déplié l'invitation que Becca me tendait.

APPEL À TOUS LES ENFANTS ! pouvait-on lire en majuscules. Chaque lettre était décorée de petits animaux – un chiot, un chaton, des singes et ainsi de suite – Claudia a vraiment un talent fou !

L'invitation était rédigée ainsi car nous avions décidé de convier tous les enfants que nous gardions régulièrement, et pas seulement ceux qui possédaient des animaux de compagnie. Comme ça, quelqu'un comme Simon Newton, qui n'avait ni chien ni chat, pourrait quand même participer et s'amuser avec les autres.

Il y avait d'autres dessins d'animaux sous la première ligne ainsi que des informations plus précises concernant le défilé : où et quand il allait avoir lieu et quels genres d'animaux pouvaient être inscrits. (« Venez avec vos poissons rouges, venez avec votre poney, disait l'invitation, ou tout autre animal de compagnie, sans aucune restriction. »)

Becca était folle de joie.

– C'est arrivé aujourd'hui par la poste, il y avait mon nom sur l'enveloppe, je suis invitée !

Je ne voulais pas gâcher son plaisir en lui disant que TOUT LE MONDE était invité.

– Super, Becca. On va bien s'amuser, non ?

Elle a hoché la tête. Puis son sourire s'est évanoui.

– Mais on n'a pas de poney ! On n'a même pas de chien ! Tout ce qu'on a, c'est Brume.

Elle semblait très inquiète.

– Brume est formidable, ai-je affirmé, elle est douce, elle est propre et elle répond à son nom...

– Mais ce n'est qu'un hamster, m'a coupée Becca, jamais elle ne gagnera le premier prix à un défilé aussi grandiose !

J'ai passé en revue les animaux qui seraient en compétition : personne n'avait de poney, en tout cas il me semblait. Mais il y avait beaucoup de familles avec des chiens autour de chez nous, et des chiens bien dressés. Il y avait aussi des chats splendides. Un minable petit hamster ferait-il le poids à côté d'eux ? Becca n'avait peut-être pas tout à fait tort, mais je ne voulais pas qu'elle se fasse de souci.

– Ce qui compte, ce n'est pas de gagner un prix, lui ai-je expliqué, l'important, c'est de participer et de s'amuser.

Je me suis dit que mon discours était bien trop raisonnable, on aurait dit les parents qui parlaient.

Une larme a coulé sur la joue de Becca :

– J'aimerais tellement avoir un chien, je pourrais le baigner et lui mettre un ruban autour du cou et le dresser à faire plein de tours, et je remporterais le premier prix !

Elle a reniflé : à l'évidence, mon petit discours ne l'avait pas convaincue.

– Cette imbécile de Brume ne pourra pas faire autre chose que remuer son nez !

– Allons Becca, tu sais bien que tu l'adores, cette bonne vieille Brume. Tu te rappelles quand on l'a eue, tu te souviens comme tu étais tout excitée ?

Brume avait vu le jour pendant l'un de mes baby-sittings les plus délirants. En fait, je ne faisais pas du baby-sitting, mais de « l'animal-sitting » pour M. et Mme Mancusi. Ils n'avaient pas d'enfants, mais une flopée d'animaux : trois chiens, cinq chats, des oiseaux, deux cochons d'Inde, des poissons, un serpent appelé Barney (quelle horreur !), des lapins et un aquarium rempli de tortues d'eau. Ils avaient aussi des hamsters et, pendant que j'étais chez eux, l'un d'entre eux était tombé malade. C'était horrible ! Je ne savais pas du tout ce qui n'allait pas, et j'ai dû renoncer à une importante réunion du club pour l'emporter chez le vétérinaire. Bon, j'imagine que vous avez deviné la fin de l'histoire : ce n'était pas un « monsieur » hamster, mais une « madame » hamster, et elle était sur le point d'avoir ses petits. Et quand ils sont nés (il y en avait un paquet !) et que M. et Mme Mancusi sont rentrés, ils m'ont donné l'un des petits pour me remercier de tout ce que j'avais fait. Bien sûr, j'ai attendu que Brume soit assez grande pour quitter sa mère. Les Pike ont eux aussi hérité d'un hamster, et Jackie Rodowsky, l'un des enfants que nous gardons, également. Becca était aux anges quand j'ai rapporté Brume à la maison. Mais aujourd'hui, elle semblait un peu désenchantée. Je n'ai pas réussi à la convaincre que gagner le premier prix n'était pas le plus important. Peut-être que cette idée de défilé n'était pas aussi fantastique que ça après tout...

6

SAMEDI

Cette histoire de défilé rend tout le monde complètement fou.

Les enfants sont surexcités à l'idée de montrer leurs animaux. En fait, je dois admettre, même si c'est à contrecœur, que je ne suis pas certaine que cette idée soit vraiment, vraiment géniale. J'ai l'impression que tout ça prend des proportions que nous n'avions pas prévues. Et nous avons à peine commencé les préparatifs...

Kristy devait vraiment se sentir dépassée par les événements pour avouer que son idée n'était peut-être pas géniale, finalement. En tout cas, c'était la première fois que je la voyais réagir comme ça.

C'était un samedi après-midi, et Kristy gardait David

Michael, son petit frère, ainsi qu'Emily Michelle, la petite fille vietnamienne que sa famille avait adoptée, et son demi-frère et sa demi-sœur, Andrew et Karen. Elle avait de quoi s'occuper !

Il faisait un temps magnifique et ils étaient tous dehors, sur la terrasse derrière la maison. Tout ce petit monde n'était pas tranquillement assis : David Michael était suspendu à une barrière et il n'arrêtait pas de roter tandis que Karen lui hurlait d'arrêter. Emily faisait rouler sa voiture télécommandée à toute allure autour des pieds de Kristy, poussant des cris de joie à chaque fois qu'elle réussissait un dérapage. Quant à Andrew, il était dans son monde, tout occupé à examiner une fourmi.

Et entre les rots, les cris et les hurlements, ils discutaient... du défilé, évidemment. Tous, excepté Emily Michelle qui ne parle pas encore très bien.

– Je me demande bien qui gagnera le deuxième prix, a fait David Michael, peut-être un chat...

– Pourquoi parles-tu du deuxième prix ? Et le premier prix, alors ? lui a demandé Karen.

– Ben, pas de problème pour ça, je suis sûr que Louisa remportera le premier prix. Je vais l'inscrire et c'est moi qui recevrai le macaron bleu.

Il s'est tu quelques instants pour réfléchir :

– Je me demande où je vais l'accrocher dans ma chambre...

– Et qu'est-ce qui te permet de dire avec autant de certitude que Louisa va l'emporter ? lui a demandé Kristy.

– Eh bien, pour commencer, ce sera le plus gros chien du défilé, et c'est la crème des chiennes.

Kristy a bien dû admettre que Louisa était très douce et aussi intelligente et loyale.

– Et c'est aussi la plus belle, a ajouté David Michael, triomphalement. C'est Super-Chien !

Kristy a haussé les sourcils :

– On verra bien..., a-t-elle fait sans conviction.

Elle se disait que ça ne serait peut-être pas très bien vu si sa chienne à elle gagnait le défilé qu'elle organisait...

– Je ne crois pas que Louisa soit une chienne aussi géniale que ça, a poursuivi Andrew.

Il s'était désintéressé de sa fourmi et s'était mis à écouter les vantardises de David Michael.

– Midgie est dix fois plus beau qu'elle, c'est lui qui va gagner, j'en suis sûr.

Midgie est un petit croisé adorable et très intelligent. Il appartient à Fred, le beau-père d'Andrew.

– Est-ce que Fred est d'accord pour que tu inscrives Midgie au concours ? lui a demandé Kristy.

– Tout à fait, madame, et je vais même lui donner un bain et lui mettre des rubans partout. Il sera royal.

– Si tu lui mets des rubans, a fait Karen, il aura encore plus l'air d'une mauviette que d'habitude !

– Tu le traites de mauviette ?

– Parfaitement, a repris Karen, Midgie est une mauviette. Même son ombre lui fait peur. Il ne gagnera jamais rien, à moins que tu lui apprennes des tours. Mais tu n'as pas assez de temps devant toi.

Andrew semblait complètement abattu, mais Kristy lui a mis la main sur l'épaule pour le réconforter.

– Ne t'inquiète pas, Andrew, Midgie est un chien adorable

et tu t'amuseras bien si tu l'amènes avec toi au défilé. Et c'est ça le plus important, non ? S'amuser...

(Ça ne vous rappelle rien ? Kristy et moi, nous avions eu recours au même discours bien raisonnable, typique des parents. Moi, tout ce que j'espérais, c'est que les enfants allaient finir par nous croire.)

– Moi, en tout cas, je vais bien m'amuser..., a commencé Karen.

– Ah, tant mieux, lui a répondu Kristy.

– Parce que c'est mon animal à moi qui va gagner, ça ne fait aucun doute.

– Et quel animal vas-tu inscrire ? a demandé Kristy, très étonnée.

– Ben, c'est ça, le hic. Je n'arrive pas à choisir entre Rocky et Emily Junior.

Rocky est le chat de Fred et Emily Junior est (beurk !) un rat. Heureusement, elle ne sort pas souvent de sa cage !

– Rocky a un physique plutôt étrange, a poursuivi Karen, il faudrait sûrement que je lui fasse porter des vêtements...

Kristy imaginait Rocky dans les vêtements de Karen, ce qu'elle appelle ses vêtements de « dame » : talons hauts, capeline... ou, pourquoi pas, un voile de mariée ? Elle a failli éclater de rire.

– Mais si je faisais concourir Emily Junior, ce serait certainement l'unique rat du défilé. Ce serait un atout non négligeable... Le seul problème, c'est qu'il faudrait aussi que je lui donne un bain, et je ne suis pas sûre qu'elle apprécierait. Je ne sais vraiment pas qui choisir.

– Et Boo-Boo alors ? est intervenu David Michael. Personne ne veut faire participer Boo-Boo ?

Tout le monde a éclaté de rire. Pourquoi ? Parce que Boo-Boo n'est pas n'importe quel chat, c'est le plus gros, le plus vieux et le plus hargneux !

– Il est bien trop méchant, a fait Karen, il cracherait sûrement après les juges.

– Ah ça oui, a repris Andrew. Et comment on ferait pour l'emporter jusque là-bas ? Il est bien trop lourd.

De l'avis général, il était exclu de faire concourir Boo-Boo.

David Michael a ajouté :

– Et Emily Michelle ? Elle n'a pas d'animal à inscrire, elle.

– A-NI-MAL ! s'est exclamée Emily Michelle en battant des mains.

Tout à coup, David Michael a éclaté de rire.

– Qu'est-ce qu'il y a de si drôle ? a demandé Karen.

– Et si Emily s'inscrivait avec Boo-Boo ?

Kristy s'est mise à rire aussi en imaginant sa petite sœur traînant Boo-Boo avec elle au défilé.

– Mais ce chat est presque plus gros qu'elle !

Karen et Andrew se sont eux aussi mis à rire. Puis Karen a repris son sérieux :

– De toute façon, Emily est trop petite pour s'inscrire, pas vrai ?

Kristy a hoché la tête.

– Je crois que oui, je ne suis même pas sûre qu'elle comprenne très bien de quoi nous sommes en train de parler.

C'était vrai, Emily Michelle s'amusait avec son camion, tout occupée à transporter un tas de petits cailloux.

– Vroum, vroum, faisait-elle, en imitant plutôt bien le bruit de l'engin.

Plus tard, d'autres enfants du voisinage sont arrivés pour se joindre à leurs jeux.

Cornélia et Lenny Papadakis sont venus les premiers. Ils avaient amené avec eux leur petite sœur, Sarie, pour qu'elle s'amuse avec Emily. Elles sont à peu près du même âge, mais Sarie est par certains côtés plus en avance que la petite Emily qui a quelquefois des difficultés à comprendre certains jeux – peut-être est-ce lié aux épreuves qu'elle a connues les premiers mois de sa vie, au Vietnam.

Cornélia a sept ans et elle est dans la même classe que Karen. Lenny, lui, a huit ans et c'est le meilleur copain de David Michael. Ils étaient aussi tout excités par l'annonce du concours. Ils n'arrêtaient pas d'en parler.

Même chose pour Scott et Timmy Tsu qui habitent au bout de la rue et les deux petits Delaney, Max et Amanda. Ils étaient maintenant tous dans le jardin de Kristy, et ne parlaient que de ça.

Amanda est amie avec Karen. Elle est un peu prétentieuse et c'est pour cette raison que Cornélia ne l'aime pas. Max, qui a six ans, essaie toujours de jouer avec les autres, mais je crois que David Michael et Lenny l'évitent.

Scott et Timmy Tsu sont très sympa et tout le monde les aime bien. En fait, Cornélia et Scott se sont mariés. (C'est ce qu'ils prétendent en tout cas. Karen aussi vient d'épouser un garçon de sa classe...)

Bref, avec tous ces enfants autour d'elle qui s'entendaient plus ou moins bien, Kristy s'est dit qu'ils feraient bien de changer de sujet et de jouer tous ensemble.

– Et si on jouait à chat perché ? a-t-elle hurlé pour se faire entendre.

– Oh oui ! a répondu David Michael. C'est moi le chat.

Tout le monde est parti en courant pour trouver un perchoir. Emily était la seule à ne pas avoir vraiment saisi les règles du jeu et quand David l'a attrapée, elle s'est laissée tomber par terre, riant et gesticulant comme si son frère la chatouillait.

– Elle n'arrête pas de rigoler ! s'est plaint David Michael. C'est elle le chat maintenant.

Kristy a expliqué à son frère qu'Emily était encore trop petite.

– Allez viens, mon petit cœur, a-t-elle fait en la ramassant, on va regarder les autres jouer depuis la terrasse.

Ils se sont amusés un bon moment, jusqu'à ce que tous les grands aient été chat au moins une fois. Puis tout le monde s'est écroulé sur la pelouse, hors d'haleine. Kristy a sorti des verres en carton et une carafe remplie de jus de citron et a distribué des rafraîchissements à tous les enfants.

Tout le monde a recommencé à parler du concours. C'est Karen qui avait remis le sujet sur le tapis :

– Qui de vous deux va inscrire Priscilla ? a-t-elle demandé à Amanda et à Max. (Priscilla est le chat de la famille Delaney.)

Karen a le chic pour se mêler des affaires des autres. Elle ressemble un peu à Kristy, en plus jeune. Elle est pleine d'énergie et elle déborde d'idées mais quelquefois elle s'attire des ennuis en parlant avant de réfléchir. Comme ce jour-là.

Max et Amanda sont tout d'abord restés silencieux. Puis ils se sont mis à parler tous les deux en même temps :

– Moi, a fait Max.

– Non, moi, a répliqué Amanda.

– C'est MON chat, ont-ils repris en chœur.

« Oh, oh, s'est dit Kristy, il va y avoir des histoires, c'est sûr ! »

– Priscilla sera le plus beau chat du concours, a affirmé Amanda, je suis la seule à posséder un persan blanc avec un pedigree qui a coûté plus de quatre cents dollars !

Amanda a la mauvaise habitude de toujours donner le prix des choses dont elle parle, c'est son côté agaçant, mais elle est quand même très gentille.

– J'ai bien l'intention de remporter ce concours, a-t-elle ajouté.

Avant que Max ait pu répondre à sa sœur, Cornélia s'est jetée dans la bataille.

– Comment ça, Priscilla est le plus beau chat du quartier ? Pat est bien plus beau que ta carpette à poils ! Et aussi bien plus intelligent !

Pat est un chaton. Chez les Papadakis, il y a aussi Flip le caniche et Quick la tortue.

– Carpette à poils ?! a répété Amanda, scandalisée. Comment oses-tu ?...

– Et elle est bête comme ses pieds, a ajouté Cornélia, elle ne sait rien faire.

– Et alors ? a répliqué Amanda. C'est un chat, pas un chien. C'est impossible de dresser un chat.

– Pat sait faire plein de choses, a répondu Cornélia. Il sait se mettre debout sur ses pattes arrière, par exemple.

Elle a lancé un sourire mauvais à Amanda en ajoutant :

– Les juges vont adorer.

Kristy s'est dit qu'il était temps de changer de sujet, ou tout du moins d'arrêter de parler de chats.

– Et toi, Lenny, qui vas-tu inscrire au concours ?

Lenny, lui, a répondu par un sourire. Il est plutôt timide, mais il peut se montrer adorable quand on sait lui parler.

– Moi, je vais inscrire Quick, et je peindrai sa carapace avec de belles couleurs, pour qu'elle soit jolie.

– Très bonne idée, a approuvé Kristy.

Ensuite, elle s'est tournée vers Scott et Timmy. Ils avaient l'air abattus.

– Et vous deux ? leur a-t-elle demandé.

– On n'a pas d'animaux à la maison, a répondu Timmy. Alors on ne pourra pas participer au concours.

Karen a pris la parole avant que Kristy ait eu le temps de les consoler.

– Vous pouvez toujours nous emprunter Boo-Boo. Il y a peu de chances qu'il remporte le concours, mais comme ça, vous pourrez participer au défilé.

Les yeux de Timmy se sont illuminés.

– Et toi, Scott, tu peux nous emprunter Flip, a ajouté Cornélia. Tu es mon mari après tout, alors Flip est aussi un peu à toi.

Kristy a lancé un regard inquiet à Cornélia et à Karen :

– Vous êtes sûres de ce que vous avancez ? Vous savez, ce n'est pas rien de prêter un animal à quelqu'un.

Elle tenait absolument à éviter les histoires.

– Hummm, a réfléchi Karen, tu as peut-être raison. Oublie tout ce que je t'ai dit, Timmy. Je serais folle si jamais Boo-Boo remportait un prix !

– Moi non plus, je n'avais pas pensé à ça, a repris

Cornélia. Ne tiens pas compte de ce que je viens de dire, Scott, je garde Flip.

Scott semblait tomber des nues :

– Mais tu viens de dire que c'était aussi mon chien ! Ça veut dire que tu veux qu'on divorce ?

– Je n'en sais rien…, lui a répondu Cornélia, peut-être bien. De toute façon, il va falloir que tu te débrouilles autrement. Je suis désolée, Scott !

Kristy a toussoté : il semblait bien que la lune de miel entre ces deux-là touchait à sa fin.

Et il semblait bien aussi que sa dernière idée géniale allait lui rapporter beaucoup plus d'ennuis que prévu. Ce concours devait être l'occasion de s'amuser, mais les enfants prenaient la compétition bien trop à cœur.

7

– Hé, princesse ! a dit Lisa. Comment ça va ?
J'ai souri.
– Bien. J'étais pressée de venir aujourd'hui, pas toi ?
Lisa a hoché la tête.

– Je te comprends, Jessi, est intervenue Hilary. On ne peut pas dire que tu te sois distinguée jusqu'à présent. *La Belle au bois dormant* n'était pas vraiment réveillée.

Je l'ai ignorée. Je savais que tout ce qui était arrivé lors des deux premières répétitions n'était pas ma faute. Mais aujourd'hui, tout allait être différent. Aujourd'hui, tout allait se dérouler sans problème.

D'ailleurs, il était grand temps que je me change.

– Waouh, une nouvelle tenue ! s'est exclamée Lisa. Magnifique !

– Merci.

Vous vous demandez comment j'arrivais à me payer toutes ces choses ? Grâce à ce que je gagnais avec mes baby-sittings, tiens. Bien sûr, c'est agréable d'avoir de nouvelles affaires, j'avais gardé les anciennes pour me servir de rechange au cas où. Mais j'aurais préféré pouvoir économiser cet argent pour autre chose. Je savais pourtant que je devais tout avoir en double quand je venais ici. Alors j'avais fait le nécessaire et j'avais dû sortir mes sous.

J'avais même fait un autre achat, quelque chose qui allait, je l'espérais, empêcher qu'on me prenne de nouveau mes affaires. C'était un nouveau sac. L'ancien était largement assez grand et il n'était pas encore trop usé, mais le nouveau avait quelque chose en plus. Il possédait une fermeture éclair que l'on pouvait bloquer avec un petit cadenas.

Qui aurait pu imaginer que je devrais mettre sous clef un vieux justaucorps et une paire de guêtres toute râpée ? Comme diraient mes parents : « Où va le monde ? »

Le temps que je finisse de me coiffer, les autres étaient déjà toutes en place. Pour je ne sais quelle raison, je ne voulais pas que quelqu'un me voie fermer le verrou de mon sac. J'ai tiré la fermeture éclair, j'ai pris la petite clef et je me suis assurée que le cadenas était bien verrouillé. Puis j'ai passé la clef dans la chaîne en or que je portais autour du cou.

Mme Noelle n'aime pas vraiment que l'on porte des bijoux durant le cours et, en général, je ne le fais pas. Mais elle les tolère lorsqu'on ne risque pas de les coincer dans quelque chose. J'ai donc passé ma chaîne sous le col de mon justaucorps et je me suis regardée dans le miroir. On la voyait à peine, Mme Noelle n'allait certainement même pas la remarquer.

Une fois la répétition commencée, j'ai complètement oublié la clef. J'étais rassurée, rien ne pourrait m'arriver aujourd'hui, je pouvais donc me concentrer sur mes exercices. Mme Noelle me lançait des regards approbateurs.

– Magnifique ! a-t-elle fait en me voyant danser. Mais souriez, mademoiselle Romsey. Détendez-vous, prenez du plaisir !

Plus facile à dire qu'à faire. Avez-vous déjà traversé une scène sur la pointe des pieds, en ne bougeant rien d'autre que vos jambes, et le moins possible encore ? J'essayais de sourire, mais j'avais affreusement mal aux pieds. C'est le lot des danseuses de ballet, leurs pieds les font toujours souffrir.

Nous sommes passées à un autre exercice, et j'ai eu l'occasion de me reposer un court moment en attendant que Mme Noelle m'appelle. Lisa Jones a exécuté une superbe arabesque à l'autre bout de la pièce. Elle s'entraînait juste en attendant elle aussi son tour. C'était Carrie qui était sur la scène pour le moment.

Une fois passée, je suis retournée auprès des autres danseuses, en attendant de voir ce que nous allions faire ensuite. J'ai entendu Hilary chuchoter derrière moi et je me suis retournée précipitamment pour lui faire signe de se taire. (Mme Noelle déteste que nous bavardions.) Au moment où je me suis retournée, j'ai entendu un petit « clink ». J'ai regardé par terre. Oh, oh ! ma chaîne était tombée. Elle avait dû se détacher toute seule.

Je me suis agenouillée rapidement et je l'ai récupérée avant que personne ne puisse s'apercevoir de quoi que ce soit. Je l'ai remise rapidement autour de mon cou et lorsque je me suis relevée, je me suis aperçue que je n'avais pas écouté ce que Mme Noelle venait de nous dire. Je ne savais absolument pas ce que nous étions censées faire maintenant. Et j'étais la première du groupe, ce qui signifiait que c'était à moi de commencer !

J'ai regardé désespérément autour de moi. Mme Noelle me tournait le dos, elle s'apprêtait à mettre la musique. Carrie était juste derrière moi.

– Vite, ai-je dit. Qu'est-ce qu'on doit faire ?

– Tours jetés, m'a répondu Carrie. Chacune notre tour, toute la diagonale.

J'ai inspiré un grand coup. Tours jetés. Pas de problème.

– A vous de commencer, mademoiselle Romsey ! a fait Mme Noelle.

Oh, là, là, là, là ! Je me suis concentrée et je me suis lancée. J'ai pris mon élan et j'ai exécuté un tour jeté parfait (au cas où vous l'auriez oublié, c'est un tour en l'air). Enfin, presque parfait. Le seul problème a été l'atterrissage.

J'ai atterri comme un sac de patates, je me suis étalée sur le sol. Pendant une seconde, je ne savais plus où j'étais. J'ai secoué la tête et j'ai cligné des yeux. Comment avais-je pu faire une chute si brutale. Puis j'ai ressenti une douleur intense. Ma cheville me faisait atrocement mal. Tout le monde s'est précipité vers moi.

– Jessi, tu vas bien ? a demandé Katie. Que s'est-il passé ?

Je me suis assise, j'ai frotté ma cheville.

– Je ne sais pas. J'ai eu l'impression de glisser sur quelque chose au moment de la réception.

J'ai regardé autour de moi, pour inspecter le sol.

– Regardez ! me suis-je exclamée en montrant le parquet du doigt. C'est tout mouillé.

Hilary s'est baissée pour voir.

– Mais oui, c'est tout glissant. Ça ne m'étonne pas que tu sois tombée.

– Comment est-ce possible ? a demandé une fille.

Mme Noelle s'est frayé un passage parmi toutes les danseuses qui m'entouraient.

– Ça va, mademoiselle Romsey ? a-t-elle demandé.

J'ai acquiescé.

– Parrrfait. Allez, retournez toutes à votre place, a-t-elle ajouté en faisant un geste pour éloigner les filles.

Elle m'a aidée à me relever et elle a examiné l'endroit humide sur le sol.

Puis elle a tapé dans ses mains.

– Lisa Jones ! Allez vite chercher le monsieur qui s'occupe de l'entretien !

Lisa est sortie en courant de la pièce et s'est précipitée vers la loge du gardien.

Mme Noelle s'est tournée vers moi. Je m'étais redressée et je faisais reposer tout mon poids sur ma jambe droite. Ma jambe gauche ne semblait pas capable de me soutenir.

– Comment va votre geville, Jessica ? a-t-elle demandé en me regardant droit dans les yeux.

Je ne pouvais pas mentir :

– Euh..., ça me fait très mal, ai-je avoué.

Je voulais absolument pouvoir continuer à danser et je

m'en voulais vraiment d'avoir interrompu encore une fois une répétition. Mais ma cheville me faisait vraiment souffrir.

– Suivez-moi.

Mme Noelle m'a accompagnée dans un coin de la salle – ou plutôt, je l'ai suivie en sautillant – elle m'a fait asseoir sur une chaise puis elle s'est agenouillée devant moi.

– Voyons voirr...

Elle a pris mon pied dans sa main et l'a examiné attentivement. Mme Noelle a eu l'occasion de voir beaucoup de blessures tout au long de sa carrière, car les danseuses se font souvent mal, alors elle savait ce qu'elle faisait. Il était de toute façon évident, même pour moi, que ma cheville enflait à vue d'œil et qu'elle bleuissait.

– Ce n'est pas si grrrave, a déclaré Mme Noelle. Je crois que ce n'est pas une déchirure, juste une foulurrre. Mais il faut aller montrer cette geville à un docteur.

Elle m'a regardée droit dans les yeux :

– Dites-moi, pourquoi faisiez-vous un jeté ?

– Comment ça, pourquoi ? C'est ce que vous nous aviez demandé de faire, non ?

Elle a secoué la tête :

– Hum, vous n'avez pas bien écouté, mademoizelle, je vous avais demandé une glissade.

Je me suis sentie ridicule. Je n'avais peut-être pas bien compris ce que m'avait dit Carrie.

– Je suis vraiment désolée, madame. Vous avez raison, j'étais distraite.

J'ai baissé la tête, honteuse. Je ne supporte pas de décevoir mon professeur.

– Ne vous en faites pas, Jessica, a fait Mme Noelle d'une

voix douce. La zeule chose qui imporrte pour le moment, c'est de bien soigner cette geville.

Elle m'a fait un grand sourire.

C'est ensuite qu'est venue la douche froide :

– Et pas de danse pendant plusieurs jours.

Pas de danse ? Et le spectacle alors ? Comment pourraient-elles répéter *La Belle au bois dormant* sans moi ?

Mme Noelle a répondu à ma question avant même que je la pose. Elle s'est relevée et s'est tournée vers les filles :

– Mademoiselle Parsons, a-t-elle dit en faisant signe à Katie de s'avancer, vous allez reprendre le rôle de la princesse Aurore...

Je n'en croyais pas mes oreilles. On me retirait le rôle tout ça parce que j'avais glissé bêtement ?

– ... lors de la prochaine répétition et peut-être quelques autres, jusqu'à ce que Jessica se soit remise.

Ouf ! Je me sentais soulagée. Je n'avais pas encore perdu tout espoir de danser le rôle de la princesse Aurore. Mais j'étais au bord des larmes. Il ne m'est pas arrivé souvent de ne pas pouvoir danser mais, à chaque fois, j'étais très malheureuse. Mme Noelle dit que les « blezures » sont partie intégrante de la vie d'un danseur et qu'on ferait bien de s'y habituer. Je ne suis pas sûre de parvenir un jour à les accepter avec philosophie.

Mme Noelle a frappé dans ses mains.

– Reprenons, mesdemoiselles, reprenons.

Elle s'est de nouveau tournée vers moi.

– J'aimerrais pouvoir vous dire de rester pour assister à la fin de la répétition, mais je crois qu'il serait plus sage de s'occuper de cette geville en priorité. Vous feriez mieux de dire à votre pèrrre de venir vous prendre pour vous emmener immédiatement chez le médecin. Ensuite, vous resterrrez allongée chez vous.

J'ai fait oui de la tête, un petit oui tout triste. Puis je suis sortie du cours en boitant. Je n'ai pu m'empêcher de remarquer en traversant la salle que Katie avait l'air aux anges. Je ne dis pas qu'elle se réjouissait de mon malheur, mais elle était loin d'avoir le cœur brisé.

Je lui ai envoyé un grand sourire : je ne voulais pas lui donner la satisfaction de me voir malheureuse.

Je me suis dirigée vers la cabine téléphonique et j'ai appelé mon père à son bureau :

– Je voudrais parler à M. Ramsey, s'il vous plaît, ai-je demandé à la standardiste.

Quand on m'a passé mon père et que j'ai entendu sa voix dire « allô ? », toutes les larmes que j'avais retenues jusqu'alors se sont mises à couler.

– Papa ! ai-je gémi avec la voix d'une petite fille de deux ans.

– Jessi ? Qu'est-ce qui se passe ? Tout va bien ?

Il semblait paniqué. Je ne voulais pas l'inquiéter. J'ai respiré un grand coup et j'ai repris la parole :

– C'est juste que je me suis fait mal à la cheville pendant la répétition. Mme Noelle dit que je devrais aller voir le docteur.

J'avais un nœud dans la gorge :

– Oh papa, elle dit que je ne pourrai pas danser pendant un certain temps.

– Ne t'en fais pas, ma chérie. Ne bouge pas, j'arrive tout de suite.

J'ai raccroché et je suis retournée dans les vestiaires pour me changer. Il y avait eu seulement trois répétitions, et celle-là avait été la pire. Et d'une certaine manière, j'étais soulagée que ce soit fini.

J'ai levé les yeux pour admirer la photo de Mikhail Baryshnikov qui est accrochée au-dessus d'un des lavabos. Il m'a renvoyé son sourire satisfait. « Oh, Misha, ai-je pensé (j'ai l'impression de très bien le connaître ; pour moi, c'est le plus grand danseur de tous les temps donc il est naturel que je m'adresse à lui en l'appelant par son petit nom), je suis si malheureuse que je voudrais disparaître dans un trou de souris. »

Il a continué à sourire et j'aurais pu jurer que je l'ai entendu dire : « Allez Jessi, détends-toi. Tu ne peux pas danser pendant quelques jours ? Et alors, ça pourrait être pire, non ? »

Je savais que Misha avait raison. Et si ma mère avait été là, elle m'aurait dit quelque chose d'approchant, comme : « Ne te laisse pas aller, Jessi ».

J'ai décidé de suivre leurs conseils, même s'ils ne m'avaient pas vraiment parlé.

Il était temps de tirer un trait sur tous ces malheurs. Il fallait que j'arrête de danser quelques jours : ça n'était pas la mer à boire. Quand je reviendrais, je serais au mieux de ma forme et je danserais comme jamais !

J'ai pris mon sac que j'avais rangé sous le banc, et là, j'ai eu un choc : il y avait un bout de papier coincé dans le cadenas. Un autre message. Je l'ai déplié avec précautions. Je l'ai lu et suis restée bouche bée. Voilà ce qui était écrit :

JE T'AVAIS PRÉVENUE! RESTE SUR TES GARDES...

J'ai frissonné et j'ai repensé au sol mouillé... Quelqu'un était-il derrière tout ça ? Si oui, qui ? Et pourquoi ? Qui ferait une chose aussi ignoble ? Les questions se bousculaient dans ma tête. Et ma cheville me lançait. Je me suis rhabillée et je me suis précipitée hors du vestiaire.

8

– Je suis désolée, Jessi, mais je suis du même avis que ton professeur de danse, m'a dit le docteur Dellenkamp chez qui mon père m'avait immédiatement conduite.

Elle tenait délicatement ma cheville, qu'elle était en train d'examiner.

– Ça m'a tout l'air d'une mauvaise foulure, mais ça aurait pu être pire.

J'ai acquiescé, pas très convaincue.

– Oui, je sais, j'aurais pu avoir une entorse, ou même me casser la cheville.

– Bon, tu t'en tires plutôt bien. Mais même une blessure légère comme celle-ci a besoin de temps pour guérir.

– Je ne pourrais pas me servir de ma cheville pendant combien de temps ?

Je retenais mon souffle en attendant la réponse. Est-ce

qu'à cause d'une seule chute, mes chances de danser le rôle de la princesse Aurore s'évanouiraient à jamais ?

– Je dirais trois jours, et peut-être un peu plus si ta cheville continue à te faire mal.

Trois jours... ce n'était pas tant que ça. Je me suis remis en tête le programme des répétitions : ouf, je n'en manquerais qu'une seule !

– Maintenant, il faut bien l'immobiliser, a annoncé le docteur Dellenkamp en sortant une bande d'un tiroir. Et je vais aussi te donner une paire de béquilles. Il faut éviter à tout prix de t'appuyer sur cette cheville.

Elle m'a souri.

– Ça va aller ?

J'ai hoché la tête.

– Je ferai tout ce que vous me dites. Je veux pouvoir de nouveau danser le plus vite possible.

Ma cheville m'a fait beaucoup souffrir la nuit qui a suivi, surtout quand j'essayais de m'endormir. Elle continuait à me lancer et la douleur me tenait éveillée. Le lendemain, il y avait de nouveau une répétition, mais de toute manière, je n'aurais pas pu danser, j'étais trop épuisée.

C'était bizarre de se retrouver assise sur une chaise au fond de la salle à regarder les autres danser. Katie, qui avait repris mon rôle, avait l'air gaie comme un pinson. Carrie n'arrêtait pas de m'observer du coin de l'œil, et, mais peut-être est-ce que je m'imaginais des choses, je trouvais qu'elle avait un air coupable. J'ai commencé à réfléchir... et si l'une d'entre elles était l'auteur de ces messages ? Le sol ne s'était peut-être pas retrouvé mouillé par hasard ? Et si Carrie avait fait exprès de m'induire en erreur ?

Je déteste prêter de mauvaises intentions aux autres, mais là, je commençais vraiment à avoir peur. Il semblait bien que quelqu'un m'en voulait et était prêt à tout. Quelqu'un voulait m'évincer pour danser le rôle de la princesse Aurore à ma place, c'était évident. Et tant pis si je me retrouvais blessée !

Une fois la répétition finie, certaines des filles sont venues me voir.

– Comment te sens-tu, Jessi ?

C'était Hilary qui avait parlé, d'une voix mielleuse. C'était bien la première fois qu'elle s'inquiétait de mon état de santé !

– Ça va, ai-je répondu. Je n'ai pas trop mal, je pense que je pourrai de nouveau danser à la prochaine répétition.

– Génial ! s'est écriée Lisa.

Je l'ai regardée attentivement : était-elle vraiment sincère ? Je me suis dit tout à coup que je pouvais suspecter toutes les filles du cours de vouloir se débarrasser de moi. Quelle horreur !

J'ai attendu que tout le monde sorte. Puis j'ai sautillé à l'aide de mes béquilles jusqu'aux vestiaires. C'était très gênant de se déplacer comme ça, comme une personne handicapée. J'avais peur qu'on se moque de moi. J'ai vérifié que je n'avais pas laissé traîner une vieille tunique que j'aurais dû remporter à la maison pour la mettre à la machine. Je n'ai pas trouvé de tunique, mais un nouveau message m'attendait.

– Qu'est-ce qui se passe encore ? ai-je dit à voix haute, tout en le dépliant.

J'ai immédiatement reconnu l'encre rouge, couleur de sang.

TU T'EN ES BIEN TIRÉE CETTE FOIS, MAIS LA CHANCE POURRAIT T'ABANDONNER...

Dès que j'ai revu mes amies à la réunion du Club des Baby-Sitters, je leur ai raconté tout ce qui m'était arrivé. Jusqu'alors, je n'en avais pas beaucoup parlé, parce que je trouvais ça très embarrassant. Et je ne voulais pas prendre ces menaces au sérieux. Mais maintenant, j'avais peur.

– L'auteur de ces messages a l'air vraiment décidé... et très méchant. Il ne faut pas prendre ces menaces à la légère, a fait Mary Anne.

– Je sais, je commence vraiment à avoir peur. Et si j'étais encore blessée, et plus gravement ?

– C'est bien ce qui m'inquiète, a enchaîné Mallory. Mais qu'est-ce que tu vas faire ? Tu devrais peut-être en parler à Mme Noelle ?

– Non, non, impossible. Elle ne croira jamais que des choses si horribles se passent dans son cours de danse. Elle dira que j'ai tout inventé.

Je me suis tue quelques secondes pendant que Kristy répondait au téléphone. Je me demandais si je devais leur parler de mes projets.

– En fait, ai-je repris une fois la garde chez les Papadakis arrangée, je me demande si je ne devrais pas me retirer du spectacle. J'adore ce rôle, mais je ne suis pas prête à risquer ma vie pour lui.

Mallory a sauté sur sa chaise :

– Abandonner ? Mais tu es dingue, Jessi. C'est certainement le plus beau rôle que tu aies jamais eu, tu ne dois pas te laisser intimider.

– Mal a raison, a ajouté Claudia, il ne faut surtout pas abandonner. J'ai déjà acheté un nouvel ensemble pour assister à la première !

Elle s'est mise à rire.

– Non, je plaisante. Mais sérieusement, on va t'aider à trouver une solution.

Carla s'est penchée en avant.

– Hé, Jessi, ces messages, tu les as encore ?

J'ai hoché la tête.

– Ils sont tous là, ai-je répondu en plongeant la main dans mon nouveau sac de danse antivol.

– Fais voir.

Je les lui ai donnés et elle les a regardés très attentivement.

– Hum, maintenant je comprends mieux pourquoi tu as peur, a-t-elle lancé après les avoir examinés l'un après l'autre.

Elle les a fait passer aux autres qui les ont lus en silence. On n'entendait que les sonneries du téléphone auxquelles Lucy répondait.

Quelques minutes se sont écoulées puis Kristy a pris la parole :

– Tu sais, Jessi, le but de tout ça, c'est justement de te faire peur. Il ne faut surtout pas que tu donnes satisfaction à l'auteur de ces messages.

– J'ai une idée ! s'est exclamée brusquement Mallory. Et si on venait toutes assister à l'une de tes répétitions ? On serait, comment dit-on déjà, des observateurs neutres et on pourrait peut-être repérer un suspect.

J'ai réfléchi à son idée quelques instants.

– La prochaine répétition aura lieu sur la vraie scène, si vous vous installiez tout au fond de la salle, vous pourriez peut-être passer inaperçues.

– On va bien s'amuser, a renchéri Lucy. Mais c'est à Stamford, non ? Comment allons-nous faire pour y aller ?

– Pas de problème, a repris Kristy. Je suis sûre que Sam acceptera de nous conduire en voiture.

A cet instant précis, le téléphone a sonné et Kristy s'est précipitée pour répondre. Quand on a eu décidé qui ferait le baby-sitting, j'étais parvenue à la conclusion que c'était un bon plan. J'ai promis de ne pas quitter le spectacle, en tout cas, pas avant que mes amies aient eu l'occasion d'assister à une répétition.

– Maintenant que nous sommes d'accord, a enchaîné Kristy, parlons un peu du défilé. Je sais bien que je n'étais pas très enthousiaste dans le journal de bord, mais vous ne croyez pas que c'est quand même une bonne idée ?

On aurait dit qu'elle avait besoin qu'on la soutienne.

– Oh si, a fait Mary Anne, et les enfants sont ravis, même s'ils prennent la chose un peu trop au sérieux. Ils s'amusent déjà.

– Ah ça oui, a enchaîné Mallory. J'ai gardé les deux petites Perkins hier après-midi et vous auriez dû les voir essayer de donner un bain à Shewy ! C'était quelque chose !

Shewy est un labrador tout fou et le chien le plus remuant que j'aie jamais vu. Et comme il est grand et fort, il lui arrive de mettre la maison des Perkins sens dessus dessous.

– Pour commencer, à chaque fois qu'elles arrivaient péniblement à le mettre dans le bain, il en sortait immédiatement en sautant et s'ébrouait, si bien que la salle de bains a été transformée en pataugeoire.

– Oh misère ! a soupiré Carla. J'espère que Mme Perkins savait à quoi s'attendre !

– Elle m'a dit de laisser faire ce qu'elles voulaient aux filles. Elle aussi doit se dire que ce n'est que de l'eau, après tout. Elles ont repris leurs essais et l'une d'elles est entrée dans le bain pour retenir Shewy pendant que l'autre le nettoyait avec du savon. Évidemment le savon a glissé plusieurs fois et Shewy...

– ... a sauté de la baignoire pour l'attraper, je parie ! Ce chien ne peut pas s'empêcher de ramasser tout ce qui tombe, a expliqué Carla.

– Exactement ! Autant vous dire, a repris Mallory, que la première fois qu'il s'est retrouvé avec le savon dans la gueule, il a fait une drôle de tête. Il n'a pas dû trop apprécier le goût. Mais il a remis ça plusieurs fois.

– Finalement, a repris Lucy, elles ont réussi à le nettoyer ou pas ?

– Elles avaient presque fini quand Gabbie est sortie de la salle de bains et est revenue avec C.R. dans les bras.

C.R., ce sont les initiales de Chasseur de Rats, le chat des Perkins.

– Elle s'était sûrement dit que lui aussi avait besoin d'un bon bain parce que, hop là, en moins d'une seconde, il s'est retrouvé dans l'eau à côté de Shewy.

– Oh ! là, là, là, là !

– C.R. est sorti de là comme une flèche. On aurait dit un

rat mouillé. Et Shewy est parti à sa poursuite ! Il y avait de l'eau partout !

A cet instant du récit, nous étions carrément hystériques, imaginez un peu la scène !

– Bien sûr, C.R. s'est précipité dans le jardin, et Shewy l'a poursuivi. Ils étaient tous les deux couverts de boue. Quelle pagaille !

– Je suis sûre que Shewy se salira de nouveau avant le concours de toute manière, a remarqué Mary Anne.

– C'est ce que j'ai essayé d'expliquer à Gabbie et à Myriam, a dit Mallory, mais elles étaient trop contrariées pour écouter. Quelle journée ! J'ai passé le reste de l'après-midi à nettoyer la salle de bains.

– Il m'est arrivé à peu près la même chose avec Lenny Papadakis et sa tortue, est intervenue Kristy.

– Il a donné un bain à sa tortue ? a demandé Claudia.

– Non, ce n'est pas exactement ça. En fait, il...

Elle a été interrompue par un appel. Mme Barrett avait besoin d'une baby-sitter pour Buddy, Liz et Maud. Mallory s'est proposée. Puis Kristy a repris son histoire.

– Lenny a passé tout l'après-midi à peindre la carapace de Quick. Il a utilisé sa peinture à l'eau, car je lui ai expliqué que les feutres ne seraient peut-être pas très bons pour la santé de sa tortue. Et vous savez quoi ? Ce qu'il a fait n'était pas mal du tout. Quick était plutôt jolie une fois terminée.

– Et qu'est-ce qu'il a peint ? a voulu savoir Claudia.

– Il y avait des sortes d'éclairs rouges qui descendaient sur les côtés et des étoiles jaunes un peu partout. Et plein d'autres choses. Nous avons sorti Quick dans le jardin ensuite, comme ça, Lenny a pu l'admirer tout en jouant.

– Je suis certaine que ça ne s'est pas très bien terminé ! a fait Mary Anne.

– Tu as raison, a approuvé Kristy. Lenny a commencé à s'amuser avec des voisins de son âge et, pendant ce temps, Quick a plongé dans la petite piscine en plastique au fond du jardin. Le temps qu'on la rattrape, toute la peinture avait dégouliné.

– Oh, pauvre Lenny !

– Eh oui ! Il était très déçu. Mais, au moins, il a appris qu'il ne fallait pas que Quick se mouille la prochaine fois qu'il la peindra.

Nous avons parlé du défilé d'animaux jusqu'à la fin de la réunion. C'était vraiment l'événement du moment pour un grand nombre d'enfants de Stonebrook. J'espérais simplement que nous allions réussir à tout organiser.

9

Jeudi

Pourquoi, mais pourquoi donc a-t-on cru qu'un concours d'animaux pouvait être amusant ? En fait, pour l'instant, ça ne nous a apporté que des problèmes, des larmes et des soucis de toutes sortes. J'aurais dû me douter que c'était à cause de ça que Buddy et Liz se comportaient aussi bizarrement... Enfin, ça s'est bien terminé malgré tout. Et j'espère qu'il en sera de même pour notre défilé d'animaux, hein ? Vous êtes d'accord avec moi ?

Pauvre Mallory. A l'instant où elle est entrée chez les Barrett, elle a tout de suite compris que ce serait un après-midi effroyable. Comme d'habitude, Mme Barrett était en retard (elle n'est pas très organisée), et elle est partie sans laisser aucune instruction à Mallory. (Nous avons toujours pour habitude d'arriver à l'heure – et même parfois un peu en avance – pour que les parents aient le temps de nous faire leurs recommandations. Mais quand il s'agit de Mme Barrett, ça ne sert à rien d'arriver en avance.)

Mme Barrett est divorcée depuis peu, et je me doute que ça ne doit pas être facile de s'occuper toute seule de trois enfants. Mais je dois ajouter une chose, elle est restée la même. Elle est toujours aussi superbe. Elle ressemble à un top model avec ses beaux cheveux châtains. Enfin peu importe, elle est sortie en trombe au moment où Mallory est arrivée, laissant derrière elle une douce odeur de parfum.

Elle laissait aussi trois enfants grincheux. Buddy, qui a huit ans, est habituellement un petit garçon joyeux, plein d'énergie. Mais cet après-midi-là, il était boudeur et replié sur lui-même. Et la bouille ronde de Liz, sa petite sœur de cinq ans, était renfrognée. Maud, le bébé âgé de deux ans, hurlait comme une sirène. Mallory l'a prise dans ses bras.

– Maud, que se passe-t-il ? a-t-elle demandé.

Mais la réponse était évidente. Sa couche était toute mouillée.

– Allez, a dit Mallory à Buddy et à Liz. Venez me tenir compagnie pendant que je vais changer votre petite sœur. Après, nous mangerons quelque chose, d'accord ?

Buddy a lancé un regard mauvais à Liz.

– Je suis obligé de venir ? Je ne veux pas être dans la même pièce qu'elle, a-t-il ajouté en montrant sa sœur du doigt.

– Devine quoi, Buddy, est intervenue Liz.

– Quoi ?

– Tu es un imbécile !

En temps normal, c'est le genre de blague qui les fait rire tous les deux. Mais cette fois, Buddy s'est contenté de secouer la tête.

– Devine quoi, a-t-il dit à son tour à Liz.

– Quoi ?

– Tu es la digne descendante d'une famille d'abrutis.

– Ha, ha, ha ! s'est exclamée Liz triomphalement. Tu fais partie de ma famille, ça veut donc dire que tu es un abruti, c'est pas moi qui l'ai dit.

Mallory a vite compris qu'il fallait mettre un terme à la conversation.

– C'est bon, c'est bon. Allez, venez, allons changer votre sœur. Liz, où ta mère a-t-elle rangé les couches aujourd'hui ?

La maison des Barrett n'est pas vraiment un modèle de rangement.

Parfois, nous tentons de mettre un peu d'ordre mais, avec Buddy et Liz de cette humeur, Mallory se disait que ce n'était pas vraiment une bonne idée. Elle a donc demandé à Liz de lui montrer où étaient rangées les couches (Liz et Maud partagent la même chambre). Et elle a demandé à Buddy de l'aider à distraire le bébé pendant qu'elle le changeait.

C'était efficace. Maud souriait et faisait de grands gestes en direction de son frère, au lieu de donner des coups de pied et de pleurer comme elle le faisait habituellement.

Elle n'aime pas trop qu'on la change, alors cette distraction était la bienvenue.

– Merci, Buddy. Merci Liz, vous m'avez tous les deux beaucoup aidée.

Mallory a repris Maud dans ses bras, une Maud toute propre et sèche qui paraissait ravie. Puis ils sont tous descendus.

– Maintenant, nous allons manger quelque chose et vous allez m'expliquer pourquoi vous êtes si grognons aujourd'hui.

– Je ne suis pas grognon ! a bougonné Liz.

– Si, a fait Buddy. Mais pas moi. Je suis parfaitement heureux !

Il a envoyé un grand sourire – légèrement forcé – à Mallory.

Mallory a haussé les épaules et s'est retournée pour sortir des chips du placard.

– Oh ! a-t-elle entendu derrière elle.

Liz se frottait le tibia.

– Il m'a donné un coup de pied.

Mallory a lancé un regard désapprobateur à Buddy.

– Buddy, ça suffit ! a-t-elle grondé en se retournant pour finir de préparer les bols.

– Hé !

Cette fois, c'était la voix de Buddy.

– Que se passe-t-il encore ?

Mallory commençait à en avoir assez de leurs chamailleries.

– Elle m'a donné un coup de coude ! s'est écrié Buddy.

– Non, c'est pas vrai ! a protesté Liz.

– Da, da, dah, a fait Maud en agitant ses bras en l'air.

Mallory a posé ses mains sur les hanches.

– Bien, ça suffit comme ça. Je veux savoir ce qui se passe

entre vous deux. Vous vous entendez bien habituellement. Alors, quel est le problème aujourd'hui ?

Liz a regardé Buddy.

Buddy a regardé Liz.

– C'est Fred, ont-ils déclaré tous les deux en même temps.

– Je veux le faire participer au défilé, a expliqué Buddy. C'est mon chien. Je l'ai eu pour mes deux ans, ce n'était encore qu'un bébé. Liz n'était même pas née.

– Mais maman a dit qu'il était à nous deux maintenant, a fait Liz. Et c'est moi qui lui donne à manger parfois. Et je veux l'inscrire au concours.

Fred est le basset des Barrett. Buddy répète souvent à sa sœur qu'il est le chien le plus intelligent de la terre. Mais ce n'est pas vrai. Il est plutôt paresseux et un peu mou, qualités grâce auxquelles il tolère gentiment les taquineries des enfants.

Mallory a soupiré. Lorsqu'elle était partie de chez elle, ses frères et ses sœurs étaient en train de se disputer pour la même raison. Depuis que les Pike avaient reçu leur invitation pour le défilé, les enfants n'arrêtaient pas de se chamailler pour savoir qui présenterait Frodo.

Frodo est le hamster des Pike. C'est le frère de notre Brume. Je ne suis pas très bonne en calcul, mais je sais une chose : il est impossible de diviser un hamster entre sept enfants. Mallory m'a expliqué plus tard qu'elle avait renoncé à les aider à trouver une solution. C'était un problème insoluble.

– Je suis certaine que vous allez réussir à vous entendre, a dit Mallory à Buddy et à Liz.

En fait, elle n'en était pas sûre du tout, mais il fallait bien qu'elle dise quelque chose.

– Ça ne vaut pas la peine de se disputer pour ça. Finissons de manger et ensuite nous irons jouer dehors.

Mieux valait être dehors que coincée dans cette maison avec deux enfants de mauvaise humeur, pensait-elle.

Une fois toutes les chips avalées, Mallory a rangé la cuisine (elle a notamment nettoyé les assiettes du précédent repas que Mme Barrett avait laissées dans l'évier). Puis elle a fait sortir tout le monde. Maud a grimpé dans sa poussette et Mallory l'a promenée dans l'allée du jardin. Liz courait dans tous les sens pour montrer à Mallory les fleurs qu'elle avait plantées avec sa mère. Buddy la suivait de près en faisant des grimaces derrière son dos.

Et puis Mallory l'a soudain vu sourire et faire de grands gestes. Elle a tourné la tête et elle a aperçu Helen et Matt Braddock. Elle a poussé un soupir de soulagement. Génial ! Buddy et Liz allaient avoir autre chose à faire que se bagarrer.

Elle leur a dit bonjour et elle a fait un signe à Matt. Matt est sourd et nous avons appris quelques signes. Helen est une parfaite interprète (c'est une experte !), mais c'est également agréable de pouvoir communiquer directement avec Matt.

Avec Buddy, ils se sont mis à discuter en langue des signes.

– Qu'est-ce qu'ils disent ? a demandé Mallory à Helen.

– Matt a demandé à Buddy s'il voulait jouer, et Buddy a dit oui, a-t-elle expliqué. Hé, est-ce qu'on peut aussi jouer avec vous, Liz et moi ? a-t-elle demandé aux garçons en signant la phrase en même temps.

Quelques minutes plus tard, ils ont entamé une partie de base-ball. Mallory et Maud se sont assises pour les surveiller.

– Un coup superbe ! s'est exclamé Buddy qui venait de lancer la balle haut dans le ciel.

Il a couru autour du jardin avant de rejoindre sa base.

C'était maintenant à Helen de jouer.

– Faites attention, je vais frapper si fort que je vais envoyer la balle en dehors du jardin !

Elle a baissé sa batte pour expliquer ce qu'elle venait de dire à Matt.

Il lui a fait un signe en retour, en rigolant.

– Comment ça, les filles n'ont pas de force ? a hurlé Helen.

Elle a donné un coup violent, mais elle a manqué la balle.

– Mince !

Elle a tiré ses cheveux en arrière et elle s'est bien campée sur ses jambes.

– Lance m'en une autre ! a-t-elle ordonné en joignant le geste à la parole.

Cette fois-ci, elle a réussi. Buddy et Matt ont regardé la balle passer au-dessus de leur tête.

Helen en a oublié de courir. Elle est restée immobile en regardant la balle disparaître.

Et la balle a en effet disparu, elle était coincée sur le toit !

– Magnifique, Helen ! s'est écriée Mallory.

– Ah oui, magnifique ! a ajouté Buddy. Maintenant, nous n'avons plus de balle. Pourquoi tu n'as pas visé le jardin ? Au moins, Fred aurait pu la retrouver, même si on n'avait pas vraiment repéré l'endroit où elle était tombée.

– Oh, Fred, Fred, Fred, a fait Helen. Je n'arrête pas de t'entendre dire que c'est un chien vraiment génial et qu'il va certainement gagner le concours. Mais je ne crois pas qu'il soit si intelligent que ça.

– En tout cas, c'est mieux que de ne pas avoir de chien du tout.

Helen s'est mordu la lèvre. Matt s'est approché d'elle et lui a lancé un regard interrogateur. Elle lui a expliqué ce que Buddy venait de dire. Matt a regardé Buddy d'un œil mauvais. Puis il a fait des signes à sa sœur.

– Qu'est-ce que ça peut faire si on n'a pas d'animal ? a traduit Helen. On est quand même invités au défilé, alors ?

– Mais vous ne pourrez pas gagner de prix, a répliqué Liz.

– Et qu'est-ce qui vous fait croire que vous gagnerez un prix avec cette espèce de vieux bâtard ? a repris Helen.

Liz a éclaté en sanglots.

– Fred n'est pas un bâtard ! C'est un basset.

Mallory a décidé qu'il était grand temps d'intervenir.

– Bien, écoutez, on ne va pas se disputer pour...

Mais Buddy s'est mis à hurler sur Liz, en interrompant soudainement Mallory.

– Oui, tu as raison, c'est un basset. Mais tu ne gagneras aucun prix avec lui. C'est MON chien !

« Oh non, a pensé Mallory. Ce n'est pas possible, ça recommence. »

Elle s'est approchée de Buddy, prête à séparer les adversaires pour calmer tout le monde.

A cet instant, Helen s'est mise à crier sur Liz :

– Tu n'as pas le droit de me pincer !

Elle a pris la main de son frère.

– Allez, viens, on s'en va.

Matt a lancé un dernier regard mauvais à Buddy et à Liz avant de s'éloigner avec sa sœur.

– Oh, super ! s'est exclamée Mallory. Je crois qu'il est urgent de régler ce problème.

Elle s'est assise avec Buddy et Liz sur les marches du perron. Maud était toujours dans sa poussette. Elle s'était endormie et la dispute ne l'avait même pas réveillée.

– Écoutez, vous deux. Il n'y a aucune règle qui empêche plusieurs personnes de présenter le même animal. Pourquoi n'emmèneriez-vous pas Fred ensemble ?

Buddy et Liz se sont regardés. Mallory a tout de suite compris qu'ils trouvaient l'idée bonne, mais elle savait aussi qu'aucun des deux ne voudrait céder le premier.

– Toi, Liz, a repris Mallory, tu pourrais le faire beau et toi, Buddy, tu pourrais lui montrer de nouveaux tours. Qu'est-ce que vous en pensez ?

– Ouais, a fait Buddy, je pourrais lui apprendre à se rouler par terre, comme le chien de Tante Jo.

– Et moi, je pourrais lui donner un bain et lui passer du vernis rose sur les griffes et lui mettre plein de rubans, a ajouté Liz. Comme ça, il serait vraiment magnifique.

Ils se sont éloignés en courant à la recherche de Fred, laissant Mallory seule sur la terrasse. Elle a secoué la tête en s'adressant à Maud, encore endormie :

– Ouf, mon cœur, on s'en est bien tirées finalement !

Maud a remué dans sa poussette, souriant dans son sommeil.

En fin d'après-midi, sa garde terminée, Mallory est rentrée chez elle. Elle espérait que ses frères et sœurs avaient fini par s'entendre au sujet de Frodo. Elle avait déjà eu sa dose de disputes pour la journée.

Elle a eu de la chance car, quand elle est arrivée, le problème était réglé. Pour une raison inconnue, les triplés avaient renoncé à s'occuper de Frodo. Ils laissaient Nicky le présenter au concours et celui-ci avait généreusement proposé de se faire aider par Vanessa, Claire et Margot.

Mallory appréciait grandement le calme qui régnait dans la maison et elle était bien trop épuisée pour s'interroger sur les raisons qui avaient poussé les triplés à faire machine arrière. Elle se doutait qu'ils préparaient sûrement un mauvais coup. Mais elle devrait attendre le jour du défilé pour découvrir ce qu'ils manigançaient.

10

– Claudia, s'il te plaît…
– Qu'est-ce qu'il y a ?
– Tu as le coude dans mon oreille.
– Ce n'est pas ma faute, Lucy, je ne peux pas faire autrement !

– Tu ne pourrais pas le bouger un peu ?

– Non, il y a Mallory sur mes genoux et je suis complètement paralysée !

Mallory lui a lancé :

– Arrête de te plaindre, tu veux bien ? Je ne suis pas si lourde que ça, quand même !

Nous nous étions entassées toutes les six dans la voiture de Sam, élégamment surnommée « le tas de ferraille » et croyez-moi, on avait eu du mal.

Heureusement (si l'on peut dire), Mary Anne n'avait pas pu venir, elle faisait un baby-sitting. C'était un samedi après-midi et il pleuvait. Nous étions en route pour Stamford où devait avoir lieu la répétition. Mes amies allaient toutes y assister.

Kristy et moi étions assises à l'avant, à côté de Sam. Je devais lui indiquer le chemin jusqu'à la salle des fêtes. Carla, Lucy, Claudia et Mallory se serraient sur la banquette arrière et depuis qu'on avait démarré, elles n'arrêtaient pas de se plaindre.

– Hé, a fait Carla, qui est-ce qui m'a pincé ?

On a entendu des petits cris puis des rires : c'était à qui pincerait l'autre.

– Du calme à l'arrière, les filles ! a crié Sam en lançant un regard dans le rétroviseur. Comment voulez-vous que je conduise avec tout ce vacarme ?

Pendant un court moment, tout le monde est resté silencieux. Puis, alors que Sam s'arrêtait à un feu rouge, Carla a repéré un garçon très mignon qui traversait la rue, un journal sur la tête pour se protéger de la pluie.

– Waouhh ! Quel homme ! Il ne faut pas le laisser filer !

– Arrête, a fait Kristy qui avait rougi. Il pourrait nous entendre.

– Mais non, a repris Claudia, les vitres sont fermées. Regarde bien, je vais prouver que j'ai raison : « Hé, beau gosse ! »

Le garçon s'est retourné et a fixé la voiture. On s'est toutes recroquevillées sur nos sièges, hilares.

– Vous croyez qu'il m'a entendue ? a demandé Claudia. Je suis morte de honte !

– Ah ça non, pas de morte dans ma voiture, a plaisanté Sam. Qu'est-ce que je dirais à vos parents, moi ? Allez, du calme maintenant.

– D'accord, Sam. Excuse-moi.

Durant quelques minutes, il y a eu un silence complet à l'arrière. Puis les fous rires ont repris, quand Lucy et Claudia ont commencé à parler des dernières trouvailles vestimentaires de Jennifer Cooke.

Je priais pour que Sam ne se mette pas en colère, craignant qu'il nous abandonne en cours de route et qu'on ait à faire à pied le reste du chemin. J'appréhendais déjà assez cette répétition, je voulais éviter d'arriver en retard ! Mais Sam n'a rien dit. Et je dois bien avouer que j'appréciais la bonne humeur de mes amies, elle m'aidait à me détendre un peu.

Pourquoi tant d'appréhension ? Eh bien, pour commencer, je n'étais pas très satisfaite par ma manière de danser. Tous ces incidents et ces messages anonymes, je trouvais ça très déstabilisant. En plus, je savais que je ne dansais pas aussi bien que d'habitude. Je m'inquiétais en me demandant si Mme Noelle ne changerait pas d'avis si je n'étais pas bientôt de nouveau au mieux de ma forme.

Pour couronner le tout, je savais que je n'aurais pas dû laisser mes amies assister à la répétition. Je n'avais pas demandé l'autorisation à Mme Noelle – parce que j'étais presque sûre qu'elle refuserait. Et j'étais évidemment très inquiète car si elles se faisaient attraper, nous aurions toutes de gros ennuis.

J'étais aussi un peu nerveuse à l'idée de danser devant un public à un stade aussi peu avancé des répétitions. D'accord, mes amies seraient les seules dans la salle, mais, d'ordinaire, personne ne venait nous voir avant la générale. Leur présence ne serait-elle pas gênante ? Qu'est-ce qu'elles diraient de moi ?

J'ai tenté de ne plus penser à tout ça.

– Hé, Mal, on devrait venir se faire coiffer ici, ai-je fait en montrant du doigt un salon de coiffure plutôt rigolo qui attirait toujours mon attention quand je venais à Stamford.

Sur l'enseigne, on pouvait lire : « Tiff'any ». Dans la vitrine, il y avait des posters de femmes coiffées d'énormes chignons qui formaient comme des montagnes de boucles.

– Ah oui, m'a répondu Mallory, on sortirait de là coiffées comme des caniches !

Elle a éclaté de rire :

– Peut-être qu'on gagnerait le premier prix de notre concours !

– Ah non, a grogné Kristy, je voudrais bien l'oublier celui-là, au moins pour une journée ! J'en ai par-dessus la tête.

Sam venait d'arriver devant la salle des fêtes et il se garait sur le parking.

– On est arrivés, tout le monde descend ! a-t-il fait. Dis-moi Jessi, par où les filles vont-elles entrer ?

– Il y a une sortie de secours, juste ici, ai-je répondu en la montrant du doigt. Tu peux les aider à se faufiler à l'intérieur ? On ne risque pas de les voir au fond de la salle, il fait noir.

Mes amies du Club des Baby-Sitters étaient maintenant toutes sorties de la voiture de Sam.

– Bonne chance, Jessi, on veille sur toi !

– On va même prendre des notes.

Carla tenait dans ses mains un petit carnet ainsi qu'une minuscule torche en forme de crayon.

– Waouh ! me suis-je exclamée, admirative. Vous ne

plaisantez pas, les filles, quand vous menez une enquête ! Soyez prudentes et surtout... discrètes.

– Ne t'inquiète pas, m'a rassurée Claudia. Fais comme si nous n'étions pas là. Allez, bonne répétition.

Je leur ai fait un petit signe de la main tandis qu'elles pénétraient dans la salle guidées par Sam. Je savais qu'il les aiderait à s'installer avant de partir.

Je me suis retournée et je me suis dirigée vers l'entrée des artistes. J'ai tremblé d'excitation en ouvrant la porte : les souvenirs des autres spectacles affluaient dans ma mémoire. J'espérais juste que tout se passerait aussi bien que les autres fois.

Je me suis rapidement mise en tenue dans les loges qui étaient bondées, puis je suis allée sur scène. Mme Noelle nous attendait. J'ai jeté un coup d'œil vers le fond de la salle. Où étaient donc mes amies ? Je ne les voyais – et ne les entendais – nulle part. Très bien. Si je ne les voyais pas, ça voulait dire que les autres non plus.

– Êtes-vous prête à donzer aujourd'hui, mademoiselle ? m'a lancé Mme Noelle en me jetant un regard étonné.

Elle se demandait sûrement ce que je cherchais dans la salle.

– Oui, madame.

Et c'était vrai. Pour l'instant, tout allait bien. Aucun de mes vêtements n'avait disparu et je n'avais pas trouvé de message dans mon sac. Aujourd'hui, je ne penserais qu'à la danse.

Au début, ça a été difficile d'oublier la présence de mes amies dans la salle, épiant le moindre de mes mouvements. Mais ça n'a pas duré. J'étais trop occupée à m'imprégner de tous les mouvements magnifiques – et d'une difficulté extrême – qui composent ce ballet pour penser à autre chose. Ma cheville était complètement guérie et aussi solide qu'avant.

La répétition se passait bien, je dansais bien et les autres aussi. On a enchaîné presque tout le ballet malgré les nombreuses corrections et reprises imposées par Mme Noelle.

– Attention à zette épaule, mademoiselle Romsey, m'a-t-elle avertie. Elle tombe pendant votre glissade.

Je me suis concentrée encore plus, ne pensant qu'à mes muscles et à ma position. Pas une fois je n'ai failli trébucher ou tomber, et les autres non plus, d'ailleurs.

– Trrrès bien, a conclu Mme Noelle à la fin de la répétition, vous étiez toutes zuperbes aujourd'hui. Le spectacle sera une réussite !

Elle a tapé dans ses mains et nous a renvoyées dans les loges.

En me changeant, j'ai repensé à la répétition. J'espérais que mes amies n'avaient pas perdu leur temps car je dois admettre que j'avais espéré qu'il y aurait un incident pour qu'elles se rendent compte par elles-mêmes de ce qui se tramait.

Mais il ne s'était rien passé aujourd'hui. Et rien de bizarre dans les loges non plus ; pas de messages, pas de vêtements envolés, rien. Carla s'est faufilée discrètement jusqu'à moi quand tout le monde, ou presque, a été parti. Elle voulait mener son enquête, mais je n'avais rien de nouveau à lui montrer. Est-ce que tout ce mystère était le fruit de mon imagination ? Est-ce que je souffrais d'hallucinations ? Ou plus simplement, peut-être que je perdais la tête ?

– Mais pas du tout, m'a rétorqué Claudia alors que j'émettais cette hypothèse, assise dans la voiture qui nous reconduisait toutes chez nous. Je suis sûre qu'il y a un truc pas clair. Et j'ai aussi ma petite idée sur le coupable !

– Ah bon, ai-je repris, comment ça ?

– Simple affaire d'observation, a ajouté Claudia. Il suffit de se mettre dans la peau de Miss Marple...

– Je suis d'accord, a renchéri Carla, moi aussi j'ai vu des choses bizarres. Par exemple, pourquoi Katie a fait une grimace quand Mme Noelle a dit que ton pas de barré... euh... bourrée ou je ne sais pas quoi, était proche de la perfection ?

Par chance, mes amies avaient assisté à mes spectacles et pouvaient facilement identifier les filles qui dansaient avec moi.

– Elle est peut-être un peu jalouse, ai-je expliqué, songeuse. Après tout, elle avait pris ma place le temps que ma cheville guérisse et je n'ai jamais entendu Mme Noelle lui faire le même compliment.

– Alors, c'est elle qui deviendrait la princesse Aurore si tu ne pouvais pas danser ? a demandé Lucy. Ça expliquerait pas mal de choses, pas vrai ? Elle essaie de se débarrasser de toi pour prendre ta place.

Je me suis tournée sur mon siège pour pouvoir regarder Lucy.

– Je n'en sais rien, ai-je fait, hésitante, ce n'est peut-être pas si sûr que ça. Si je ne pouvais pas danser, Mme Noelle auditionnerait probablement de nouveau toutes les filles du cours. C'est son genre. Et il n'est pas certain que Katie obtiendrait le rôle – et elle le sait sûrement.

– Et Hilary ? a poursuivi Claudia.

– Quoi, Hilary ?

– Pourquoi a-t-elle toujours l'air stressée ? a repris Claudia. Comme si elle était terrifiée à l'idée de faire une erreur.

Alors je leur ai parlé de sa mère, je leur ai expliqué qu'elle ne lâchait jamais sa fille, qu'elle attendait d'elle la perfection.

– Je sais qu'elle doit faire face à beaucoup de pression, je n'aimerais pas être à sa place.

– Oui, enfin, ne t'inquiète pas trop pour elle, a fait Claudia. Elle, elle ne te porte pas vraiment dans son cœur.

– Qu'est-ce que tu veux dire ?

– Oh, c'est juste l'impression qu'elle m'a donnée. Tu connais l'expression « le regard qui tue » ? Eh bien, elle te lançait de ces regards ! Ils auraient pu arrêter net un éléphant, si tu vois ce que je veux dire...

J'ai pris quelques instants pour réfléchir, puis j'ai de nouveau demandé :

– Et qui d'autre ferait un bon suspect ?

– Et pourquoi pas cette Lisa Jones ? a lancé Mallory. Elle est toujours si douce et si gentille. Trop beau pour être vrai.

– Vous savez quoi ? Elle est vraiment, vraiment gentille. Elle s'est tout de suite inquiétée quand je me suis blessée à la cheville. C'est la seule qui ait appelé le soir même à la maison pour savoir comment j'allais.

– Elle était peut-être pressée de savoir si tu allais abandonner ou non, a remarqué Kristy.

– Non, non, je vous assure, vous pouvez la rayer de votre liste de suspectes. J'aime trop Lisa pour la soupçonner de quoi que ce soit.

– Bon, d'accord, laissons tomber Lisa. Mais cette bonne vieille Carrie, alors ? Quel est son problème ?

– Tu as mis pile le doigt dessus en l'appelant la bonne vieille Carrie, ai-je expliqué en riant, Carrie est la plus âgée du cours, et c'est son dernier spectacle.

J'ai expliqué aux autres pourquoi il lui fallait de bonnes références sur son CV.

– Je sais que danser le rôle principal aurait signifié beaucoup pour elle, mais elle a un très beau rôle quand même, ce n'est pas si mal d'incarner la fée des Lilas. C'est une bonne danseuse, elle parviendra sans problème à entrer dans une autre école.

– Toi, tu en es sûre, mais elle ? Moi, a fait Claudia, je la range sans hésitation dans la catégorie des suspectes.

– Tout à fait d'accord, a renchéri Mallory, et je pense la même chose d'Hilary Morgan – à cause de ses regards méchants.

– Humm... alors vous ne voyez qu'elles deux ?

– Oh non ! est intervenue Kristy. Moi je soupçonne aussi Katie. Vous avez été longtemps ennemies, tu te rappelles quand...

– Mais c'est fini tout ça !

– Je sais, mais j'ai l'impression qu'elle t'en veut encore. Et elle rêve de devenir la princesse Aurore, ça crève les yeux.

– Je ne suis pas d'accord, Kristy, l'a coupée Carla. Si elle était certaine d'obtenir le rôle, d'accord. Mais il faudrait qu'elle auditionne de nouveau. Et crois-moi, il y a pas mal de danseuses meilleures qu'elle.

On a continué à discuter pendant un moment mais lorsque nous sommes arrivés à Stonebrook, il ne nous restait plus que trois suspectes plausibles : Katie, Carrie et Hilary. Maintenant, tout ce que j'avais à faire, c'était de garder un œil attentif sur ces trois-là. Mes amies étaient convaincues que la coupable se dévoilerait vite.

Sam m'a déposée devant chez moi et j'ai quitté mes amies, pleine de reconnaissance. Et soulagée, aussi. Je ne savais pas si nous attraperions ou non « le fantôme de l'école de danse », comme Claudia l'avait baptisé, mais je me sentais rassurée.

On s'était penchées ensemble sur ce mystère, et je savais que, avec l'aide de mes amies, je finirais par le résoudre.

11

Pendant les répétitions qui ont suivi, j'ai gardé l'œil sur nos trois suspectes, mais il n'y a pas eu de nouvel incident.

Nos efforts commençaient à payer. Tout avançait bien et je me sentais de plus en plus à l'aise dans le rôle de la princesse Aurore.

Je commençais à croire que j'avais imaginé toute cette histoire quand, de nouveau, d'étranges incidents ont eu lieu.

Pour commencer, à la fin d'une répétition, j'ai retrouvé dans mon sac mon vieux collant, celui qui avait disparu. Mais il était immettable : il était en lambeaux. Quelqu'un l'avait déchiqueté avec une paire de ciseaux. Rien que d'y penser, j'en tremblais !

Puis, lors d'une autre répétition, j'ai été attirée, par quelqu'un que je ne pouvais pas voir, dans le décor et j'en suis ressortie avec mon justaucorps couvert de taches de peinture rouge, ce qui n'a pas vraiment plu à Mme Noelle. A moi non plus, d'ailleurs. J'avais dépensé tout mon argent pour racheter de nouvelles affaires quand les miennes m'avaient été volées, et j'ai dû emprunter de l'argent à mes parents pour m'acheter un nouveau justaucorps.

Ce rôle commençait à me revenir cher !

Quelquefois, je me demandais si tout ça en valait vraiment la peine, si je n'aurais pas mieux fait de tout laisser tomber. Mais après avoir passé deux heures à travailler sans relâche à une variation avec Mme Noelle, j'étais prête à tout pour continuer à éprouver un tel plaisir.

Le morceau que je préférais était ma première variation, quand j'entrais en scène pour la première fois pour danser l'Adage à la rose. Certains danseurs affirment que si le rôle de la princesse Aurore est un tel défi, c'est justement à cause de cet adage, car il faut le danser « à froid », sans s'être échauffée auparavant en dansant des passages plus faciles.

Mais j'adore cet adage. Il est tout en grâce et en lenteur. Il montre la princesse qui arrive à la cour le jour de son seizième anniversaire. Elle est présentée à quatre princes. Chacun lui offre une magnifique rose et elle danse avec eux. Mais lorsqu'elle s'arrête, elle tend les roses à sa mère : elle s'amuse bien trop pour penser à une chose aussi sérieuse que le mariage.

La danse avec les princes est très difficile. Mme Noelle nous a fait beaucoup répéter avant que nous parvenions à un résultat satisfaisant. Voilà comment elle se déroule : à chaque fois que je finis de danser avec l'un des princes, je dois tenir en équilibre sur une pointe et rester comme ça, seule, jusqu'à l'arrivée du prochain danseur.

– On ne bouge pas, mademoiselle Romsey, criait Mme Noelle alors que je faisais mon possible pour tenir en équilibre, et on sourit !

Sourire ! Elle en avait de bonnes !

– N'oubliez pas que vous êtes une jeune princesse pleine d'insouciance, vous incarrrnez le banheur et l'ivrrresse de la jeunesse !

Je faisais tout mon possible pour incarner le « banheur », comme elle disait, mais ce n'était pas facile, surtout avec Hilary qui n'arrêtait pas de me lancer des regards terribles. Quelquefois, je m'en voulais quand je voyais tout le temps que Mme Noelle me consacrait, mais c'était mon rôle qui voulait ça. Pourtant, je voyais bien que les autres filles étaient jalouses. J'aurais réagi pareil si j'avais été à leur place.

Et c'est cette jalousie qui a poussé mon fantôme à passer de nouveau à l'acte, c'est ce que j'ai immédiatement compris quand je suis rentrée dans les loges, un jour, justement après avoir travaillé cet Adage à la rose. Il y avait un nouveau message, toujours à l'encre rouge, et accompagné d'une rose rouge :

GARE AUX ÉPINES!

Je suis restée un moment debout à l'étudier, et j'ai senti comme un poids tout à coup sur mon estomac. Je l'ai ensuite replié et glissé dans mon sac. J'ai regardé la rose et me suis dit que je la donnerais bien à maman car elle était jolie et devait probablement sentir très bon. Mais quand je l'ai prise dans ma main, je me suis piqué le doigt avec une épine.

– Aïe !

Une goutte de sang perlait au bout de mon doigt.

J'ai regardé autour de moi pour voir qui était dans le vestiaire. La coupable était forcément parmi les filles qui étaient là en train de se rhabiller.

Hilary était devant le miroir, occupée à vérifier sa coiffure. Katie était assise et elle rangeait ses affaires dans son sac. Quant à Carrie, elle était près de la porte et elle s'est retournée quand elle m'a entendue crier.

– Ça va, Jessi ? a-t-elle demandé en s'approchant de moi.

Elle a aperçu la rose et s'est exclamée :

– Comme elle est jolie ! On t'envoie des fleurs ?

J'ai haussé les épaules.

– Un admirateur secret, peut-être ? Hé, écoutez tout le monde, Jessi a un petit copain !

Je me suis sentie très gênée, j'ai jeté la rose à la poubelle et je suis sortie précipitamment en ignorant leurs remarques moqueuses.

Après cette expérience, je n'ai plus jamais eu autant de plaisir à danser l'Adage à la rose. Je repensais toujours à cette épine qui m'avait piquée, comme le dard d'une abeille, et à la goutte de sang qui avait ensuite coulé.

Mais je ne suis pas la princesse Aurore : je n'ai pas dormi pendant cent ans après m'être piqué le doigt. Non, au contraire, j'étais encore plus sur le qui-vive. Je mourais d'envie d'attraper mon coupable la main dans le sac.

J'ai pensé à me cacher dans les loges pour le coincer au

moment où il – je devrais dire plutôt « elle » – glisserait un nouveau message dans mon sac. Mais ce n'était pas possible : Mme Noelle remarquerait immédiatement mon absence. Tout ce que je pouvais faire, c'était attendre et rester sur mes gardes.

J'essayais de garder constamment un œil sur nos trois suspectes, mais ce n'était pas facile car Mme Noelle me donnait toujours un passage à travailler.

Un jour, Carrie m'a bousculée au moins trois fois pendant une répétition. Ce jour-là, je suis ressortie convaincue que c'était elle, la coupable.

Un autre jour, j'ai surpris Hilary en train de murmurer des trucs sur moi dans l'oreille de Lisa Jones, et je me suis dit que c'était elle qui m'en voulait.

Ensuite Katie s'est mise à me regarder bizarrement. Je l'ai surprise en train de m'observer pendant les exercices à la barre. C'était peut-être elle, notre fantôme...

Je n'étais plus sûre de rien et pour couronner le tout, je continuais à recevoir des messages.

A l'une des répétitions, j'en ai trouvé un qui disait :

LAISSE TOMBER AVANT QU'IL NE SOIT TROP TARD.

J'ai fourré le bout de papier dans mon sac en secouant la tête.

A la fin de la répétition suivante, un autre message m'attendait :

DERNIER AVERTISSEMENT !

Mais vous savez quoi ? Au lieu de m'effrayer, toutes ces menaces me mettaient de plus en plus en colère et j'étais encore plus déterminée à résoudre ce mystère et à démasquer la coupable. Ensuite je raconterais tout et le spectacle, avec moi dans le rôle de la princesse Aurore, se déroulerait sans problème.

Un jour, Carrie n'est pas venue à la répétition. Selon les dires de Mme Noelle, elle était clouée au lit avec un gros rhume. Et ce jour-là, nous avons répété la partie la plus difficile du ballet.

Quand on apprend un mouvement, Mme Noelle nous le fait répéter encore et encore, jusqu'à ce que nous arrivions à un résultat acceptable. Après avoir appris les pas, nous les recommençons des milliers de fois. Les répétitions sont quelquefois vraiment éreintantes !

Ce jour-là, en retournant dans les loges, j'étais au bord de l'épuisement et je n'avais vraiment pas besoin de trouver un autre message ! Mais il était là, à m'attendre, toujours écrit à l'encre rouge sang. Cette fois, il disait :

REPOSE-TOI,
LA BELLE AU BOIS DORMANT.

J'ai secoué la tête en le fourrant dans mon sac.

C'est alors que j'ai réfléchi : Carrie n'était pas là, et j'avais reçu un autre message. Finalement, les choses avançaient, car ça ne pouvait pas être elle, ce qui me laissait avec seulement deux suspectes.

A moins que... A moins que Carrie ait fait semblant d'être malade et qu'elle ait chargé quelqu'un de déposer le message à sa place. J'ai secoué la tête : ce n'était pas très plausible. Elle ne manquerait jamais une répétition à moins de ne pouvoir faire autrement.

Il ne restait donc plus qu'Hilary et Katie. Comment découvrir laquelle des deux était la coupable ? J'ai décidé d'attendre pour voir ce qui allait se passer. Si je parvenais à rayer l'une d'elles de ma liste, alors, je tiendrais mon fantôme.

A la répétition suivante, Carrie n'était toujours pas revenue. J'étais désolée pour elle, ce devait vraiment être dur de ne pas pouvoir danser. Maintenant que j'étais persuadée que ce n'était pas le fantôme, sa présence me manquait un peu.

Mais c'était aussi plus facile de n'avoir à surveiller que deux personnes. Je me suis rendu compte que j'arrivais mieux à me concentrer sur ce que je faisais, ce qui, semble-t-il, s'est remarqué : ce jour-là, Mme Noelle m'a dit que j'avais été « ébleuissante » !

Les compliments de Mme Noelle donnent toujours du baume au cœur, car ils prouvent qu'elle apprécie vraiment ce que vous faites. Cet après-midi-là, j'étais quasiment au septième ciel ! J'ai dansé l'Adage à la rose sans me tromper et mon pas de deux avec l'Oiseau du bonheur a frôlé la perfection ! Et j'ai laissé le prince m'embrasser sans éclater de rire. Autant dire que la répétition s'est très très bien passée. Enfin... jusqu'à ce que le décor me tombe dessus !

Au théâtre, le décor est souvent peint sur de grandes toiles qu'on monte au-dessus de la scène et qu'on descend à l'aide de cordes. Quand le décor est relevé, les cordes sont solidement enroulées afin d'éviter tout accident.

Quand vient le moment du changement de décor, on descend la toile doucement jusqu'à la scène. Ces panneaux peints peuvent peser près d'une tonne, ils sont immenses !

Il y a beaucoup de décors dans *La Belle au bois dormant* : la salle de bal, la forêt enchantée et le château où la princesse gît étendue en attendant l'arrivée de son prince. Au cours des différentes répétitions, je m'étais habituée à ces changements de décor, à entendre les machinistes répéter eux aussi.

Bon, ce jour-là, je venais de finir ma dernière danse avec le prince et je me préparais à quitter la scène pour m'écrouler en coulisses pendant que Mme Noelle parcourait ses notes pour nous dire ce qui n'allait pas encore. Je n'ai rien senti venir : avant que je m'en aperçoive, quelqu'un m'a écartée vivement. Le panneau s'est écrasé au sol dans un vacarme assourdissant, juste à l'endroit où j'étais la seconde d'avant.

J'en avais les jambes coupées : encore un « incident » ? J'ai regardé tout autour de moi en essayant de reprendre mes esprits. Il y avait une personne à mes côtés qui voulait savoir comment ça allait. C'était Katie. C'était elle qui m'avait sauvée !

– Merci, merci, Katie, ai-je fait dès que j'ai pu ouvrir la bouche. J'ose à peine imaginer ce qui serait arrivé si ce machin m'était tombé dessus !

– Je suis bien contente que tu t'en sois sortie, m'a-t-elle répondu en souriant. Tu es sûre que ça va ?

Elle se montrait si gentille avec moi ! Je m'en voulais de l'avoir soupçonnée.

– Oui, oui, ça va. Encore mille fois merci.

La répétition s'est achevée quelques minutes plus tard. Je suis sortie de la salle et j'ai regagné les loges en repensant à tous ces événements. Donc, ça ne pouvait être Carrie et il était évident que Katie n'était pas non plus la coupable. C'était donc Hilary, notre fantôme ? Et si c'était elle, comment le prouver ?

C'est la question que j'ai posée à mes amies un peu plus tard en les retrouvant pour notre réunion. Je les avais tenues au courant de mon travail de détective et elles étaient toutes excitées d'apprendre qu'il ne restait plus qu'une suspecte sur la liste.

– Tu as pratiquement résolu le mystère ! s'est exclamée Lucy.

– Mais je dois encore prouver que c'est bien Hilary le fantôme, ai-je ajouté. Vous avez une idée sur la manière de procéder ?

Tout le monde s'est mis à réfléchir. Finalement, Kristy a dit :

– Il faut lui tendre un piège. Il faut qu'elle se trahisse toute seule.

– Mais comment ? a demandé Claudia.

Puis son regard s'est éclairé.

– Fais-moi voir ces messages encore une fois, Jessi.

Je les lui ai donnés. Par chance, je les avais tous conservés précieusement. Carla s'est approchée pour les examiner aussi.

– Ce n'est pas une écriture très banale, a-t-elle remarqué. Ça m'a frappée quand j'ai vu ces menaces la première fois.

– Hum, tu as raison, a renchéri Claudia. Et je sais pourquoi : c'est parce que celui – ou plutôt celle – qui les a écrites a utilisé un feutre bien particulier, vous savez, ceux qu'on utilise en calligraphie.

– « Calligraphie » ? Qu'est-ce que c'est que ça ? s'est étonnée Mary Anne.

– Tu sais, comme sur les cartons d'invitation, pour les mariages et les trucs du même genre, a expliqué Claudia. C'est une jolie écriture, les lettres sont penchées, certaines parties sont épaisses et d'autres plus fines. Il y a une fille dans mon cours de dessin qui utilise un feutre de calligraphie. Le bout est pointu et plat et on peut tracer des lettres fines ou épaisses, ça dépend de la manière dont on tient le feutre.

– Et qu'est-ce que tu en conclus ? a demandé Kristy.

– Eh bien, il suffit à Jessi de demander à Hilary de lui écrire quelque chose et on comparera les deux écritures.

– Waouh ! s'est écriée Lucy. Tu es un détective de génie !

Claudia a rougi.

– Ah oui, et à qui je ressemble le plus ? Miss Marple ou Hercule Poirot ?

Nous avons toutes éclaté de rire.

– Pourquoi les détectives sont-ils toujours vieux ou moches ? a demandé Mallory.

– Oh, c'est peut-être parce que, ce qui les intéresse, c'est de faire fonctionner leur cerveau. Ils se moquent de leur apparence physique.

Je me suis dit que l'idée de Claudia était excellente. Maintenant, tout ce qui me restait à faire, c'était de trouver un moyen pour qu'Hilary écrive quelque chose, et devant moi, qui plus est !

12

Pendant les heures qui ont suivi, je n'ai fait que réfléchir au moyen d'attirer Hilary dans mon piège sans qu'elle se doute de quoi que ce soit. Mais rien ne venait.

Pendant les répétitions, j'observais Hilary du coin de l'œil. Elle était loin d'être bête, ça, je le savais. Il serait difficile de la coincer.

Je me suis dit que je pourrais fouiller dans ses affaires pour voir si elle possédait un feutre comme celui que Claudia avait décrit. Mais c'était risqué, et l'idée ne me plaisait pas. Ce n'était pas parce qu'il y avait des chances que ce soit elle qui m'ait pris mes affaires que je devais moi aussi jouer les voleuses.

Alors j'ai pensé lui demander d'écrire quelque chose pour moi. Je pourrais prétendre que je préparais un exposé pour l'école sur la graphologie. Mais j'ai renoncé : c'était vraiment tiré par les cheveux. Si seulement on avait fréquenté la même école, j'aurais pu lui demander de me passer ses notes de cours. Mais Hilary allait dans une école privée, il fallait donc trouver autre chose.

Finalement, ne trouvant pas de solution, j'ai téléphoné un soir à Mallory. J'évitais de monopoliser la parole aux réunions, mais Mallory était ma meilleure amie. Si je ne pouvais pas lui demander de l'aide, à qui donc pourrais-je m'adresser ? J'ai composé son numéro et une toute petite voix m'a répondu :

– Allô, Claire, c'est Jessica.

– Salut, Jessi.

– Mallory est là ?

– Oui, a-t-elle répondu.

Mais elle ne m'a pas demandé si je voulais lui parler. C'est typique des enfants de son âge. Il faut toujours avancer étape par étape avec eux.

– Tu veux bien me la passer ?

– D'accord.

J'ai entendu le combiné tomber à terre et les pas de Claire qui s'éloignait en courant pour aller chercher sa sœur. J'avais l'impression que ça lui prenait un temps fou, mais j'ai l'habitude de patienter quand j'appelle chez Mallory.

Quelqu'un a finalement ramassé le téléphone, mais ce n'était pas Mal.

– Qui est à l'appareil ? a demandé Nicky.

Je lui ai répondu.

– Ah, salut, Jessi. Tu sais quoi ? Il va y avoir un défilé d'animaux et Frodo va y participer !

Il exultait et, à la différence de Becca, il ne semblait pas contrarié du tout de n'avoir qu'un hamster à présenter.

On a discuté ensemble pendant quelques minutes puis Mallory a décroché le téléphone dans la cuisine.

– C'est bon, Nicky, a-t-elle fait. Tu peux raccrocher maintenant.

On a attendu, mais rien ne se passait. Je continuais à l'entendre respirer. Il espérait sûrement pouvoir écouter notre conversation.

– Allez, Nicky, a repris Mal. Je te donne un dollar si tu raccroches immédiatement.

Click. Pas trop tôt !

– Qu'est-ce qui se passe, Jessi ?

– J'ai besoin de ton aide. Je n'arrive pas à trouver un moyen pour piéger Hilary.

– D'accord, réfléchissons... Il faut jouer finement, tu sais, un peu comme Columbo à la télé, et laisser croire au suspect qu'il n'a aucune raison de s'inquiéter. Et ensuite BOUM ! frapper au moment où il s'y attend le moins.

– Je ne pense pas qu'Hilary se doute de quelque chose. J'ai essayé d'être sympa avec elle pour qu'elle n'ait pas de soupçons.

Ça n'avait pas été très difficile, nous avions été tellement occupées au cours des dernières répétitions !

– Parfait, a poursuivi Mal. Bon, maintenant, analysons sa personnalité. Elle a forcément une faiblesse dont on pourrait tirer avantage.

– Comme être un peu prétentieuse ?

J'ai raconté à Mal qu'Hilary passait son temps à se regarder dans le miroir pour vérifier que sa coiffure n'avait pas bougé.

– Hum, c'est un bon départ. Maintenant, réfléchissons. Comment utiliser ça contre elle ?

– Je pourrais peut-être lui dire que je pense qu'elle ferait une bien meilleure princesse que moi, ai-je proposé, et elle est tellement vaniteuse qu'elle me donnerait raison. Ça prouverait presque que c'est elle qui essaie de se débarrasser de moi pour me voler mon rôle !

J'étais survoltée.

– Attention, Jessi, ça ne prouverait rien sinon qu'elle est persuadée qu'elle danse mieux que toi.

Mallory n'a rien dit pendant quelques instants.

– Non, il faut trouver quelque chose de mieux, a-t-elle repris, il faut continuer à réfléchir.

– Et si j'essayais de la prendre au dépourvu en lui faisant des remarques du genre : « Hé, merci pour tous ces messages que tu m'as envoyés. » Si elle réagit mal, je saurais que c'est elle.

– Ça marcherait peut-être, mais il te faudrait des témoins et ça serait peut-être compliqué. Et si elle niait tout en bloc ? Tu serais coincée.

J'ai bien dû admettre que Mallory avait raison. Mais je n'avais pas d'autre idée. On a continué à discuter un moment, puis on a raccroché après avoir décidé de reparler de tout ça le lendemain.

Après le dîner, ce soir-là, j'ai aidé tante Cecilia à essuyer la vaisselle. J'avais l'esprit ailleurs quand, tout à coup, j'ai eu l'idée du siècle !

– Oui, c'est ça ! ai-je crié tout fort.

Tante Cecilia m'a regardée bizarrement :

– De quoi tu parles ?

J'aurais aimé lui faire part de mon plan subtil, mais je me suis ravisée en me disant qu'il ne valait mieux pas. Je n'avais jamais parlé, ni à ma tante ni à mes parents, de cette histoire de fantôme. Je ne voulais pas qu'ils s'inquiètent pour moi.

– Rien, rien du tout, tante Cecilia, je pensais à voix haute. Je peux monter faire mes devoirs, maintenant ?

Elle m'a fait signe que oui.

– Je finirai toute seule, il n'y a presque plus rien à faire. C'est gentil de m'avoir aidée.

Elle m'a jeté un regard interrogateur, comme si elle avait deviné que je lui cachais quelque chose. Ce n'est pas facile de tromper tante Cecilia, rien ne lui échappe.

– Vas-y, monte, a-t-elle fini par dire.

Je suis montée, mais j'ai laissé mes devoirs de côté. J'avais des choses bien plus importantes à faire, comme fignoler mon plan, LE plan du siècle. J'étais convaincue qu'il marcherait, il le fallait absolument.

Voilà ce que j'avais manigancé : je devais m'appuyer sur l'une des faiblesses d'Hilary, et je savais qu'elle cherchait toujours à se faire complimenter par Mme Noelle. Évidemment, nous étions toutes comme elle, nous voulions toutes qu'elle soit contente de nous. Mais chez Hilary, c'en était presque maladif. C'était peut-être à cause de sa mère, elle a placé tant d'espoir en sa fille.

En tout cas, moi, je me suis dit que je pourrais peut-être exploiter ce trait de caractère pour essayer de la piéger. J'aurais juste à lui faire croire que c'était Mme Noelle qui m'envoyait, et elle ferait tout ce que je lui dirais. Mais que pourrait bien lui demander notre professeur ? Il fallait que ce soit quelque chose d'écrit, évidemment, afin que je puisse vérifier qu'elle possédait bien ce feutre spécial. Et il faudrait qu'elle s'exécute très vite pour qu'elle agisse sans réfléchir.

Pourquoi pas le programme du spectacle ? Non, il devait être réalisé par une imprimerie et Hilary le savait sûrement. Des invitations pour la générale alors ? Trop compliqué. Il fallait faire simple. Et pourquoi pas une pancarte ? Oui, c'était ça, l'idée. Mon cerveau tournait à toute allure. Je me suis représenté la scène mentalement :

Hilary griffonne quelques mots puis elle comprend qu'elle est tombée dans un piège, elle craque, fait des aveux complets puis s'excuse pour tout le mal qu'elle a fait et essaie de me persuader de ne rien dire à personne. Mais je m'y refuse et la traîne devant Mme Noelle qui lui annonce qu'elle est renvoyée de l'école. Fin de l'histoire.

Je me doutais bien que ça ne finirait sûrement pas comme ça. Il était plus probable que Mme Noelle se contenterait de sermonner Hilary. Mais je savais que mon plan marcherait. Il était parfait. J'ai revu des centaines de fois le moyen d'amener Hilary à écrire quelques mots et j'étais impatiente qu'arrive la prochaine répétition.

Une fois mon plan bien au point, j'ai commencé mes devoirs. Je ne pouvais pas me permettre de prendre du retard dans mon travail, même si j'étais très prise par mes répétitions. J'étudiais un chapitre de mon livre d'histoire depuis moins de cinq minutes quand j'ai entendu frapper à la porte.

– Entrez ! ai-je crié.

La porte s'est ouverte doucement et la tête de Becca est apparue.

– Je peux te parler une minute ? a-t-elle demandé.

– Bien sûr. Quel est le problème ?

Quelque chose semblait la tracasser. Je me suis soudain rendu compte que je l'avais pratiquement ignorée ces derniers temps, j'avais été très occupée à essayer de résoudre notre mystère. J'ai fermé mon livre et je lui ai dit de s'asseoir.

– C'est à propos du défilé, a-t-elle commencé, je ne veux pas y aller.

– Mais pourquoi ? On va bien s'amuser !

– Non, pas si je ne remporte aucun prix.

J'ai froncé les sourcils.

– Mais qui a dit que tu ne remporterais pas de prix ? Brume est vraiment super.

Elle a hoché la tête.

– Je sais bien, mais ce n'est qu'un hamster. Comment pourrait-elle gagner ? Les autres animaux sont beaucoup mieux.

– Quels animaux, par exemple ?

– Eh bien, Charlotte va inscrire Puppy et il sait faire plein de tours.

Charlotte Johanssen est la meilleure amie de Becca. Elle fait aussi partie des enfants que nous gardons régulièrement. Et je dois avouer que Puppy, son chien, est très intelligent.

– Et David Michael va inscrire Louisa, a poursuivi Becca, je suis certaine que Louisa va gagner quelque chose.

– Tu sais, Becca, ai-je fait doucement. Il y aura toutes sortes d'animaux à ce concours et ils ont tous la même chance de l'emporter.

Elle n'avait pas l'air convaincue.

– Le frère de Brume aussi va concourir et Nicky, Margot, Claire et Vanessa se moquent bien de savoir si Frodo remportera un prix ou non. Ils ne pensent qu'à passer un bon moment.

Je n'étais pas très sûre de ce que j'avançais, mais ce n'était pas grave.

– Et devine quel animal Lenny Papadakis va inscrire ? Une tortue ! Tu ne trouves pas ça rigolo ?

Becca a fait non de la tête en gardant son air boudeur. J'ai continué à lui parler pour la persuader que gagner un prix n'était pas le plus important, mais en vain. Pour finir, je l'ai serrée dans mes bras et je lui ai dit qu'il était l'heure d'aller se coucher. Pauvre Becca ! Elle tenait tant à remporter un prix !

Ensuite, tandis que je la bordais dans son lit, j'ai eu une idée. Est-ce qu'elle allait marcher ? Je suis retournée dans ma chambre pour y réfléchir. Quelques instants plus tard, j'ai dévalé les escaliers et j'ai couru dans la cuisine pour téléphoner.

– Allô ?

– Allô, Kristy ? Ici Jessi. Je crois que je viens d'avoir une idée géniale !

13

Le lendemain, à l'heure du déjeuner, j'ai mis Mallory au courant de mon plan.
– Tu crois que ça va marcher ? ai-je demandé.

– Je n'en sais rien... tu vas avoir du mal à la coincer toute seule dans les loges.

– Oui, tu as raison. Et en plus, je ne dois pas arriver en retard à la répétition.

– Tu ferais peut-être mieux de faire ça une fois la répétition terminée, a proposé Mallory. Est-ce qu'Hilary met beaucoup de temps à se changer ?

Ça, on ne pouvait pas dire le contraire.

– C'est super. Tu ne crois pas que ce serait le moment idéal pour passer à l'action ?

J'ai acquiescé. C'était une chance de pouvoir parler de mon plan avec quelqu'un d'autre. On a continué sur ce sujet pendant tout le repas, passant en revue le moindre détail.

– Et la prochaine répétition, c'est quand ?

– Pas avant jeudi ! ai-je râlé.

Ça m'ennuyait d'avoir à attendre aussi longtemps : on n'était que mardi.

– Ne t'inquiète pas, a repris Mallory, ton plan est super et je suis sûre qu'il va marcher.

J'aurais aimé en être aussi sûre qu'elle. Je ne pouvais m'empêcher d'avoir des doutes. Ce serait ma seule et unique chance de confondre Hilary.

Les jours qui ont suivi, je n'ai pas arrêté d'y penser, passant et repassant dans ma tête tout le petit scénario que j'avais préparé et imaginant la réaction d'Hilary.

Je suis certaine que mes parents trouvaient que je me comportais bizarrement, mais ils ont dû mettre ma nervosité sur le compte du spectacle qui approchait maintenant à pas de géant. A table, j'avais souvent le regard perdu, et j'en oubliais même de manger, occupée que j'étais à me représenter le visage ravagé d'Hilary. Au petit déjeuner, j'avais aussi la tête ailleurs et il m'arrivait de faire déborder mon bol de lait.

Tante Cecilia aussi avait remarqué que je n'étais pas dans mon état habituel, mais elle n'avait rien dit. Elle se contentait de me lancer des regards interrogateurs quand nous faisions la vaisselle ensemble. J'essayais de cacher tout ce que j'avais en tête, mais ce n'était pas très facile.

Je négligeais un peu la pauvre Becca qui était toujours tracassée par cette histoire de défilé. La date avait été fixée au week-end suivant. Mais j'étais trop préoccupée pour lui apporter encore du réconfort ou lui donner d'autres conseils. J'ai été contente d'apprendre qu'elle avait finalement décidé d'y aller et d'inscrire Brume. Elle essayait de trouver un moyen pour l'embellir et un soir, j'ai dû intervenir pour l'empêcher de lui enfiler l'une des robes du soir de sa Barbie.

P'tit Bout était certainement le seul de la famille à ne pas avoir remarqué mon comportement inhabituel. Ou alors, il voyait bien qu'il y avait quelque chose, mais s'en fichait éperdument. Tout ce qui l'intéressait, c'était que je le fasse « zauter sur les zenoux », pour le reste...

La nuit de mardi à mercredi, j'ai rêvé que je prouvais la culpabilité d'Hilary. Dans mon rêve, elle se mettait à genoux dans les loges et me suppliait de lui pardonner.

Le lendemain, dans l'après-midi, il y a eu une réunion du club. J'avais prévu de leur exposer mon plan machiavélique, mais je n'ai pas pu : il y avait bien trop de choses encore à mettre au point pour le concours qui approchait.

La nuit suivante, j'ai fait un autre rêve : cette fois-ci, Hilary se transformait en monstre aux crocs acérés et se jetait sur moi quand je l'accusais d'être le fantôme de l'école. Je me suis réveillée en sursaut. Quel cauchemar ! Mais je savais que, quoi qu'il arrive, Hilary ne se transformerait pas en monstre sous mes yeux.

Le jeudi, les cours m'ont paru interminables mais, finalement, la cloche a retenti et l'heure de la répétition est arrivée. Quand je suis entrée dans les loges, j'ai immédiatement remarqué l'absence d'Hilary. J'ai paniqué : jamais je ne pourrais retarder de plusieurs jours encore l'exécution de mon plan.

Mais elle est arrivée en courant quand je finissais de m'habiller. Elle était hors d'haleine.

– Je suis en retard ? a-t-elle demandé.

– Non, mais tu ferais bien de te dépêcher, ai-je répondu, Mme Noelle vient juste de nous dire qu'on allait commencer.

J'en venais presque à regretter de ne pas m'en être tenu à ma première idée, j'aurais pu éclaircir toute cette histoire avant la répétition. Mais c'était trop tard maintenant. Dans une minute, Mme Noelle ferait l'appel.

J'ai attrapé mes pointes et j'ai couru en scène, Hilary sur mes talons. Mme Noelle a à peine levé les yeux à notre arrivée.

– Il ne nous reste plus que quatrrre répétitions avant le spectacle, a-t-elle expliqué, je vous demonde de vous surpasser aujourd'hui.

En disant ces derniers mots, elle a jeté un regard dans ma direction. J'ai avalé ma salive et j'ai fait oui de la tête.

Manque de chance, j'étais incapable de me concentrer ce jour-là. Pendant que nous nous échauffions à la barre, j'ai oublié de compter la mesure et j'ai failli assommer Lisa Jones en faisant un grand battement.

– Désolée ! ai-je fait.

Elle m'a souri :

– Ce n'est rien, moi aussi, je me sentirais nerveuse si je tenais le rôle de la princesse Aurore.

Elle était loin de se douter de ce qui me préoccupait vraiment. J'ai essayé de me reprendre et d'effacer Hilary de mon esprit. Si Mme Noelle me voyait si peu appliquée, elle serait furieuse.

Le reste de la répétition s'est déroulé sans autre gros incident. En voyant l'heure avancer, je me sentais de plus en plus nerveuse. Et si Hilary ne mordait pas à l'hameçon ?

Et si elle n'avait pas apporté avec elle son feutre de calligraphie ? Et si...

– C'est fini pour aujourrrd'hui, a lancé soudain Mme Noelle en frappant dans ses mains. Mademoiselle Romsey, s'il vous plaît, restez là.

Oh non ! Elle allait sûrement me sermonner. Et peut-être allait-elle me reprendre le rôle...

Une fois tout le monde parti, je me suis approchée d'elle.

– Oui, madame ?

– Dites-moi, mademoiselle Romsey, est-ce que tout va bien ? Je m'inquiète beaucoup pourr vous.

Elle me regardait droit dans les yeux. Pendant une seconde, une toute petite seconde, j'ai failli tout lui raconter. Je ne sais pas ce qui m'en a empêchée. Je crois que je voulais d'abord avoir les preuves de ce que j'avançais avant d'en parler.

– Oui, oui, ça va. Je sais que je n'ai pas très bien dansé, je suis désolée...

Elle m'a dit en souriant :

– Même la Pavlova n'atteignait pas toujours la perfection.

Anna Pavlova est sans aucun doute la plus célèbre ballerine qui ait jamais existé. Toutes les danseuses rêvent de devenir « la nouvelle Pavlova », et je ne déroge pas à la règle.

J'ai rendu son sourire à Mme Noelle. Et, tout à coup, je me suis souvenue que je ferais bien de me dépêcher si je voulais rattraper Hilary dans les vestiaires.

– Je peux partir, maintenant ?

Elle a hoché la tête.

– Mais vous savez, Jessica, si vous avez des ennuis, n'hésitez pas à m'en parler.

– Oui, merci, madame.

Elle a beau être un professeur très exigeant, elle sait parfois se montrer très compréhensive. C'est parce qu'elle attend beaucoup de nous. Je me suis retournée et j'ai filé dans les loges.

En arrivant dans le couloir, je me suis arrêtée pour reprendre mon souffle. Le moment était venu, j'allais enfin démasquer mon fantôme ! Est-ce que j'en serais capable ? « Courage, Jessi ! », me suis-je dit. J'ai inspiré très fort puis j'ai poussé la porte des loges : vides ! Tout était fichu ! Puis j'ai entendu tousser. Je me suis retournée et j'ai vu Hilary devant le miroir.

– Ah, Hilary ! Je suis contente que tu sois encore là.

– Pourquoi ça ? a-t-elle fait en se tournant pour me voir.

J'ai fait comme si j'avais couru et que je n'arrivais pas à reprendre mon souffle, ce qui n'a pas été très difficile. La tension faisait battre mon cœur très fort.

– C'est... c'est Mme Noelle, ai-je lancé.

– Qu'est-ce qui se passe ? Elle s'est fait mal ?

Zut, alors ! Ce n'était pas du tout le genre de réponse que j'attendais.

– Non, non, ce n'est pas ça. Elle a juste besoin d'une pancarte.

Je me suis interrompue : j'oubliais quelque chose...

– Et elle veut que ce soit toi qui la fasses.

C'était un peu plus laborieux que ce que j'avais imaginé. Hilary m'a regardée bizarrement puis elle a pris son sac et a commencé à fouiller.

– Une pancarte, tu dis ? D'accord, pas de problème. Et qu'est-ce que je dois écrire ?

J'aurais pu me donner des claques ! Mon petit scénario n'était vraiment pas au point !

– Heu, la femme de ménage a renversé du produit nettoyant sur les marches, ai-je fini par dire, et Mme Noelle a peur que quelqu'un glisse et se blesse.

Hilary attendait la fin de mon petit discours.

– Alors, ai-je repris, elle voudrait un petit mot qui dise quelque chose comme « Attention marches glissantes ».

– Ça ne m'a pas l'air bien compliqué, a fait Hilary. Je vais lui faire la plus belle pancarte qu'elle ait jamais vue.

J'ai poussé un soupir de soulagement. C'est alors que j'ai aperçu le crayon qu'elle prenait dans son sac : il n'était pas rouge ! Juste un feutre noir, tout ce qu'il y a de plus ordinaire.

– N'oublie pas, ai-je fait, ça doit être très lisible pour que tout le monde le voie.

Hilary a considéré quelques instants le feutre qu'elle avait dans la main puis elle a haussé les épaules avant de plonger de nouveau la main dans son sac.

Elle ne me facilitait pas la tâche !

Elle avait maintenant un feutre rouge à la main et elle a commencé à écrire. D'où j'étais, il était impossible de voir à quoi ressemblait son écriture, il a donc fallu que j'attende patiemment. Mais mon cœur battait à cent à l'heure !

– Qu'est-ce que tu dis de ça ? m'a-t-elle demandé en levant la pancarte.

Je me suis approchée d'elle et j'ai pris la pancarte dans mes mains. D'un seul coup d'œil, j'ai reconnu l'encre rouge : c'était bien celle qui avait été utilisée pour écrire toutes ces lettres de menace.

– Tu t'es TRAHIE !

– Quoi, qu'est-ce que tu racontes, a-t-elle rétorqué, le visage blême.

– L'encre rouge ! Et l'écriture ! C'est TOI l'auteur de tous ces messages ! Je t'ai démasquée !

– Quels messages ? a fait Hilary en prenant un air de défi. Tu délires, ma vieille, je ne t'ai jamais rien envoyé. Essaie de dire ça à Mme Noelle, et ce sera ta parole contre la mienne. Elle ne te croira jamais. Tu ne peux rien prouver.

– Oh si, j'ai des preuves. Pour commencer, j'ai gardé toutes les gentilles lettres que j'ai reçues. Il est évident que c'est la même écriture que celle sur la pancarte.

– Et alors ? Pourquoi est-ce que je voudrais te faire peur ?

– Pour que j'abandonne le rôle de la princesse Aurore. Tu devais te dire que tu pourrais le récupérer s'il y avait une autre audition.

– Je ne suis pas la seule à vouloir t'écarter, a fait Hilary.

– Oui, c'est vrai. Katie et Carrie auraient elles aussi bien voulu prendre ma place. Mais j'ai découvert un message dans mes affaires un jour où Carrie était absente et Katie m'a sauvé la vie le jour où tu as essayé de m'écraser sous un décor.

– T'écraser ? Ah ça non, ce n'est pas moi ! C'était un accident, je le jure. Je ne voulais pas aller jusque-là !

A ces mots, elle a mis la main sur sa bouche. Elle venait de comprendre qu'elle avait pratiquement confessé à voix haute tous ses méfaits.

– Oh, je t'en prie, ne dis rien à Mme Noelle ! J'en mourrais si elle me mettait à la porte de l'école. Et ma mère me tuerait !

– C'est à cause d'elle que tu as fait tout ça, pas vrai ?

Hilary a acquiescé.

– Elle veut tellement que je devienne une bonne danseuse ! Je fais tout ce que je peux pour y arriver mais, quelquefois, c'est tout bonnement au-dessus de mes forces. Tu danses bien mieux que moi, et c'est pour cette raison que tu as eu le rôle. Mais ma mère refuse de l'admettre.

J'ai longuement regardé Hilary : elle était au bord des larmes.

– Tu sais, Jessi, je promets que je ne ferai plus rien contre toi, plus de messages, plus « d'incidents ». Je vais te laisser tranquille. Je te rembourserai les collants que j'ai massacrés. Mais je t'en prie, ne dis rien à Mme Noelle !

Je ne savais pas quoi faire. D'un côté, je plaignais Hilary à cause de sa mère, mais je lui en voulais quand même beaucoup. J'ai réfléchi à tout ça quelques instants tandis qu'Hilary attendait, les larmes aux yeux. Je craignais encore qu'elle me joue un mauvais tour pendant les répétitions ou même pendant le spectacle, mais comme je détenais les preuves de son « crime », elle ne se risquerait sûrement pas à tenter quoi que ce soit, sinon elle aggraverait son cas. Enfin, je me suis dit qu'elle avait déjà dû beaucoup souffrir avec son démon de mère…

– Bon, d'accord, je ne dirai rien. Mais n'oublie pas que j'ai des preuves… Ne tente rien ou alors, tu sais ce que je ferai…

Je voulais lui faire peur mais, après tout, qu'est-ce que j'aurais pu lui faire de si méchant ?

Hilary s'est confondue en remerciements. Elle m'a même donné son feutre de calligraphie.

– Tiens, prends-le, m'a-t-elle dit. Je n'en ai plus besoin maintenant.

Ensuite, elle est sortie en courant rejoindre sa mère.

Je me suis assise sur un banc, épuisée mais satisfaite. J'avais attrapé mon fantôme ! Il ne me restait plus qu'à espérer que j'avais eu raison de la laisser partir. Et si elle essayait de me jouer un autre vilain tour le soir de la première ? Elle en était capable, simplement pour me tourner en ridicule devant une salle pleine à craquer. J'ai essayé d'oublier mes idées noires en allant retrouver mon père. J'aurais dû me sentir soulagée et heureuse. Après tout, le mystère avait été résolu !

14

Samedi

Au moins on aura eu beau temps pour notre défilé. Imaginez si, en plus, il avait plu! Je ne sais pas ce que vous en pensez, les filles, mais moi, je me suis vraiment bien amusée aujourd'hui, même s'il y a eu quelques catastrophes.

Bon, je ne pense pas qu'on devrait recommencer l'année prochaine. On ne devrait jamais sous-estimer l'esprit de compétition chez les enfants. Heureusement, Jessi, tu nous as sauvées avec ton idée! Tout le monde est reparti content de sa journée.

Lucy devait garder Charlotte Johanssen le jour du défilé. Elles sont donc arrivées très tôt chez Carla et Mary Anne pour aider aux préparatifs. Charlotte avait amené Puppy avec elle. Il était sur son trente et un ! Il avait pris un bain, c'était sûr. Et il portait aussi un collier rouge tout neuf. La laisse que tenait Charlotte aussi était nouvelle, et elle n'était pas peu fière en pénétrant dans le jardin !

Nous étions toutes – à l'exception de Kristy qui n'était pas encore arrivée – occupées à dresser des tables pour les juges et d'autres pour le goûter. Charlotte a insisté pour nous aider, alors Lucy a attaché Puppy à un arbre.

– Tu vas être un bon chien, a fait Charlotte. Tu ne vas pas bouger.

Puppy a aboyé deux-trois fois, puis il s'est couché et s'est endormi.

On a délimité une sorte de piste – en fait un cercle pour que les animaux défilent devant les juges – à l'aide de pierres prises dans l'allée.

Une fois le travail terminé, Lucy a jeté un regard critique :

– Ce n'est pas franchement circulaire, mais ça ira.

Lucy allait faire partie du jury. Nous avions décidé que seules quelques-unes d'entre nous seraient juges, pour éviter toute accusation de partialité.

Moi, je ne pouvais pas être juge, à cause de Brume. Kristy non plus, d'ailleurs, à cause de Karen, Andrew et David Michael qui allaient tous concourir. Même chose pour Mallory, à cause de Frodo et du mystérieux animal que les triplés, elle en était maintenant certaine, allaient amener.

Et on avait aussi décidé d'écarter Mary Anne, car elle est si attachée à son petit chaton, Tigrou, qu'on s'est dit qu'elle ne se montrerait peut-être pas très juste envers les chats inscrits au concours.

Donc les juges de notre Grand Défilé d'animaux étaient, officiellement, Lucy, Claudia et Carla.

A peine avions-nous terminé de mettre les gâteaux et les boissons sur les tables, qu'un klaxon a retenti devant la maison. On aurait dit le klaxon de Sam... Et c'était bien lui. Une seconde plus tard, on a vu comme un défilé de cirque débarquer dans le jardin. Sam, avec Emily Michelle sur ses épaules, menait la troupe, accompagné de Charlie. Eux ne seraient que spectateurs. Ensuite venait Kristy qui tentait désespérément d'aider David Michael à tenir Louisa. Elle n'a pas l'habitude des laisses et elle a tendance à tirer de tous les côtés. Derrière eux, il y avait Karen, tenant fièrement à bout de bras la cage d'Emily Junior, son rat. Andrew marchait à côté d'elle tirant un Midgie complètement effrayé (je crois qu'il a peur de la foule !).

Quand Karen a posé la cage d'Emily Junior sur l'une des tables, Lucy s'est approchée, intriguée.

– Mais qu'est-ce qu'elle a sur la tête ? a-t-elle demandé.

– Des oreilles de Mickey ! a répondu Karen, toute fière, c'est son costume !

Karen avait découpé deux oreilles de souris dans du carton et les avait collées sur la tête de son rat. Lucy a failli éclater de rire.

– Et ça, Andrew, si je ne me trompe pas, c'est Midgie. Quel adorable petit chien !

Andrew était rouge de plaisir.

– Oui, il est très gentil. En fait, c'est le plus gentil chien du monde, même s'il ne connaît aucun tour.

Kristy a aidé Louisa et David Michael à s'installer, puis elle est venue nous rejoindre.

– Vous êtes prêtes pour la bataille ? a-t-elle fait en riant. Vous auriez dû nous voir dans la voiture ! Une vraie ménagerie ! Pour commencer, Emily Junior s'est échappée de sa cage, et quand on a fini par la récupérer, Louisa a commencé à vouloir sauter de la voiture dès qu'on s'arrêtait à un feu rouge.

A cet instant précis, une autre voiture s'est arrêtée devant la maison. C'était Mme Papadakis cette fois qui arrivait avec Cornélia et Lenny et leurs petits amis à poils mais aussi Scott et Timmy Tsu qui, ma foi, avaient l'air un peu tristes.

Cornélia avait Pat le chat dans les bras et Lenny, lui, portait Quick la tortue dont la carapace avait été fraîchement repeinte – c'était très joli, d'ailleurs.

Kristy a dit à Timmy et à Scott qu'ils pouvaient s'asseoir avec Sam et Charlie.

– Je suis vraiment contente que vous soyez là, a-t-elle poursuivi, on a besoin de spectateurs.

Ils lui ont répondu par un sourire, mais ils n'avaient pas l'air très heureux. Ils regardaient avec envie les animaux tout autour d'eux. Lucy m'a dit plus tard que ça lui avait fait de la peine de les voir comme ça et qu'elle comprenait très bien ce qu'ils avaient pu ressentir, car elle non plus n'avait jamais pu avoir d'animaux.

Les Delaney ont ensuite fait leur apparition, et quelle apparition ! Quand M. Delaney a arrêté sa voiture, c'est Amanda qui est sortie la première. Elle portait une Priscilla toute bichonnée et ne semblait pas prête à laisser Max la toucher. Ensuite Max est descendu à son tour et Lucy a eu le choc de sa vie. Dans ses bras, il tenait un chat apparemment très doux et paisible. C'était Boo-Boo ! Et l'énorme bestiole semblait toute heureuse, pelotonnée ainsi.

Lucy semblait totalement décontenancée.

– Je sais, a fait Kristy. C'est dingue, non ? On dirait que Boo-Boo a une adoration pour Max. Tu devrais l'entendre ronronner quand il le caresse !

Elle s'est arrêtée brusquement pour renifler.

– Mais qu'est-ce que c'est que cette odeur ?

Lucy aussi l'avait remarquée.

– Ça ressemble au parfum que ma mère se met de temps en temps, je crois que ça s'appelle Paris Romance.

Elle a regardé tout autour d'elle :

– Mais qui peut bien porter un truc aussi fort en plein milieu de la journée ? Ma mère n'en met que pour sortir le soir.

– C'est Priscilla, a annoncé fièrement Amanda. Elle sent bon, vous ne trouvez pas ?

Elle avait dû arroser sa chatte avec la bouteille de parfum. Il était impossible de l'approcher sans avoir la nausée, à cause de l'odeur qui s'échappait de sa fourrure blanche.

– Oh oui ! a répondu Lucy en fronçant le nez. Quelle odeur exquise !

Le jardin de Carla et de Mary Anne se remplissait peu à peu. Les animaux apprenaient à se connaître et ça n'arrêtait pas de miauler et d'aboyer. Lucy a cherché des yeux Charlotte et elle l'a repérée près de l'arbre où Puppy avait été attaché. Mais pas de Puppy en vue. Et Charlotte était au bord des larmes.

Lucy a couru vers elle :

– Ne t'inquiète pas Charlotte, on va le retrouver.

Elles ont commencé par faire le tour du jardin en appelant Puppy. Il n'était pas près de la table du jury, ni près des gâteaux et il ne jouait pas non plus avec Louisa et Midgie.

– Puppy ! criait Charlotte d'une voix pleine de larmes.

– Le voilà ! s'est soudain écriée Lucy.

Elle l'avait repéré près de Matt et Helen Braddock qui étaient arrivés sans qu'on s'en aperçoive. Matt le tenait en laisse. Lucy et Charlotte se sont précipitées. En approchant, elles ont vu que Helen tenait une pancarte :

PROMENEURS OFFICIELS.
SI VOUS AVEZ BESOIN DE VOUS ABSENTER,
APPELEZ-NOUS ET NOUS NOUS OCCUPERONS
DE VOTRE ANIMAL.

– Bonne idée, a commenté Lucy, mais il vaudrait mieux demander l'autorisation des propriétaires avant d'emmener leur animal. Charlotte se faisait un sang d'encre !

– Désolée, a fait Helen qui s'est ensuite adressée à Matt en utilisant la langue des signes pour qu'il rende Puppy à sa propriétaire. On voulait juste se rendre utiles, Puppy avait l'air si malheureux attaché à son arbre !

– Oui, peut-être, a repris Lucy, mais au moins on savait où il était. En tout cas, je suis heureuse que vous ayez trouvé cette idée pour prendre part vous aussi à la fête. Allons rejoindre les autres et voyons si quelqu'un a besoin de vos services.

En revenant sur ses pas, Lucy a croisé les Pike qui arrivaient. Les triplés avaient bien du mal à porter un gros et mystérieux paquet.

– Qu'est-ce que c'est ? leur a-t-elle demandé.

– Rien du tout, ont répondu en chœur Adam et Byron.

– On va le déposer là, a ajouté Jordan en montrant un gros buisson sur le côté de la maison.

Lucy a haussé les épaules.

– Bon d'accord, si vous voulez. Et toi, qu'est-ce que tu as là ? a-t-elle fait en s'adressant à Nicky.

Avec Margot et Claire, ils étaient tous les trois très occupés à porter une petite boîte. Vanessa était restée un peu à l'écart, comme si elle voulait éviter de se mélanger à ses frères et sœurs.

– C'est Frodo, a expliqué Nicky.

– Et attends de voir ce qu'ils lui ont fait ! a ajouté Vanessa. Montre-le à Lucy, Nicky.

Il a ouvert le couvercle de la boîte. Lucy s'est penchée pour voir, puis elle a bondi en arrière.

– Qu'est-ce... qu'est-ce que c'est que cette chose verte ?

– C'est Frodo, a expliqué Nicky, tout fier.

– Ils ont pris le colorant que ma mère utilise pour le glaçage des gâteaux, a expliqué Vanessa en levant les yeux au ciel.

Lucy a de nouveau regardé puis elle a éclaté de rire :

– Il a l'air plutôt rigolo. Pour une idée originale...

– ... c'est une idée originale, a poursuivi Becca qui venait d'arriver et qui observait avec envie la fourrure de Frodo, j'aurais bien aimé y penser.

Elle tenait Brume dans ses bras et elle ressemblait à un petit hamster tout à fait normal mais avec une fourrure bien peignée.

– Brume est très jolie, a commenté Lucy.

Puis, pour changer de sujet, elle a annoncé :

– Regardez, voilà Liz et Buddy avec Fred.

Fred était couvert de rubans roses. Il avait l'air un peu ridicule, mais ses maîtres, eux, semblaient très satisfaits.

Lucy avait à peine eu le temps de les accueillir que Kristy et Carla sont arrivées en courant.

– Tu n'aurais pas vu Quick ? a demandé Kristy. Elle s'est enfuie et Lenny est très inquiet.

On est tous partis à sa recherche. Certains concurrents ont confié leur chien à Matt et Helen pour venir nous aider. Lenny était sur le point d'éclater en sanglots. Il s'est agenouillé au pied d'un buisson en appelant :

– Quick, où es-tu Quick ?

C'est alors qu'on a entendu crier. Timmy Tsu avait ramassé Quick et il hurlait :

– Ça y est, je l'ai trouvée ! Je l'ai trouvée !

Quick était tout bonnement au milieu du cercle que nous avions délimité avec des pierres mais impossible à trouver avec sa carapace qui se confondait avec le vert de la pelouse.

– Merci Timmy, a fait Lenny. Écoute, si tu veux, tu peux faire équipe avec moi pour le concours. Ça te dit ?

Timmy a accepté avec joie. Mais son regard s'est assombri quand il a aperçu Scott qui restait à l'écart, l'air tout triste. C'est alors que Cornélia est intervenue :

– Scott, étant donné que nous sommes mariés, je crois que, toi aussi, tu peux être mon partenaire. On présentera Pat le chat ensemble.

Tout le monde était là maintenant. Il ne manquait plus que Gabbie et Myriam qui sont arrivées à la dernière minute. Elles avaient passé la matinée à courir après Shewy qui s'était évidemment enfui.

– Je crois que nous sommes maintenant prêts à commencer, a dit Kristy en élevant la voix.

Il n'était pas facile de se faire entendre au milieu de tout ce brouhaha.

Les juges ont pris place et nous sommes allées placer les enfants les uns derrière les autres pour qu'ils défilent avec leurs animaux. Après le défilé, chaque animal serait montré individuellement au jury. Puis celui-ci délibérerait et ensuite viendrait l'annonce des résultats.

Les enfants ont défilé en silence devant les juges. On a pu sentir la tension monter avec les présentations individuelles. Certains animaux, comme par exemple Puppy, ont fait des tours devant le jury tandis que d'autres restaient sur la piste, impassibles, à se faire admirer.

Nous ne pensions plus du tout aux triplés quand, tout à coup, Adam a accouru vers la table des juges en disant qu'il y avait un participant de dernière minute. Puis il est reparti à toute allure vers le buisson où l'énorme paquet avait été déposé et est revenu tenant par la bride… un poney ! En fait de poney, c'était Jordan et Byron qui s'étaient glissés dans un déguisement, tandis qu'Adam jouait le rôle du dresseur. L'animal est passé devant les juges, sautant et se cabrant. Les enfants étaient écroulés de rire.

Le défilé terminé, Kristy a proposé à tous les participants de se restaurer pendant que le jury délibérait. J'ai aperçu Becca, morte d'inquiétude, qui grignotait un morceau de gâteau en attendant les résultats. Mais elle n'avait aucune raison de s'inquiéter. Et vous savez pourquoi ? Grâce à ma brillante idée, évidemment.

Vous voulez la connaître ? J'avais proposé d'attribuer un prix à chaque animal, pas de premier ou de deuxième prix, mais un prix lié à la spécificité de leur petit ami à poils.

Mon idée a eu un succès fou. J'ai vu beaucoup de visages s'illuminer à l'annonce des résultats. Il y a eu le Prix de la couleur la plus rare, attribué à Frodo, puis le Prix de la meilleure odeur (devinez pour qui ?), puis le Prix de l'animal le plus malin, attribué évidemment à Puppy.

Les triplés ont remporté le Prix de l'humour, tandis que Louisa a été récompensée par le Prix du plus gros chien. Midgie a reçu le Prix de l'animal le plus doux et Quick celui de la plus belle carapace. Karen a bondi de joie quand Emily Junior a remporté le Prix du plus beau costume tout comme Scott et Cornélia quand Pat a été récompensé dans la catégorie « plus beau pelage ». Fred, lui, s'est distingué dans la catégorie « court sur pattes ». Gabbie et Myriam ont éclaté de rire en entendant que leur chien avait reçu le Prix de l'animal le plus foufou et même Matt et Helen ont été félicités et on leur a attribué le Prix des meilleurs promeneurs de chiens. Quant à Boo-Boo, il a été nommé « animal le plus docile » (qui l'eût cru ?).

Et Becca, alors me direz-vous ? Je crois bien que le macaron rose remporté par Brume restera accroché dans la chambre de Becca pendant pas mal de temps. Dessus, on peut lire : Prix de l'animal le plus dodu.

15

La première. C'est incroyable l'effet que ce mot peut produire sur moi. J'ai des frissons partout, rien qu'à l'entendre. Nous y étions enfin. La première.

La répétition générale s'était parfaitement bien passée. Les derniers problèmes avaient été réglés, en particulier, on s'était occupé de mon tutu. Je crois que quelqu'un avait confondu ma taille avec celle de Jumbo l'éléphant. Mais heureusement que nous avions toutes dû essayer nos tenues une dernière fois. Et tante Cecilia n'avait eu aucun problème à arranger ça : elle avait retouché mon costume et tout était fin prêt pour la première.

– Essaie-le encore une fois pour moi ! m'a suppliée Becca.

Elle adore me voir habillée comme une vraie ballerine.

– Je n'ai pas le temps, lui ai-je répondu. Tu me verras

avec quand je rentrerai sur scène. Mais souviens-toi que tu dois rester silencieuse pendant toute la durée du spectacle.

Une fois, quand Becca était plus jeune et qu'elle était venue me voir danser *Casse-Noisette*, elle avait crié « Hé Jessi ! » quand j'étais entrée sur scène. Tout le monde avait ri dans le public et j'avais bien failli mourir de honte.

– Je ne dirai pas un mot, a-t-elle juré. Et toi, n'oublie pas que tu as promis de me donner tes chaussons de danse après le spectacle.

Je devais signer dessus et les lui donner pour qu'elle garde un souvenir de cette soirée. C'est ce que font les célèbres danseuses étoiles pour leurs admirateurs. Les chaussons de danse ne peuvent habituellement pas servir pour plus d'un ou deux spectacles. Ils ne résistent pas à un tel traitement.

– Tu es prête, Jessi ? a appelé ma mère. Je crois que tes amies sont là.

J'ai regardé par la fenêtre et j'ai vu la voiture de Samuel garée dans la rue. Il devait emmener mes amies à la première. Mais pourquoi venaient-elles là ? Il était prévu que je parte avec mes parents.

J'ai descendu les escaliers quatre à quatre et je suis sortie précipitamment. Elles étaient toutes sur leur trente et un !

– Waouh ! Vous êtes superbes ! me suis-je écriée.

– Toi aussi, a remarqué Kristy.

Je portais ma robe de velours noir. Je voulais quelque chose de chic pour après le spectacle.

Claudia avait un look à la fois très cool et exotique, comme d'habitude. Elle s'était fait des nattes avec des petits rubans argentés et sa petite robe bleue brillante, très courte, lui allait parfaitement. Aux pieds, elle avait des sandales argentées avec des lacets qui lui remontaient sur les chevilles, un peu comme des chaussons de danse.

Lucy portait un smoking ! Oui, un smoking, comme en portent les hommes. Il lui allait parfaitement bien, elle était magnifique. Elle avait dû l'acheter à New York.

Kristy était en robe, pour une fois, et c'était étrange de la voir habillée autrement qu'en jean et en T-shirt. Elle était très jolie. A côté d'elle, Mallory, qui avait choisi sa plus belle jupe-culotte et son plus beau chemisier, était charmante elle aussi. Carla et Mary Anne avaient certainement échangé leur tenue, parce que je reconnaissais la nouvelle robe de Mary Anne sur Carla et l'ensemble rose de Carla sur Mary Anne.

– Nous sommes passées te voir pour te souhaiter bonne chance, a expliqué Mallory. Nous sommes persuadées que tout va bien se passer. Nous sommes impatientes de te voir danser !

– Et n'aie pas peur de tu-sais-qui, a ajouté Carla. Je suis certaine qu'elle se tiendra tranquille.

J'ai hoché la tête. Mais je n'étais pas si rassurée que ça. J'étais toujours inquiète en pensant à Hilary. Ce ne serait pas si difficile que ça de me faire tout rater et de me faire passer pour une incapable devant tout le monde. Elle n'avait qu'à me pousser ou à jeter quelque chose sur le parquet juste avant que j'entre en scène. Je ne lui faisais absolument pas confiance.

– Merci d'être venues, ai-je dit. Je vous vois après le spectacle, d'accord ? Vous êtes toutes invitées dans les coulisses.

– Génial ! a fait Lucy. Nous te souhaitons...

Elle s'est arrêtée net.

– Non, il ne faut pas que je dise ça, a-t-elle repris.

J'étais contente qu'elle ne finisse pas sa phrase. Il ne faut jamais souhaiter bonne chance à quelqu'un avant un spectacle, ça porte malheur. Il aurait plutôt fallu souhaiter qu'Hilary ne me joue pas un de ses mauvais tours. J'ai fait un petit signe de la main à mes amies qui remontaient dans la voiture.

– Amusez-vous bien ! ai-je crié alors qu'elles partaient.

Entre-temps, Becca était sortie de la maison. Elle m'a pris la main et elle m'a entraînée dans notre voiture.

– J'ai une surprise pour toi, Jessi. Mais je ne vais pas te dire ce que c'est maintenant. J'ai promis.

Je me demandais de quoi elle voulait parler.

Elle était tout excitée. Elle était aussi toute mignonne dans sa petite robe rose.

Je suis montée dans la voiture et j'ai attendu papa, maman et tante Cecilia, mais je suis redescendue presque aussitôt. J'avais oublié de dire au revoir à P'tit Bout ! Logan était venu le garder pour que le reste de la famille puisse venir me voir danser.

Maman était juste en train de lui dire à quelle heure il devait le coucher lorsque je suis entrée comme une bombe dans la cuisine. P'tit Bout était assis dans sa chaise haute et je l'ai pris dans mes bras après avoir vérifié que son visage n'était pas trop barbouillé (il mangeait des épinards à la crème).

– Au revoir, P'tit Bout, ai-je dit en l'embrassant. Souhaite-moi plein de bonnes choses !

– Da dah, a-t-il répondu.

Je me suis mise à rire.

– Crois-tu qu'il est en train de me donner des conseils ou de me donner son avis sur les épinards à la crème ? ai-je demandé à maman.

– Je ne sais pas, a-t-elle avoué en riant à son tour. Mais je crois que nous ferions mieux d'y aller. Plus de questions, Logan ?

Il a fait non de la tête.

Il était temps de partir. Nous sommes tous montés dans la voiture, direction la salle des fêtes.

A l'arrivée, j'ai laissé mes parents sur le parking et j'ai emprunté l'entrée des artistes. Les coulisses d'un théâtre avant le début d'un spectacle sont un endroit fascinant. Les gens n'arrêtent pas de courir dans tous les sens en criant des choses du genre : « Où est le filtre bleu pour le projecteur ? » ou encore « Quelqu'un n'aurait pas vu mon diadème ? » Certaines filles de mon cours étaient déjà en costume et s'échauffaient près de la scène. L'orchestre accordait ses instruments dans un tintamarre effrayant. Il était installé dans une fosse devant la scène.

J'ai jeté un œil dans la salle en soulevant un coin du rideau. La salle était bondée ! Il m'a fallu un certain temps pour trouver mes parents. Ils étaient installés au troisième rang. Et mes amies étaient juste derrière eux. J'ai fait un petit signe à Mallory mais, évidemment, elle ne pouvait pas me voir. Ensuite j'ai couru dans les loges.

J'ai enfilé mon costume en faisant très attention de ne pas découdre les retouches de tante Cecilia. Je portais aussi des collants roses tout neufs pour aller avec mon tutu. Après m'être fait une tresse, j'ai fixé avec des pinces la couronne de roses que je devais porter sur la tête. Plus tard, elle serait remplacée par un diadème de (faux!) diamants, mais pour l'Adage, je portais des fleurs.

J'ai décidé de me maquiller avant d'enfiler mes chaussons. Je me suis donc assise devant le miroir qui recouvrait tout un mur des loges. Alors que je me mettais du blush sur les joues (ce que je n'ai pas le droit de faire en temps normal), je me suis regardée dans le miroir et j'ai croisé le regard d'Hilary. Elle m'a lancé un sourire timide.

– Bonne chance, tu es vraiment magnifique dans ton tutu.

– Merci, ai-je répondu du bout des lèvres. Bonne chance à toi aussi.

Était-elle sincère ? Ou bien essayait-elle d'endormir ma méfiance ?

J'ai fini de me maquiller, puis j'ai jeté un dernier coup d'œil dans le miroir : devant moi, ce n'était plus Jessica Ramsey, écolière de onze ans, mais une véritable ballerine.

Le tutu rose me serrait parfaitement la taille, la couronne de roses était élégamment posée sur mes cheveux et mon visage était... comment dire... très différent, le visage de quelqu'un de plus âgé et de plus sophistiqué aussi. C'est à peine si je me reconnaissais.

– Rideau dans cinq minutes, a hurlé quelqu'un devant la porte des loges.

Oh, mon Dieu ! Je n'avais même pas commencé à m'échauffer ! Pendant quelques secondes, j'ai paniqué. Puis je me suis calmée : je n'apparaissais pas dans le premier acte, j'avais donc tout le temps devant moi !

J'ai couru dans les coulisses, mes chaussons à la main.

Tous les danseurs du premier acte étaient déjà sur scène. Le rideau s'est levé et l'orchestre a commencé à jouer. Il y a eu des applaudissements dans la salle. Ensuite, après l'ouverture, le ballet a commencé.

J'ai enfilé mes pointes et j'ai regardé tout le premier acte en m'échauffant dans les coulisses. Je suivais l'intrigue avec passion car j'en étais presque arrivée à oublier l'histoire avec toutes ses semaines de répétition. J'avais passé tant de temps à refaire encore et encore tous les pas que j'en avais oublié le merveilleux conte de fées qu'est *La Belle au bois dormant*. Mais ce soir, je le redécouvrais.

Le roi et la reine étaient sur scène, assis sur leur trône et chacune des fées venues offrir un présent à la petite princesse dansait une variation. Au moment où la fée des Lilas allait donner son cadeau, apparaissait la méchante fée, dans un carrosse tiré par quatre rats géants (Les rats étaient des danseuses du cours des débutants.) Elle hurlait et criait tout en dansant, reprochant au roi et à la reine de ne pas l'avoir invitée au baptême de leur enfant. Le roi et la reine imploraient son pardon, mais elle ne voulait rien entendre. Alors elle jetait un sort à la petite princesse, prédisant qu'elle se piquerait un jour le doigt sur un fuseau et mourrait. En entendant cela, tous les danseurs reculaient, saisis d'horreur, à l'exception de la fée des Lilas. Lisa était magnifique dans son costume lorsqu'elle s'est avancée, baguette en main. Elle affrontait la méchante fée et essayait de lever la malédiction. Elle parvenait seulement à l'alléger : au lieu de mourir, la princesse tomberait dans un profond sommeil, un sommeil qui durerait cent ans jusqu'à ce qu'un beau jour, un prince la réveille.

J'étais complètement absorbée par l'histoire quand le premier acte s'est terminé et que les fées ont quitté la scène en courant. Tout à coup, j'ai entendu la musique de l'adage, de MON adage. J'ai respiré un grand coup et je suis entrée en scène. J'étais rongée par le doute : est-ce que je ressemble bien à une princesse ? A la princesse Aurore, le jour de son seizième anniversaire ?

L'Adage à la rose a commencé et, presque immédiatement, la danse m'a emportée si loin que j'en ai même oublié mon trac. Et Hilary et mes amies dans la salle. Peu m'importait qu'elles aiment ou non le spectacle, peu m'importait que Becca hurle mon nom tout fort dans la salle. Seule la danse existait.

A la fin du deuxième acte, la méchante fée réapparaissait. Elle me tendait son fuseau, je me piquais le doigt et plongeais dans un sommeil qui durerait un siècle. Les danseurs me déposaient sur un lit et, petit à petit, la forêt enchantée poussait tout autour de moi.

Ensuite, je dansais pour le prince qui partait à ma recherche cent ans plus tard. Je lui apparaissais en rêve, je n'étais qu'une vision. Il essayait de m'enlacer pour danser avec moi, mais je lui échappais toujours. Ensuite, pendant le long voyage du prince jusqu'au cœur de la forêt, guidé par la fée des Lilas, j'avais un moment de répit. Et c'est là, quand il me découvrait, qu'il m'embrassait. Je n'ai pas rigolé du tout, promis ! (Je ne peux pas en dire autant de mes amies !) Alors je me réveillais pour danser entourée de toutes sortes de créatures de contes de fées, parmi lesquelles Carrie qui dansait le rôle de l'Oiseau du bonheur. C'était un morceau que j'appréciais particulièrement.

Pour finir, je dansais avec le prince qui était devenu mon époux. Le rôle était tenu par un danseur d'une autre classe. Je crois qu'il a quatorze ans. C'est un bon danseur, il est fort et musclé, ce qui est particulièrement important pour ce morceau car il y a beaucoup de portés. La musique qui accompagne ce passage est tellement ravissante que j'aurais pu continuer à danser pendant des heures. Mais le morceau terminé, la musique s'est tue et le rideau est tombé : le spectacle était fini. Carrie s'est précipitée dans mes bras :

– Tu as été fantastique ! s'est-elle exclamée.

– Toi aussi, ai-je répondu. Tu crois que le public a aimé ?

J'ai entendu les applaudissements. Ils avaient commencé dès le rideau tombé et lorsque nous sommes venus saluer, ils étaient toujours aussi soutenus. J'en ai presque oublié que je devais faire ma révérence devant le public. Quand je me suis avancée, les applaudissements ont redoublé et j'ai reconnu les sifflements de Kristy. Mon père hurlait « Bravo ». Alors j'ai souri et j'ai regardé sur ma droite. Là, dans les coulisses, Mme Noelle souriait aussi : elle était fière de moi.

J'ai de nouveau tourné la tête vers la salle : des gens s'étaient levés, mais pas pour partir. Ils continuaient à applaudir. C'était la première fois que ça m'arrivait. J'ai senti les larmes me monter aux yeux puis j'ai vu Becca s'approcher de la scène, un bouquet de roses roses dans les mains.

Elle s'est approchée de moi, toute souriante, et me les a données en me soufflant à l'oreille : « Surprise ! » Je l'ai serrée très fort. C'était donc ça son secret ! Elle l'avait bien gardé. Lorsqu'elle s'est écartée, j'ai vu Mallory qui tenait elle aussi un bouquet, mais cette fois un bouquet de roses blanches (elle savait ce que je pensais des roses rouges...).

– De la part de tous les membres du club, a-t-elle dit en me les offrant. Tu as été merveilleuse !

Aucun mot ne sortait de ma bouche. J'étais comme figée sur place, les bras chargés de roses, souriant au public. Puis le rideau est retombé. Jamais je n'oublierai cet instant !

Le spectacle était bien fini, maintenant. Il était temps de retirer mon tutu, d'ôter mon maquillage et de quitter le rôle de la princesse Aurore pour redevenir moi-même.

Je me suis dirigée vers les loges et j'ai croisé Hilary dans le couloir.

– Tu as été vraiment splendide, Jessi, a-t-elle fait.

– Toi aussi, tout le monde a été merveilleux. Quelle soirée fantastique !

J'avais presque oublié tout ce qu'elle m'avait fait subir.

– Je voudrais encore m'excuser. Je suis désolée pour tous les ennuis que je t'ai causés. Et tu sais quoi ? Je vais arrêter la danse.

Je n'en croyais pas mes oreilles.

– Tu plaisantes ?

– Non, pas du tout. Je n'ai jamais vraiment aimé la danse. En tout cas, pas comme toi. J'ai fait ça pour ma mère. Je n'ai jamais été très bonne.

– Mais si, tu te trompes.

Je ne supportais pas de l'entendre se rabaisser comme ça.

– Non, pas assez bonne pour satisfaire ma mère. J'ai compris tout ça le jour où tu m'as démasquée dans les loges. J'ai vraiment perdu la tête pour en arriver là.

– Et ta mère, qu'est-ce qu'elle pense de ta décision ?

Elle a pris un air grave.

– Je ne lui en ai pas encore parlé. Mais c'est ma vie, je veux faire ce qui me plaît.

Je l'ai serrée dans mes bras.

– Bonne chance, tu me manqueras.

En disant ces mots, je savais que c'était vraiment ce que je ressentais. Oui, elle me manquerait. Hilary est quelqu'un de bien. Et peut-être que sa mère la laisserait un peu tranquille quand elle aurait arrêté de danser.

Mes amies du Club des Baby-Sitters m'attendaient toutes dans les loges. Elles se sont ruées sur moi pour me dire qu'elles avaient adoré le spectacle.

– Qui serait partante pour une énorme glace ? ai-je demandé après les avoir remerciées pour les fleurs. Mon père m'avait dit que je pourrais inviter mes amies à la maison après le spectacle.

– Ça, c'est une idée géniale, a répondu Mallory.

Tout le monde était de son avis. Je me suis changée puis je suis sortie avec elles pour rejoindre mes parents qui m'attendaient dehors. Becca s'est jetée dans mes bras et je lui ai offert les chaussons que j'avais portés pendant le spectacle.

– Tu les as signés ? a-t-elle demandé.

– Bien sûr, ai-je répondu en souriant à papa, maman et tante Cecilia qui attendaient de pouvoir eux aussi me féliciter. Tu vois, juste là.

Je lui ai montré l'autographe, sur mon chausson gauche :

Pour Becca,
de la part de la princesse Aurore.

J'avais utilisé le feutre rouge de calligraphie dont je n'avais plus rien à craindre désormais.

LE CLUB DES BABY-SITTERS

CLAUDIA et le petit génie

L'auteur voudrait remercier Peter Lerangis
pour l'aide qu'il lui a apportée dans la préparation
de ce livre

①

– Chérie, fais attention... Tu vas renverser ton verre sur le... Oh non !
Vendredi après-midi, ennui.

J'étais devant une publicité qui passait au moins pour la centième fois à la télé. Une fille renverse un verre plein de lait au chocolat sur la moquette (beige, bien sûr). Sa mère, au bord de la crise de nerfs, vaporise la tache avec une bombe. Une armée de petits monstres s'échappe de l'aérosol et avale toute la saleté. La tache disparaît et la mère prend dans ses bras la petite fille qui offre à la caméra un fabuleux sourire édenté.

Ridicule ! Je veux dire, est-ce que quelqu'un s'est demandé comment ces bestioles étaient entrées dans la bombe de nettoyant ? Et d'abord, que deviennent-ils, ces trucs affreux, une fois le travail terminé ? Est-ce qu'ils restent dans la maison pour toujours ? Moi, si j'étais à la place de cette femme et de sa fille, je me serais enfuie en hurlant à la vue de ces monstres dégoûtants. Beurk !

En fait, j'étais devant la télé car je voulais regarder un documentaire sur Andy Warhol, un peintre américain qui est mort en 1987. (Je fais de la peinture et je pensais trouver un peu d'inspiration grâce à cette émission.) Je sais bien que j'aurais mieux fait de l'enregistrer. Comme ça, j'aurais pu passer les pubs en avance rapide. En fait, *j'avais* programmé l'enregistrement. Enfin... je pensais l'avoir fait.

Pour tout dire, jusqu'à quatre heures et demie, ce vendredi après-midi, j'étais sûre d'avoir programmé le magnétoscope. Je ne faisais rien de spécial. Je suis passée dans le salon, où ma sœur Jane, le génie de la famille, lisait le journal.

– Dis, tu ne devais pas regarder quelque chose à la télé ? Parce que ça a déjà commencé.

– Oui, je sais. D'ailleurs, je l'enregistre.

J'ai regardé le magnétoscope, très sûre de moi... Il était éteint.

Je l'ai vite allumé pour constater que j'avais déjà enregistré une heure de je-ne-sais-quoi.

– Que s'est-il passé ? m'a demandé Jane.

– Je n'en sais rien. J'ai rembobiné la cassette, j'ai programmé le magnétoscope pour une heure à partir de quatre heures, enfin...

– A.M. ou P.M. ?

Voilà, en posant une question innocente, ma sœur avait une fois de plus fait éclater ma bêtise au grand jour. J'avais enregistré le programme de quatre heures du matin !

Du coup, j'ai décidé de regarder l'émission tout de suite.

Ça en valait vraiment la peine. Le documentaire était passionnant. D'un truc aussi commun que des boîtes de conserve, Andy Warhol a su faire des œuvres d'art. Il a aussi peint le portrait de stars de son époque comme Elvis Presley, Marilyn Monroe ou James Dean.

Jane est restée à peu près trente secondes à regarder le documentaire avant de se lever.

– Je ne vois vraiment pas comment on peut appeler ça de l'art.

Elle est sortie du salon, probablement pour aller étudier ses formules de maths, ses acides aminés ou quelque chose de tout aussi follement amusant.

Jane a seulement seize ans, mais, au lycée, les cours sont beaucoup trop faciles pour elle, alors elle suit des cours à la fac. Moi, j'ai treize ans et je suis en quatrième au collège de Stonebrook. J'ai déjà bien assez de difficultés avec les cours de mon niveau. La première fois que j'ai entendu Jane dire « matrice », j'ai cru qu'elle voulait parler d'un film qui était sorti au cinéma, *Matrix*, et qu'elle avait mal prononcé. Je me suis moquée d'elle. Elle m'a alors montré son livre, et là, je n'ai plus du tout rigolé. C'est des maths mais qui n'ont rien à voir avec mes maths à moi.

Jane a bien essayé de m'expliquer à quoi servaient tous ces nombres mais j'ai tout de suite eu une envie incontrôlable de dormir. C'était d'un ennui !

Vous devez vous en douter, il n'y a pas plus différentes que ma sœur et moi. Nous avons toutes les deux les cheveux bruns et les yeux en amande, mais les ressemblances s'arrêtent là. J'aime m'habiller de façon très personnelle, en changeant souvent de style. Par exemple, cet après-midi-là, je portais une salopette avec un T-shirt à manches longues de toutes les couleurs en dessous et des chaussures de montagne que j'avais repeintes en rouge. Je crois vraiment qu'on peut dire beaucoup avec les vêtements : son humeur, sa façon de voir la vie. Si vous me voyiez dans la rue, vous penseriez tout de suite : « Artiste, amoureuse de la vie, joyeuse, pleine d'humour. » Enfin, j'espère... En voyant Jane, vous penseriez forcément : « Intelligente, très intelligente, incroyablement intelligente. » Elle a toujours la même coupe de cheveux désastreuse, comme les garçons au Moyen Âge. Et elle serait parfaitement heureuse si elle pouvait porter tous les jours le même chemisier blanc boutonné jusqu'en haut (détail capital !) et une jupe plissée grise. L'accessoire indispensable de Jane est un livre qu'elle tient dans sa main droite.

Bref, c'est une jeune fille avec 196 de Q.I. Eh oui, 196. La moyenne est à 100, à 120, on est intelligent, et génial à 150. Alors, comment qualifier ma sœur ? Ça me donne des frissons rien que d'y penser.

J'ai longtemps été jalouse d'elle. J'avais l'impression que, pour mes parents, elle était la perfection incarnée. Pendant très longtemps, ma grand-mère, Mimi, a été la seule à comprendre que la peinture, pour moi, c'était vraiment sérieux. A sa mort, je me suis sentie très seule. Maintenant, ma sœur et moi, nous nous entendons beaucoup mieux et mes parents ont compris que l'art était quelque chose de très important pour moi et que j'avais peut-être même du talent.

Depuis que Mimi n'est plus avec nous, j'ai son portrait dans ma chambre. En fait, c'est une photo d'elle quand elle avait mon âge, et c'est impressionnant à quel point nous

nous ressemblons. Mais je ne pense pas que la chambre de Mimi ait jamais pu ressembler à la mienne. Ma chambre est... multifonctions. Évidemment, c'est la pièce où je dors. Mais c'est aussi mon atelier. Elle est envahie par toutes sortes de choses dont j'ai besoin pour mon travail : des pinceaux, des tubes de peinture, des vieux journaux, des pastels, du plâtre de moulage et une boîte avec plein de trucs que j'ai récupérés un peu partout et que j'utilise pour faire des bijoux. Et on pourrait appeler les murs de ma chambre : la galerie Claudia Koshi.

Ça, c'est ce qu'on voit tout de suite en entrant dans ma chambre. Ce qu'on ne voit pas, par contre, ce sont mes passions secrètes : les confiseries et les romans d'Agatha Christie ! Ma chambre est pleine de cachettes : sous mon matelas, au fond des tiroirs, sous les pulls dans mon armoire. Pourquoi ? Eh bien, mes parents sont contre le grignotage en dehors des repas, et ils n'approuvent pas du tout mon goût pour Agatha Christie. Ils pensent que je devrais plutôt lire de la « vraie » littérature. Je n'ai rien contre la « Littérature ». J'ai adoré *Bilbo le Hobbit* de Tolkien et même *Oliver Twist* de Charles Dickens, et pourtant c'est super long à lire (et le livre pèse trois tonnes). Si vous voulez mon avis, les livres, c'est comme la nourriture, on ne peut pas manger du homard tous les jours. Un bon gâteau au chocolat, ça fait du bien. Les romans d'Agatha Christie sont mes gâteaux au chocolat à moi.

Ma chambre est aussi la salle de réunion officielle du Club des Baby-Sitters, le club que j'ai fondé avec mes amies. Enfin, je vous expliquerai plus tard.

Revenons plutôt à Andy Warhol. Comme je vous l'ai dit,

je regardais le documentaire pour trouver un peu d'inspiration. Depuis quelque temps, je me sens un peu vide… Il me fallait un projet, quelque chose dont je pourrais être fière une fois le travail terminé.

Je me suis levée d'un coup. Vous vous rappelez ces vieux dessins animés où une lampe s'allume au-dessus de la tête du personnage avec un bruit bizarre lorsqu'il a une idée ? C'était exactement ce qui venait de m'arriver.

Je n'arrêtais pas de penser aux Twix, aux Milky Way et aux Mars qui se trouvaient dans ma chambre. Je n'avais pas faim pourtant, pas du tout même.

Tous ces objets de délit allaient devenir les sujets de ma prochaine œuvre ! C'était évident, je voyais déjà la série de toiles de pop art, *Galaxie Gourmandise* par Claudia Koshi. Un Twix dans son emballage, puis sans celui-ci. Un Mars intact puis entamé. Tout ça dans un style hyperréaliste avec des couleurs très vives.

C'était une idée géniale ! (Et, en plus, ça me donnait une excuse pour acheter mes barres chocolatées favorites.) Il fallait que je m'y mette tout de suite, je ne pouvais pas attendre. J'ai éteint la télé avant la fin de l'émission pour aller dans mon « atelier ».

J'ai commencé par faire quelques croquis, mais deux problèmes se sont immédiatement posés. Tout d'abord, j'ai commencé à avoir faim et j'ai avalé le sujet de mon cinquième croquis, un Lion. Ensuite, j'ai réalisé qu'il était presque cinq heures et demie. Et à cinq heures et demie le vendredi, c'est l'heure de la réunion du Club des Baby-Sitters. Il fallait vite que je range ma chambre (ce qui n'est pas une mince affaire).

2

Comment restituer les jeux de lumière sur le pop-corn caramélisé ?
Comment rendre l'aspect des noisettes au cœur d'un Nuts ?

Qu'est-ce qui était le plus intéressant ? Les textures multiples d'un Mars ou la géométrie parfaite d'un Kit Kat ?

Voilà les questions essentielles qui se bousculaient dans ma tête pendant que je faisais le ménage. C'est ça, l'art, le souci du détail. De quel point de vue représenter le sujet : de face, de trois quarts, de dessus ? Et le vert que l'on va utiliser, doit-il tirer vers le jaune ou se rapprocher du bleu ? Les blancs, les faut-il purs ou colorés ? Quelle taille faut-il donner au sujet ? Que mettre en arrière-plan ?

Je trouve ça fascinant, toutes ces décisions à prendre. Je suis sûre que certains trouveraient bien plus intéressant de parler de choux de Bruxelles ou de physique quantique (voilà un mot de ma sœur, Jane, mais ne me demandez pas de vous l'expliquer).

J'étais tellement perdue dans mes pensées que je n'ai pas entendu Kristy entrer dans ma chambre à cinq heures et quart. (C'est la présidente de notre club.)

– Hé, Claudia !

– Oh !... Salut.

Kristy m'a regardée d'un air bizarre.

– Ça ne va pas ?

J'allais demander à Kristy quelle couleur choisir pour peindre l'intérieur d'une barre de Mars, mais je me suis retenue. Elle aurait sûrement pensé que j'avais définitivement perdu la tête.

– Je réfléchissais juste à une idée que je viens d'avoir pour ma peinture.

– Vraiment ? Et qu'est-ce que c'est ?

– Ben... J'ai décidé de faire une série hyperréaliste sur les barres chocolatées... dans le style d'Andy Warhol.

Vous auriez dû voir la tête de Kristy.

Oups ! Ce n'est pas qu'elle soit un philistin. (Encore un mot que Jane m'a appris : « ignorant de ce qui concerne l'art », pas mal non ?) Ce qu'elle peut dire sur ce que je fais est toujours pertinent. C'est juste que, pour elle, une bonne idée est forcément une idée pratique. Ce que Kristy préfère, c'est résoudre les problèmes. Un exemple : ses petits frères et sa petite sœur voulaient jouer au base-ball, mais ils n'avaient pas le niveau pour entrer dans la Petite Ligue. Alors, Kristy a monté sa propre équipe : les Imbattables.

Pour ce qui est de son style, on dirait qu'elle est toujours prête pour l'entraînement. Elle est habillée de façon très basique, jean-baskets. Elle est plutôt petite et sportive, elle a les yeux marron et les cheveux châtains.

Kristy est la présidente de club idéale. Elle a la voix qu'il faut (on est toutes aussi pipelettes les unes que les autres). Elle est très franche et sait donner des ordres si c'est nécessaire. Il y en a qui ont du mal à supporter son manque de tact. Mais c'est Kristy, on la connaît.

Je suis bien placée pour le dire. On est amies depuis la crèche. Les Parker habitaient en face de chez nous. Kristy, ses parents et ses deux frères aînés, Sam et Charlie. Le père de Kristy est parti quand elle avait six ans. Pourquoi ? On ne peut pas vraiment savoir. Le petit frère de Kristy, David Michael, venait de naître. Mme Parker s'est donc retrouvée avec quatre enfants à élever en plus de son travail. (J'imagine que c'est d'elle que Kristy tient sa capacité à s'organiser.)

Mais tout a changé maintenant. Mme Parker a épousé Jim Lelland, un millionnaire, et toute la famille a emménagé dans son immense maison. Et il fallait au moins ça pour une telle famille. M. Lelland est divorcé et a deux enfants, Karen et Andrew, qui viennent chez lui le week-end et pendant les vacances. En plus, avec Mme Parker, ils ont adopté une petite fille vietnamienne de deux ans et demi qui s'appelle Emily Michelle. Et puis Mamie, la mère de Mme Parker, est venue vivre avec eux. Il ne faut pas non plus oublier Louisa et Boo-Boo, la chienne et le chat.

Leur maison est de l'autre côté de la ville, mais Kristy est quand même toujours la première arrivée aux réunions. Elle a trouvé la solution, comme toujours : son frère, Sam, l'accompagne en voiture.

Ce vendredi, elle était bien sûr là avant tout le monde.

Ensuite sont arrivées Carla et Mary Anne, puis Mallory et Jessica. Lucy est arrivée la dernière, juste avant le début de la réunion.

Voilà le club au complet. Je vais faire les présentations.

Lucy est ma meilleure amie. Nous avons plein de choses en commun, à commencer par notre style. On adore toutes les deux les vêtements, mais elle est plus chic que moi. Elle est blonde et très jolie. Elle vient de New York. Elle est retournée vivre là-bas quelque temps avec ses parents et m'a énormément manqué. Mais, heureusement, elle est revenue à Stonebrook. Enfin, sans son père (ses parents ont divorcé à New York).

La plus grande différence entre nous concerne les maths. Si vous me posez une question de mathématiques, je vais vous faire répéter deux fois, froncer les sourcils, prendre un papier et un crayon, faire des ratures dans tous les sens… Alors que Lucy aura réglé le problème de tête en dix secondes.

Oh ! Il y a une autre différence entre nous. Lucy ne peut pas manger de sucreries. Elle est diabétique et doit continuellement surveiller son taux de sucre dans le sang et se faire des piqûres d'insuline. C'est une maladie très difficile à vivre. Je n'ai jamais pu la regarder se faire ses piqûres, j'ai trop peur de tomber dans les pommes.

Je ne serais pas la seule, Mary Anne s'évanouirait sans aucun doute avant. C'est la plus sensible du groupe. Elle est très généreuse, une amie merveilleuse. Elle est très timide mais elle prend de plus en plus d'assurance. Par exemple, cet après-midi, elle portait un pantalon large avec des tennis et un T-shirt, elle n'aurait jamais osé porter ça il y a quelques mois.

Et qui est la meilleure amie de Mary Anne ?

Kristy. Elles ont des caractères complètement opposés mais se ressemblent énormément, mêmes cheveux châtains et yeux marron.

Autre surprise, Mary Anne est la seule du groupe à avoir eu un petit ami sérieux, Logan Rinaldi. Lui aussi fait partie du Club des Baby-Sitters mais seulement comme intérimaire. (Il y a deux intérimaires dans notre club, Logan et Louisa Kilbourne.) En fait, Mary Anne et Logan ne sont plus ensemble mais ils sont restés amis.

Heureusement que, lorsqu'ils se sont rencontrés, Mary Anne avait arrêté de porter des couettes et des jupes plissées. Ce n'est pas très sympa de dire ça, mais elle avait un style vraiment préhistorique. Ce n'est pas de sa faute. C'était son père qui lui achetait ses vêtements et il était très strict. Je crois qu'il était surtout un peu dépassé par ses responsabilités : sa femme est morte très jeune et il a dû élever sa fille tout seul. Tout va mieux depuis que M. Cook s'est remarié avec, avec...

La mère de Carla Schafer, un autre membre du club ! Carla est blonde, mince, la Californienne dans toute sa splendeur. Elle est végétarienne et adore la « nourriture saine ». Un goûter chez les Schafer se compose d'un sandwich au pain complet sans sel, avec du tofu (une pâte blanche sans aucun goût) et du lait de soja... Et je suis sérieuse. Quand, lors d'une de nos réunions, tout le monde s'arrache le dernier paquet de chips, Carla reste placide et grignote une galette de riz complet. Elle a passé son enfance en Californie. Quand ses parents ont divorcé, sa mère a souhaité revenir vivre dans la ville où elle était née. Carla, sa mère et le jeune frère de Carla, David, sont donc venus vivre ici. Mais David ne s'est pas fait au Connecticut et il est retourné en Californie auprès de son père. Vous pouvez imaginer la peine de Carla quand son frère est parti.

Enfin... Mme Schafer a retrouvé son grand amour de jeunesse, M. Cook. Ils sont retombés follement amoureux et se sont mariés.

Mary Anne et son père ont emménagé chez les Schafer, dans une très vieille ferme qui a été construite en 1795. Carla pense qu'elle est hantée (à mon avis, elle a abusé du train fantôme à Disneyland).

Je dois encore vous parler de Jessica Ramsey et de Mallory Pike. Elles sont en sixième et sont de très bonnes baby-sitters. Jessica fait de la danse classique, sa passion. Elle a une sœur de huit ans et demi, Rebecca, et un petit frère, P'tit Bout, qui est encore bébé.

Je dois vous dire autre chose à propos de Jessica. Elle est noire, et pour elle l'installation à Stonebrook a été difficile, car c'est une petite ville à l'esprit étroit. Il n'y a quasiment que des Blancs ici et, dès que vous n'êtes pas comme eux, ils ont un peu peur.

Enfin, tout va bien maintenant.

Mallory Pike est l'aînée de huit enfants. Vous imaginez ça ! Dans l'ordre d'apparition, il y a les triplés, Byron, Adam et Jordan, qui ont dix ans, Vanessa, qui en a neuf, Nicky, huit, Margot, sept et Claire, cinq. Impressionnant, non ? On comprend pourquoi les passe-temps préférés de Mallory sont l'écriture et le dessin. Solitude et calme. Son grand rêve est d'écrire des livres pour enfants.

Voilà. Le Club des Baby-Sitters au complet. La réunion

de ce vendredi a commencé comme toutes les autres. Tout le monde bougeait et papotait. (Enfin le week-end ! ! !)

Kristy était assise à sa place de présidente, mon siège de bureau. Ses yeux étaient scotchés à mon réveil. A cinq heures et demie très précisément, elle a lancé :

– La séance est ouverte !

La réunion du Club des Baby-Sitters avait officiellement commencé.

3

Nous étions toutes à nos places : Mary Anne, Lucy et moi, sur mon lit; Carla, sur une chaise, près du bureau ; Jessi et Mallory sur le tapis, par terre.

Kristy a commencé comme d'habitude.

– Alors, quoi de neuf ?

Tout le monde s'est regardé, sans rien dire.

– Pas grand-chose, on dirait.

Tout à coup, j'ai remarqué que Kristy et moi, nous étions les deux seules à ne pas avoir la bouche pleine.

Il fallait agir. Je pensais bien pouvoir trouver un Kit Kat quelque part sous mon... Et oui ! Ah, bon vieux lit, je t'aime, tu sais. J'ai cassé le trésor en deux et j'en ai offert la moitié à Kristy.

– Garde-le Claudia, c'est peut-être un futur chef-d'œuvre !

– Bonne idée !

En fait, je mourais d'envie de sentir le chocolat fondre dans ma bouche, découvrant la gaufrette... J'ai décidé de me concentrer sur le téléphone pour qu'il sonne.

En fait, si les réunions se passent dans ma chambre, c'est à cause du téléphone. J'ai ma propre ligne, c'est plus pratique pour le club. Nous nous réunissons le lundi, le mercredi et le vendredi. Nos clients nous téléphonent pour demander une baby-sitter. Mary Anne voit qui est libre ce jour-là et nous rappelons le client pour lui dire qui sera la baby-sitter. Avec un seul coup de fil, il est sûr d'avoir tout de suite quelqu'un de sérieux pour garder ses enfants.

Facile, non ? C'est vraiment une super idée, une idée de Kristy bien sûr.

Les réunions sont toujours l'occasion de grands fous rires, mais Kristy est là pour nous rappeler à l'ordre. « Nous ne sommes pas un simple club, mais une petite entreprise. »

Nous avons chacune un rôle bien précis. Kristy est notre présidente, elle dirige les réunions et vérifie que nous remplissons bien le journal de bord, qui nous permet d'être au courant de tout ce qui se passe pendant les gardes.

Encore une idée de Kristy, une idée dont je me serais bien passée... c'est LA corvée (surtout quand on est aussi douée en orthographe que moi), mais je dois admettre que c'est très utile.

Lorsque le téléphone sonne, l'une de nous répond, mais c'est Mary Anne qui règle tout. C'est notre secrétaire et elle connaît nos emplois du temps par cœur. Elle arrive à caser les gardes entre toutes nos activités, nos cours, les visites chez le médecin. Je ne sais pas comment elle fait.

C'est aussi elle qui a les coordonnées des clients avec tous les renseignements nécessaires : les allergies des enfants, ce qu'ils aiment ou n'aiment pas. Mary Anne n'a jamais fait une seule erreur. Je crois que, sans elle, nous serions perdues.

Nous serions tout aussi perdues si j'occupais le poste de Lucy. C'est notre trésorière. Pour une matheuse, c'est logique. Chacune garde ce qu'elle gagne mais nous donnons une participation chaque semaine pour les frais : les pizzas, la note de téléphone (heureusement pour moi !)...

Carla est la suppléante. Elle peut remplacer l'une de nous en cas d'absence.

Jessi et Mal sont les juniors, elles n'ont pas de responsabilité précise et ne peuvent faire des baby-sittings que dans la journée (elles sont trop jeunes pour travailler le soir).

Et moi ? Je suis la vice-présidente. Je réponds au téléphone en dehors des heures de réunion et je me charge du bien-être alimentaire de chacune pendant les réunions (ce que je préfère !).

Voilà. Retournons à ce vendredi après-midi. Le téléphone n'a pas tardé à sonner. J'ai décroché.

– Bonjour, Club des Baby-Sitters, j'écoute !

– Heu, bonjour mademoiselle, Ginger Wilder à l'appareil. J'ai eu votre numéro de téléphone par les Barrett.

« Ginger Wilder à l'appareil » ? Drôle de façon de s'annoncer.

– Oui, nous gardons leurs enfants, Buddy, Liz...

– Et l'adorable petite Maud, je sais.

Elle m'avait coupé la parole !

– Mme Barrett m'a tout expliqué. Je sais que vous êtes

très sérieuses et adorables avec les enfants. J'aurais pour ma part à solliciter votre aide pour un travail régulier. Pensez-vous que cela serait possible ?

– Vous voulez dire à plein-temps ?

– Non, non, pas du tout, je me suis mal fait comprendre. Vous comprenez, ma mère est affreusement malade. Elle a soixante-dix ans et n'a jamais eu le moindre rhume jusqu'à maintenant. Jeudi, elle a fait une affreuse chute et s'est cassé la cheville, elle a ensuite attrapé la grippe et la voilà maintenant avec un zona ! Elle a grand besoin de moi pour prendre soin d'elle. Avec ma sœur, nous avons arrangé un emploi du temps afin de nous répartir les tâches.

Un vrai moulin à paroles ! Et puis, elle avait de drôles d'expressions… et elle n'avait pas fini…

– Mes jours de garde sont les mardi, jeudi et vendredi. Mon mari n'arrive jamais avant huit heures, huit heures et demie. J'aurais donc besoin d'une personne pour garder ma fille, Kelly Rose, qui a sept ans.

– Je pense que c'est possible…

– Ce sera d'une facilité déconcertante. Kelly est une jeune fille très occupée. Nous avons trouvé de fabuleux professeurs qui lui donnent des cours à la maison après la classe. C'est vraiment pratique. Vous comprenez, c'est déjà assez compliqué de bien manager la carrière de ma fille et d'être une bonne mère. Il me serait totalement impossible de courir d'un bout à l'autre de la ville pour l'accompagner à ses cours… Enfin, je ne voudrais pas vous ennuyer avec les détails. (Trop tard ! ! !) Pouvez-vous m'aider ?

Enfin, j'allais pouvoir placer un mot, pas trop tôt ! J'ai essayé d'être aimable malgré tout.

– Mais j'en suis sûre. Pouvez-vous patienter juste trente secondes ?

– Évidemment.

J'ai mis ma main sur le combiné.

En me tournant vers les autres, j'ai remarqué qu'elles étaient intriguées par cette conversation.

Je devais avoir fait de belles grimaces. Mary Anne a été la première à m'interroger :

– Quelque chose ne va pas ?

Je leur ai expliqué ce que désirait Mme Wilder. (Je mourais d'envie de pouvoir la décrire en détail et de l'imiter, mais elle pouvait m'entendre.)

Mary Anne a consulté l'agenda du club.

– Mardi, jeudi et vendredi… Humm, eh bien pour les deux semaines à venir, tu es libre tous les jours sauf un, Claudia.

J'ai enlevé ma main du téléphone.

– Vous êtes toujours là, madame Wilder ?… Oui. Il n'y a aucun problème, je serai disponible pour garder Kelly.

– Merveilleux ! Par le plus grand des hasards, vous ne pratiqueriez pas d'un instrument ou la danse ?

– Heu… Non. Mais je suis sûre que…

– Ou les maths, les sciences ? Faites-vous partie d'un club au collège ?

J'avais envie d'éclater de rire.

– Non, mais je suis très intéressée par l'art. Je fais de la peint…

– Oh, une artiste, je vois. Bon, tant pis. Il arrive parfois à Kelly de dessiner quand elle n'a rien d'autre à faire. Enfin, je vous vois donc mardi prochain. Quinze heures trente au 477, Elm Street, ça vous convient ?

– Pas de problème, à mardi.

J'ai raccroché. Aussitôt, Lucy s'est exclamée :

– La chance !

– C'est génial, Claudia, a ajouté Kristy. Trois jours par semaine, une nouvelle cliente... Alors, comment est la mère ? Elle avait l'air drôlement bavarde.

– Plutôt oui, elle est... sympathique.

Jessi a rigolé.

– Tu aurais dû te voir quand elle te parlait.

– Ouais, en fait, elle a une drôle de voix, comme les actrices dans les vieux films en noir et blanc. Ça donne : « C'est mêêêêrrrveilleux, ma chérrrrie », vous voyez le genre ? Et elle dit des trucs bizarres comme « manager la carrière de sa fille ».

Carla est intervenue :

– Peut-être qu'elle est comme la mère de Brooke Shields. Elle a toujours voulu que sa fille devienne une star. Elle lui a fait faire des castings alors qu'elle était encore bébé.

– Je suis sûre que tout va bien se passer.

Ça, c'est Kristy, elle ne panique jamais.

– Sans doute.

Je ne suis pas aussi optimiste qu'elle, je n'étais pas du tout convaincue.

– Mais, ce n'est que pour quelques semaines ? a demandé Mallory. Mme Wilder suit des cours du soir ?

– Non, pas du tout. En fait, sa mère est malade. Elle s'est cassé la cheville, a la grippe et un truc que je ne connais pas, un... zona.

– Ohhh !

Mary Anne avait l'air de connaître et, à en juger par l'expression qu'elle avait, ce n'était pas drôle du tout.

– Mon grand-père en a eu un. C'est un virus. Ça fait vraiment très mal et il n'y a rien à faire. On a des démangeaisons partout. Mon grand-père a beaucoup souffert.

J'ai juste eu le temps de faire une grimace. Le téléphone a tout de suite sonné.

En décrochant, j'ai eu un pressentiment étrange, comme si quelque chose clochait avec ce boulot, tout à coup il me semblait que ça n'allait pas être aussi facile que ça. Peut-être à cause de ce que Mme Wilder m'avait dit ? Ou du ton de sa voix ?

Peut-être que c'était juste parce que je ne connaissais pas Kelly. Bah, je verrais bien le mardi suivant…

– Bonjour, le Club des Baby-Sitters, j'écoute !

4

Mardi après-midi. Je me rendais chez les Wilder, un peu nerveuse. Je me disais que c'était tout à fait normal, j'allais rencontrer un nouveau client.

Ils habitaient une jolie maison blanche avec des volets verts.

Tout ce qu'il y a de plus normal.

Ouf ! Même si je n'arrivais pas à imaginer Kelly, je m'étais fait une idée très précise de la maison des Wilder : un manoir avec un immense portail et des servantes.

Après avoir sonné, un majordome m'aurait ouvert la porte : « Si vous voulez bien me suivre, Mlle Kelly Rose va vous recevoir dans la bibliothèque. » J'aurais alors vu Mme Wilder descendre l'escalier en marbre suivie par sa dame de compagnie, elle m'aurait adressé la parole pour me dire : « Je suis positivement débordée, ma chère. Dites juste au chef ce que vous voulez pour le dîner, homard ou saumon à la crème. »

Rien de tout cela, heureusement.

J'ai appuyé sur une sonnette en plastique tout ce qu'il y a de banal, devant une porte de taille normale. J'entendais de la musique, un air de piano. Personne n'avait dû m'entendre. J'ai donc frappé.

– Une minute, j'arrive !

La voix de Mme Wilder.

Deuxième soulagement quand la porte s'est ouverte sur un visage souriant et avenant. Elle m'a tout de suite mise à l'aise.

– Bienvenue Claudia, je suis ravie de te rencontrer, entre donc.

– Bonjour.

J'ai regardé autour de moi, une reproduction de Chagall sur un mur, une de Matisse sur un autre. Les Wilder devaient donc s'intéresser à l'art. C'était très bon signe.

La musique est allée *fortissimo*. C'était vraiment beau. Et ce n'était ni la radio, ni un CD. C'était du direct ! Une personne jouait du piano dans le salon. Une toute jeune fille dont les pieds atteignaient difficilement les pédales.

– Kelly !

La petite fille a jeté un coup d'œil à sa mère sans arrêter de jouer. Mme Wilder s'est approchée d'elle.

– Kelly !

Elle ne bougeait toujours pas, très concentrée, le front légèrement plissé.

– Kelly Rose, je te parle !

Mme Wilder avait l'air plutôt énervée. Kelly a levé les mains du clavier puis les a posées sur ses genoux.

– Quoi ?

Sa mère s'est tournée vers moi avec un grand sourire.

– Claudia est arrivée.

– Bonjour, Kelly !

Aucune réaction. Je commençais à me demander si elle avait été prévenue de ma venue.

– Claudia va te garder pendant que j'irai chez ta grand-mère, a-t-elle expliqué.

– Je sais !

– Bon, alors viens lui dire bonjour !

Kelly s'est laissée glisser de son tabouret, a traversé la pièce et m'a serré la main. Elle avait une épaisse chevelure rousse, des taches de rousseur et les yeux noisette.

– Salut.

Elle n'avait franchement pas l'air ravie de me voir.

– Tu joues vraiment bien.

– C'est du Mozart. Les derniers accords ne doivent pas être joués ainsi mais je n'ai pas les mains assez grandes.

– Ah...

Pour ma part, je n'avais pas remarqué la différence.

Mme Wilder a rompu le pesant silence :

– Bon, d'habitude, Mme Wood arrive à quatre heures pour la leçon de piano, mais elle a la grippe aujourd'hui, donc Kelly en profite pour travailler quelques morceaux. Mercredi, danse classique et violon. Jeudi, ses professeurs de chant et de claquettes viennent tous les deux à cinq heures et demie. C'est exceptionnel, Kelly a bientôt une importante audition. Mais normalement, le jeudi, Kelly n'a que le cours de chant. Son agent a dit qu'il faut qu'elle présente un numéro vraiment parfait de comédie musicale pour avoir son audition, nous avons donc décidé que les deux professeurs viendraient cette semaine. Et voyons... Vendredi, Kelly va au club de sciences après l'école, donc tu n'auras besoin de venir qu'à partir de cinq heures moins le quart, Claudia.

– Waouhh ! Que de talents !

J'avais réussi à lui décrocher un sourire ! Rewaouh ! Bon, ça ressemblait plus à un pincement de lèvres, mais c'était déjà ça.

Mme Wilder s'est mise à rire.

– Et ce n'est pas tout ! Il y a aussi le club de maths le lundi, les lectures publiques à la bibliothèque le samedi, les voyages à New York pour les auditions, les claquettes, les appels pour les séances de pose, les réunions avec les agents... C'est un job à plein-temps ! N'est-ce pas, chérie ?

– Ouais.

La réponse de Kelly n'était franchement pas enthousiaste.

Mme Wilder a jeté un coup d'œil à sa montre.

– Oh, que le temps passe vite ! Viens, Claudia, je vais te montrer le reste de la maison et puis je devrai y aller.

J'étais tout étourdie par ce que je venais d'entendre. Maths, sciences, claquettes, danse classique, chant, violon, piano... Y avait-il quelque chose que cette fille ne sache pas faire ? De quoi allions-nous bien pouvoir parler ? Je serais incapable de reconnaître Mozart si je le croisais dans la rue.

En tout cas, j'étais certaine que le coffre à jouets que j'avais emporté ne me servirait à rien.

Mme Wilder m'a fait les recommandations d'usage. Avec

l'expérience, on a l'habitude. Je lui ai demandé les numéros d'urgence, le double des clefs et tout le reste.

Elle est ensuite partie en vitesse en envoyant des baisers à sa fille. Voilà, je me retrouvais toute seule avec Kelly Wilder, le génie d'Elm Street.

– Bien... Je ne voulais pas t'interrompre tout à l'heure, si tu veux conti...

– Je travaille mon piano jusqu'à quatre heures et quart, m'a sèchement rétorqué la gamine. Ensuite, je prends mon goûter, puis je fais mes devoirs.

– Bien, d'accord. Je reste par là, si tu as besoin de moi.

– Et pourquoi aurais-je besoin de toi ?

C'était parti sur les chapeaux de roues, j'allais bien m'amuser.

– Je, je ne sais pas moi, on ne sait jamais, si tu...

– Connais-tu la sonate que je jouais ?

– La sonate ? Ah, la musique ! Euh, non. Je ne fais pas de piano.

– Alors comment pourrais-je avoir besoin de toi ?

« Souris, Claudia, souris ! Garde ton calme ! »

– Tu as sans doute raison. En fait, je voulais juste dire que, après ton piano, on pourrait discuter pendant ton goûter... Enfin, tu vois quoi...

Kelly avait l'air folle d'enthousiasme. Elle est retournée au salon en murmurant un vague « O.K. » pas convaincant du tout.

J'ai cherché un refuge. Je me suis écroulée sur le canapé qui se trouvait dans la bibliothèque. Je n'avais jamais vu autant de livres. J'ai jeté un œil, pas d'Agatha Christie, mais plein de bouquins du genre : *Comment faire une star de votre enfant, Comment optimiser l'intellect du préadolescent* ou encore *Parents : les conseils pour que votre enfant fasse carrière.*

Tout ça m'a donné froid dans le dos. J'avais l'impression d'être une pauvre attardée. Seule solution dans pareil cas : un paquet de M&M's. J'en ai toujours un paquet dans mon sac à dos en cas d'urgence, et c'était une urgence !

Quand j'ai posé le paquet sur la table basse, quelques M&M's ont glissé et j'y ai tout de suite vu une composition parfaite pour mon projet ! J'ai pris mon carnet à dessin et mes crayons que j'ai aussi toujours sur moi.

– Qu'est-ce que tu fabriques ?

J'étais tellement concentrée sur mon croquis que je ne m'étais pas aperçue que la musique avait cessé.

– Oh ! Kelly, tu m'as fait peur, je ne t'ai pas entendue entrer.

– C'est toi qui as renversé ça ?

– Heu, oui...

– Et tu les dessines au lieu de les manger ?

Un début de conversation ! Vite, j'ai fermé mon carnet...

– Tout à fait. J'ai un projet...

– Je vais prendre mon goûter.

Raté...

– D'accord, je te rejoins dans une seconde.

J'ai récupéré tous mes M&M's, j'ai rangé mon carnet et j'ai pris une grande respiration. « Allez, courage ! »

Lorsque je suis arrivée dans la cuisine, Kelly était en train de prendre une grappe de raisin dans le réfrigérateur. Elle s'est tournée vers moi.

– Tu en veux ?

– Avec plaisir.

Nous nous sommes assises l'une en face de l'autre autour de la table. Kelly ne me disait pas un mot, ne me regardait même pas.

– Tu veux un M&M's ?

– Je ne pense pas qu'ils se marient avec le raisin.

Je ne connaissais cette fille que depuis quelques minutes et elle m'agaçait déjà prodigieusement. M'agacer, non... Je rêvais de l'attraper par le cou et de la secouer jusqu'à ce qu'elle demande grâce.

Mais les trois préceptes de la baby-sitter sont patience, patience et patience.

Voilà le secret pour garder toute sa tête et ses clients.

– Tu joues vraiment très bien.

Le visage de Kelly s'est légèrement animé.

– Je suis en classe supérieure. Mme Wood dit que je suis une future concertiste.

– Super !

Je ne savais pas trop quoi dire d'autre, j'ai cherché...

– Et ton audition, c'est pour quoi ?

– *Meet me in Saint Louis*, c'est pour le rôle de Toot, mais tu ne connais sans doute pas. Tu veux voir ?

– Bien sûr !

Je n'avais pas répondu que Kelly sautait déjà de sa chaise.

– Viens, on va au sous-sol !

Je l'ai suivie. Le sous-sol était une véritable salle de danse avec des miroirs sur tous les murs, des barres, des spots et une minichaîne.

Kelly s'est assise dans un coin pour enfiler des chaussures de claquettes. Elle s'est relevée d'un bond, a mis en route une cassette qui était déjà dans la chaîne et est allée se positionner au milieu de la pièce.

– Écarte-toi, j'ai besoin de place.

Au moment où une musique complètement ringarde est sortie des haut-parleurs, Kelly a changé d'expression. On aurait dit que quelqu'un avait dessiné un sourire sur son visage. Un sourire étrange, faux.

Le plus étrange, c'est que j'avais déjà vu cette expression quelque part, mais impossible de me rappeler où.

Kelly s'est mise à chanter une chanson que je pensais bien avoir entendue dans une vieille comédie musicale. Elle avait une assez belle voix et son numéro de claquettes était vraiment impressionnant. Elle avait du talent. Je l'aurais tout de suite prise si c'était moi qui lui avais fait passer cette audition.

Sauf pour le sourire…

Lorsqu'elle a eu fini, je l'ai chaleureusement applaudie.

– C'était génial, Kelly !

– Et je fais aussi de la danse classique, regarde !

Elle s'est rassise pour mettre des chaussons de danse classique et s'est mise à tournoyer sur une cassette du *Lac des cygnes*. Ensuite, j'ai dû la suivre en haut pour l'écouter jouer du violon.

Je n'en pouvais plus de la féliciter à chaque fois. Heureusement, soudain, elle m'a dit :

– Je dois faire mes maths maintenant.

Pause, enfin ! J'étais mal à l'aise. Je ne savais plus quoi dire.

Kelly est allée dans sa chambre et je me suis installée sur le canapé de la bibliothèque. J'allais sortir mes cahiers pour faire mes devoirs, mais elle ne m'en a pas laissé le temps.

– Claudia ?

– Oui !

J'ai monté l'escalier pour la rejoindre. Elle était à son bureau devant un cahier d'exercices.

– Les renards hibernent-ils ?

– Heu…, il faut voir…

Elle m'a jeté un regard comme si elle pensait que je me moquais d'elle.

– Tu ne faisais pas de sciences en primaire ?

– Si, mais...

– Tu avais de mauvaises notes alors ?

Elle commençait à m'énerver sérieusement.

– Non ! J'ai oublié, c'est tout !

Kelly a étouffé un ricanement.

– Je n'oublie jamais rien.

J'allais l'étrangler, cette petite peste, si ça continuait !

J'ai vécu l'un des plus longs après-midi de ma vie. Après ça, la pluie, les couches sales et les hurlements vous semblent infiniment savoureux. J'ai vraiment essayé d'être gentille et d'établir une communication avec Kelly. Nous sommes même sorties nous promener. J'ai pris le double des clefs et j'ai écrit un mot à Mme Wilder pour qu'elle ne s'inquiète pas si elle rentrait la première. Et Kelly a corrigé mes fautes d'orthographe ! Une gamine de sept ans !

Quand Mme Wilder est arrivée, je me sentais aussi intéressante qu'une pierre. Mais j'ai souri, j'ai dit « au revoir, merci », et j'ai filé.

Et sur le chemin du retour, je n'avais qu'une pensée en tête. Jamais, jamais plus… Même pour un million de Mars.

5

Et pourtant, quarante-huit heures plus tard, j'étais devant chez les Wilder comme prévu. Et vous savez quoi ? Je me sentais bien.

A la réunion du club de la veille, j'avais tout raconté aux autres.

Kristy avait fait une suggestion comme toujours très pertinente. Je devais prendre tout ça comme une mission avec des buts à atteindre chaque fois pour améliorer petit à petit les choses.

Donc, ce jeudi était le premier jour de la « mission Kelly ». Voici quels étaient mes objectifs à atteindre :

1. Rester de bonne humeur ;

2. Faire deux croquis pendant que Kelly répétait pour son audition ;

3. Appeler Jane si Kelly avait vraiment besoin d'aide pour ses devoirs. (J'avais demandé à ma sœur, elle était d'accord.)

Donc, tout devait bien se passer. En plus, il faisait un temps magnifique de début de printemps comme je les aime, ensoleillé et frais. Au moment où j'arrivais devant chez les Wilder, une voiture s'est arrêtée devant moi. Mme Arnold était au volant. Je la connais car c'est une cliente du club. Elle ramenait Kelly de l'école. Ses jumelles, Marilyn et Carolyn, étaient à l'arrière avec Buddy Barrett. Kelly était assise devant.

– Bonjour, Claudia !

– Salut tout le monde !

Kelly devait penser qu'il y avait eu assez de salutations comme ça. Elle est sortie de la voiture pour rentrer chez elle sans un mot.

Début de la mission.

– On dirait que je suis arrivée juste à temps, hein, Kelly ?

– Je suis en avance. J'ai demandé à Mme Arnold de me déposer la première car j'ai beaucoup de choses à faire ce soir.

– Ta maman me l'a dit. C'est parce que tu dois t'entraîner pour l'audition.

– Répéter et pas m'entraîner.

– Excuse-moi, tu as raison… Répéter.

En la regardant entrer, je ne pensais qu'à une seule chose : mon objectif n° 1.

En arrivant dans la cuisine, nous avons trouvé un mot sur la table :

Bonjour, les filles !

Claudia, il y a de la salade de fruits au réfrigérateur, et des cookies.

Juste pour être sûre : Kelly a ses devoirs à faire jusqu'à 17h, puis préparation pour la répétition qui commence à 17h15.

Tu peux m'appeler au 555-7660 en cas de besoin.

Merci, et plein de bisous à Kelly !

Ginger

– Ta mère dit qu'il y a de la salade de fruits, ai-je dit à Kelly en ouvrant le réfrigérateur.

– Je sais lire.

Je n'ai pas relevé, ça ne servait à rien. J'ai préparé deux petits bols et je les ai posés sur la table.

– Tout ça m'a l'air drôlement bon !

– Pour ma part, j'ai une nette préférence pour les cookies. Mais je dois faire attention à mon cholestérol.

Son cholestérol ? Elle faisait attention à son cholestérol à sept ans ? A son âge, je ne savais même pas que ça existait. Et, pour être franche, je ne sais pas vraiment ce que c'est.

J'allais lui demander comment s'était passée sa journée quand elle a sorti une sorte de grosse brochure de son sac à dos. Sur la couverture, il y avait un couple de danseurs comme Fred Astaire et Ginger Rogers.

– C'est quoi ?

Kelly m'a regardée comme la dernière des débiles et m'a montré la couverture.

– Des partitions !

– Oh, c'est pour l'audition. C'est le morceau que tu dois chanter ?

– Mmm.

Elle a commencé à fredonner en bougeant en rythme. Au bout d'un moment, avec un grand sourire, je me suis lancée :

– Tu étais vraiment géniale la dernière fois. Je ne vois pas pourquoi tu devrais encore t'entraîner, euh, pardon, répéter.

– Tu ne peux pas comprendre, Claudia. A une audition, tu te bats contre des dizaines d'autres filles qui ont autant de talent que toi. Ça ne suffit pas d'être parfaite, il faut avoir le petit truc en plus qui fait la différence. Et pour le trouver, il n'y a qu'une seule solution : répéter.

J'avais l'impression que ce n'était pas elle qui parlait. Il me semblait plutôt qu'elle répétait ce qu'on lui avait appris. Sans doute son agent ou même sa mère.

– Tu sais, c'est la même chose en peinture.

Je me suis alors souvenue d'une blague que le père de Lucy faisait tout le temps.

– Hé, Kelly ! Comment fait-on pour aller à Broadway ?

– Ben, il faut prendre le train jusqu'à New...

– Non, faut s'entraîner !

– Hein ?

– Faut s'entraîner. Pour aller jouer à Broadway, il faut s'entraîner... ou répéter.

Kelly m'a regardée avec un petit air désespéré avant d'afficher son affreux sourire faux et figé.

– Ha, ha, ha, très drôle.

Mais oui ! Je venais de comprendre pourquoi ce sourire m'avait trotté dans la tête comme ça. Je l'avais déjà vu sur le visage d'une fille plus jeune et avec quelques dents en moins : la fille de la pub !

– Kelly, tu n'aurais pas tourné une pub pour un détachant ménager ?

– Si, pour l'aérosol Superpropre. Mon père dit que c'est pour payer mes études à l'université. Tu sais, je continue de toucher de l'argent chaque fois qu'elle passe, ça fait une sacrée somme.

– Oh.

Je voyais Kelly autrement maintenant. Elle était intelligente, talentueuse et, en plus, riche et célèbre.

Elle avait déjà fait beaucoup plus de choses dans sa vie que je ne le ferais peut-être dans toute la mienne.

Kelly a arrêté la musique et s'est levée.

– Je dois faire mes devoirs de sciences avant la répétition. Tu pourrais m'aider ? C'est assez long.

J'aurais peut-être pu le faire mais je ne voulais même pas essayer.

– Je vais appeler Jane, ma sœur. C'est un gén… euh, elle est vraiment très bonne en sciences.

Kelly n'avait pas l'air contente.

– Comme tu veux. Je vais travailler sur la terrasse, il fait trop chaud à l'intérieur.

J'ai tout de suite appelé Jane qui était heureusement à la maison.

– Salut, Jane, c'est moi.

– Salut, « moi ».

Ça, c'est l'humour de ma sœur, je commence à m'y faire.

– Tu te souviens de ce que je t'ai demandé hier ?

– Oui, quelle adresse déjà ? 477, Elm Street ?

– Oui.

– J'arrive.

Parfois, ça a du bon d'avoir un cerveau dans la famille.

J'ai pris mon sac pour rejoindre Kelly sur la terrasse, mais tout doucement. (J'espérais que Jane arriverait avant moi pour ne pas avoir à répondre à des questions embarrassantes.) Kelly était penchée sur son manuel de sciences, avec ses lunettes sur son nez. (Ça lui donnait l'air encore plus intelligent !)

Je suis allée m'asseoir sur un vieux fauteuil à bascule dans un coin et je me suis mise à dessiner. Kelly ne m'a même pas regardée. Elle devait penser qu'il était inutile de me poser des questions dont je ne pouvais pas connaître la réponse.

Jane est arrivée vers quatre heures et quart. Je me suis levée pour la présenter à Kelly.

– Kelly, voici ma sœur, Jane.

– Je sais.

Je *savais* qu'elle allait dire ça ! Elle a regardé Jane.

– Il paraît que tu es plutôt bonne en sciences.

– Assez, oui.

Jane avait répondu timidement. Elle n'est pas très sociable. Mais j'allais montrer à cette petite qui était ma sœur ! Elle s'est assise à côté de Kelly.

– Alors, tu as besoin d'aide ?

Durant les quarante minutes suivantes, j'ai eu l'impression d'être une extraterrestre. Je ne comprenais rien à ce qu'elles se racontaient. Jane a mis ses lunettes et elle est partie dans de grandes explications sur la reproduction des différentes espèces, hermaphrodites et autres. Derrière ses lunettes, Kelly acquiesçait et posait de nouvelles questions qui avaient l'air encore plus intelligentes que les premières.

Et Claudia Koshi, sans lunettes, dessinait la moitié d'un

Twix. Je me sentais aussi utile qu'une rame sur un bateau à moteur.

On imagine que même les petits génies aiment faire des pauses, papoter, rigoler. Pas ces deux-là.

– C'est la dernière question.

J'ai levé le nez de mon superbe Twix, il était presque cinq heures. Jane n'avait pas bougé, assise bien droite, les mains sur les genoux.

– Je peux encore t'être utile ?

– Non, je dois maintenant me préparer pour ma répétition.

Jane s'est relevée vivement.

– Bien.

Je trouvais tout ça un peu froid. Il fallait mettre un peu d'humanité là-dedans.

– Alors, vous vous en êtes bien sorties ?

– Oui, a répondu Kelly avant de rentrer, merci.

– Je t'en prie, au revoir.

Bon, Jane n'avait pas été plus enthousiaste. Nous nous sommes regardées.

– Elle est intelligente.

– Je sais, ai-je répondu à ma sœur, merci pour ton aide.

Jane m'a souri.

– Pas de problème. A plus tard.

– A plus !

Bon, Jane était partie et elles n'étaient pas devenues les meilleures amies du monde. Au moins, ça m'avait fait une pause.

Lorsque je suis rentrée, Kelly était déjà au sous-sol à travailler ses claquettes.

Ses professeurs sont arrivés. D'abord, M. Bryan, son prof

de claquettes. Ensuite, Mme Van Cott, la prof de chant. Elle avait un grand chignon blond, était bizarrement maquillée et avait une grosse voix un peu comme la Castafiore dans *Tintin.*

J'étais folle de joie de les laisser s'occuper de Kelly pendant toute une heure.

Je suis allée dans la bibliothèque pour dessiner comme prévu. J'étais un peu distraite par les bruits qui venaient d'en bas. Mme Van Cott faisait de drôles de sons que répétait Kelly, des exercices je pense. Puis Kelly a commencé à travailler son audition.

Tip-tip-ti-tap-tap-sscrape-tip-tip !

Ensuite, M. Bryan a crié :

– Pas mal, mais tu peux faire mieux ! Essaie de donner plus de légèreté, comme ça !

Clackety-clack-click… Stomp-stomp !

Abominable ! J'ai eu du mal à me concentrer sur mon Twix pour ne plus les entendre. Mon croquis commençait à prendre tournure. Au bout d'une vingtaine de minutes, assez contente de moi, je me suis mise à mon deuxième croquis, des Maltesers. Tout allait bien. Je crois que je pouvais remercier Kristy.

Mais le bruit venant d'en bas a commencé à devenir vraiment trop fort. Impossible de travailler. Kelly chantait la chanson qu'elle m'avait interprétée, mais c'était beaucoup moins beau.

– Kelly, chérie, ta voix de tête !

Mme Van Cott lui criait dessus.

– Ton articulation ! Attention, ne perds pas ta concentration !

La voix de M. Bryan se mêlait à celle de Mme Van Cott.

– C'est pointe-pointe-talon-pointe !

– Respire avec le ventre, Kelly, pas avec les joues !

– Tu es en retard, Kelly, pointe-talon-pointe !

Quelle horreur ! Pauvre Kelly ! Je ne pensais pas avoir un jour pitié d'elle, mais là, je n'aurais vraiment pas aimé être à sa place. Ces deux professeurs avaient vraiment perdu les pédales.

Heureusement, la leçon semblait se terminer. Je n'entendais plus de musique et le calme revenait.

M. Bryan conseillait à Kelly de bien s'étirer.

J'ai entendu les professeurs remonter. Ils m'ont saluée sans un mot et sont partis.

J'ai tendu l'oreille pour savoir où en était Kelly mais je n'ai rien entendu. Je me suis dit qu'elle s'était sans doute évanouie. J'allais descendre quand j'ai entendu ses pas dans l'escalier.

– Kelly ? Comment ça s'est passé ?

– Bien.

Sa voix semblait enrouée et ça me faisait encore plus mal au cœur pour elle.

Lorsqu'elle est arrivée dans la bibliothèque, son T-shirt était trempé et son visage tout rouge.

– Eh bien, quelle séance !

– Ouais, je peux regarder ?

Elle me montrait le carnet de croquis que j'avais posé sur la table. J'étais étonnée. La Grande Kelly manifestait de l'intérêt pour *mes* dessins !

– Oui, si tu veux.

Elle est restée sans rien dire devant le croquis des Maltesers puis a regardé le Twix.

– Je n'aime vraiment pas ça.

– Le dessin ?

– Non, les Twix.

Elle a jeté un œil aux autres croquis.

– Tu en as fait beaucoup.

– Ce ne sont que des croquis. Après, je vais en faire des toiles.

Kelly a eu un petit rire méprisant.

– Tu vas peindre du *chocolat* ?

– Pourquoi pas ? C'est juste pour m'amuser.

Elle ne m'a pas répondu. Elle tournait les pages en observant chaque croquis.

– Le Milky Way est mieux que les autres.

– Merci.

On avait vu mieux comme compliment, mais je n'allais pas faire la difficile. Elle m'a rendu le carnet.

– J'aime bien dessiner de temps en temps.

– Vraiment ?

Je la voyais déjà m'avouer qu'elle avait été exposée dans une galerie à New York.

– Ouais, enfin pas souvent. Bon, je vais me changer et travailler sur un projet avant le retour de maman.

– Tu as terminé tes devoirs ?

– Oui, avec Jane.

J'avais décidé de prendre des risques.

– Si tu aimes dessiner, pourquoi tu ne travaillerais pas ici avec moi ?

Je me disais que tant que nous avions quelque chose en

commun, il y avait un espoir. Kelly semblait hésiter. Je lui ai souri.

– Ça pourrait être sympa.

– C'est vrai.

Elle n'avait vraiment pas l'air convaincue. Elle s'est retournée et est montée dans sa chambre en traînant les pieds. Bon, j'avais essayé.

6

Vendredi,

Hier, j'ai gardé Kelly car Claudia ne pouvait pas. La pauvre ! Après tout ce qu'elle nous avait raconté, je pensais que j'étais prête. Je n'imaginais pas que j'allais vivre la pire journée de toute ma carrière de baby-sitter !

Je suis allée chercher Kelly à l'école car personne ne pouvait la raccompagner ce jour-là...

Ce jeudi était le seul jour où je ne pouvais pas garder Kelly. Et je dois avouer que je me sentais soulagée de passer un peu le relais.

Lucy a dû s'y coller. Je me suis dit que c'était peut-être juste une question de personne et que tout se passerait bien avec elle. Je les imaginais passant des heures à parler mathématiques.

J'avais tort.

Tout a plutôt bien commencé. Lucy voulait faire bonne impression. Elle s'est dépêchée en sortant du collège de peur de faire attendre Kelly devant l'école.

Elle est arrivée pile au moment de la sonnerie.

Kelly était en train de discuter avec un groupe d'amies.

Lucy les a écoutées un moment, elles parlaient de Disney World :

– Space Mountain ? Attends, ça fait pas peur.

– Ouais, c'est vraiment génial. Trop fort.

– Moi, j'y suis allée cinq fois, mes grands-parents habitent juste à côté.

– Et tu as vu Mickey ? J'ai une photo avec lui, il me fait un bisou. En fait, c'est un acteur, on voit ses yeux au travers du masque.

– Tu pensais peut-être qu'il existait pour de vrai !

Kelly qui était restée silencieuse a enfin dit quelque chose.

– J'ai porté un costume comme ça, moi aussi.

– A Disney World ? Il y a des enfants qui travaillent là-bas ?

– Non, dans une publicité pour des boîtes pour chat. Vous pourrez la voir à la télé à partir de la semaine prochaine. J'ai un costume de chat et je donne à manger à un vrai chat, ensuite j'enlève mon masque et le chat s'enfuit.

– Je ne vois pas le rapport avec Disney World !

– Je suis sûre que tu n'y es jamais allée, Kelly.

Elle est devenue toute rouge.

– C'est... C'est parce que j'ai beaucoup trop de choses à faire pour perdre mon temps avec ces enfantillages.

– Allez, n'importe quoi. Tu es jalouse, c'est tout.

Lucy a décidé d'intervenir :

– Hé ! Tu t'appelles Kelly ?

– Oui.

– Je m'appelle Lucy. Je remplace Claud...

– Je sais.

Kelly avait utilisé ses deux mots préférés. Elle avait l'air toute triste. Lucy était vraiment ennuyée pour elle, mais elle comprenait les autres filles. Kelly n'était pas vraiment facile à supporter.

– On m'a dit que tu chantais drôlement bien et que tu faisais des claquettes.

– Oui.

– Et que tu étais super bonne en maths et en sciences.

– En vocabulaire aussi. Je participe à un championnat de mots croisés la semaine prochaine.

– Vraiment ?

– Oui, c'est la finale de mon école. J'ai gagné dans ma classe, puis dans mon niveau et je vais maintenant concourir contre un CM2 et un CM1. La compétition va se passer dans le préau jeudi prochain. Ils mettent trois grilles sur des tableaux et on travaille chacun sur un tableau. Le premier qui a fini a gagné.

– Tout ça m'a l'air vraiment sympa. Je peux t'aider à te préparer cet après-midi.

– Non, oncle Dandy vient à la maison. Maman ne t'a pas prévenue ?

– Oncle Quoi ?

– Oncle Dandy ! Tu ne le connais pas ?

– Non.

Kelly semblait exaspérée.

– C'est pourtant dans les journaux. Il va animer une émission sur les jeunes talents qui passera sur la troisième chaîne.

– Génial ! Il t'a déjà vue à la télé, c'est pour ça qu'il vient ?

– Non, mon agent l'a contacté. Elle vient avec lui à quatre heures et demie.

– Quatre heures et demie ? Mais tu n'as pas le trac ? Tu sais ce que tu vas lui montrer ?

– Je n'ai jamais le trac. Je vais commencer par mon numéro de claquettes, ensuite je lui jouerai un morceau au piano, puis au violon, et enfin j'interpréterai une scène d'une série. Nous ne savons pas lequel de mes talents oncle Dandy voudra utiliser pour son émission.

– Alors, tu vas faire un peu de tout.

– Exactement.

Bien sûr, en arrivant chez les Wilder, Lucy a trouvé un mot de la mère de Kelly qui parlait de la visite d'oncle Dandy et suggérait poliment que Lucy fasse ses devoirs dans la bibliothèque pendant l'audition. (En d'autres termes, qu'elle se fasse oublier.)

Kelly n'était pas d'accord.

– Tu peux assister à l'audition si ça te fait plaisir, ça m'est égal.

Lucy a trouvé un compromis. Elle s'est installée dans la salle à manger. De là, elle pouvait voir une partie du salon où allait se dérouler le début de l'audition. Ensuite, pour la danse, ils descendraient au sous-sol.

Kelly est descendue répéter ses claquettes. Lucy a commencé ses devoirs. A quatre heures vingt-cinq, elle était morte d'angoisse. Elle ne savait pas trop pourquoi. Je pense qu'elle était inquiète pour Kelly. Lucy la trouvait beaucoup plus sympathique que moi. Elle dit que les gens prétentieux sont des personnes qui manquent de confiance en elles.

Je ne pouvais pas croire un truc pareil. Manquer de confiance en elle, Kelly ?

On a sonné à la porte à cinq heures moins le quart. Kelly a hurlé du sous-sol :

– Tu peux aller ouvrir, je répète mon salto arrière.

(Quoi ?)

– J'y vais.

En ouvrant la porte, Lucy a découvert une superbe femme portant une longue robe en soie très près du corps et un châle. Elle était accompagnée d'un homme assez... gros. Il souriait de toutes ses dents. Lucy a essayé de ne pas trop le fixer mais elle était certaine qu'il portait une perruque.

– Bonjour ! Je me présente, Dan Beasley, plus connu sous le nom d'« oncle Dandy ». Tu es Kelly Rose ?

– Non, tu vois bien que ce n'est que la baby-sitter, Dan. Bonjour, chérie, je suis l'agent de Kelly, Sandra Yu. Je suis vraiment désolée, nous sommes très en retard.

– Pas de problème. Kelly est au sous-sol. Elle s'entraîne pour le sauto en arrière...

L'oncle Machin s'est mis à rire.

– Ouh ! Voilà qui m'a l'air très dangereux.

Lucy avait envie de disparaître dans un trou. Elle s'était trompée de mot. Elle est retournée à ses devoirs pendant que les deux autres descendaient au sous-sol.

Kelly a fait son numéro de claquettes. Lucy m'a dit que ça sonnait plutôt bien. Oncle Dandy a applaudi très fort en hurlant : « Brava, brava ! » (Jane m'a ensuite expliqué qu'il fallait dire « Brava ! » à une fille et non « Bravo ! »)

Kelly, Mme Yu et oncle Bidule sont assez vite remontés pour le reste du spectacle. Kelly a joué un morceau de piano. Oncle Dandy a une fois de plus applaudi à tout rompre, ainsi qu'après la démonstration de violon (malgré quelques fausses notes fort embarrassantes).

Kelly s'est ensuite mise en place pour son texte. Lucy la voyait au milieu du salon, son script dans les mains.

– Je vais vous interpréter un extrait de la série *Amour, gloire et beauté*. Je jouerai Lydia, une fugitive. Dans cette scène, elle retrouve son père après avoir passé de longues années dans un hôpital, un accident de voiture l'ayant rendue amnésique. Pour cette scène, j'aurais besoin que quelqu'un me donne la réplique.

Mme Yu n'avait pas l'air d'apprécier.

– Chérie, tu ne peux pas plutôt interpréter un monologue ?

Kelly a froncé les sourcils.

– Je n'en ai aucun de prêt. De plus, vous disiez que j'étais parfaite dans ce rôle.

– Bien sûr, bien sûr. Dan, quelle est votre politique en ce qui concerne les auditions ?

– Je pourrais tout à fait lui donner la réplique, mais je suis une vraie taupe sans mes lunettes. Vous me donneriez un texte en russe que…

Kelly l'a coupé :

– J'ai une idée ! Lucy ?

Lucy s'est figée. Non ! Kelly n'allait quand même pas lui demander de…

– Lucy, tu peux me donner la réplique ?

Pas de réponse.

Kelly, Mme Yu et oncle Dandy ne la quittaient pas des yeux. Son cœur était sur le point d'exploser.

– Heu…

Elle se sentait piégée. Comment refuser ? Elle les a rejoints au salon à contrecœur. Elle s'est mise à côté de Kelly qui lui a montré le script en murmurant :

– Tu commences ici.

Lucy a toussoté deux ou trois fois.

– Le père répond à la porte.

Kelly a crié :

– Non, ça, ce sont les indications scéniques !

– Oh, désolée... Euh... Qui peut m'importuner à une heure pareille ? Oui, que puis-je pour...

– Vous avez quelque chose à boire ?

Kelly avait pris une voix monocorde et doucereuse.

Ensuite, il était écrit « Silence », alors Lucy est restée un moment silencieuse.

Ensuite, elle a dit : « Chérie ».

Ensuite, le texte disait « il la dévisage », alors Lucy a dévisagé Kelly. Mais, elle a alors perdu sa ligne.

– Euh... Une minute, j'y suis... Ah ! voilà... Ce n'est pas possible, ce ne peut être toi. Oh, chérie, ma chérie, enfin !

– Laissez-moi tranquille, espèce de vieux dégoûtant, j'ai juste besoin de boire quelque chose.

– Mais, ma Lydia, mon petit amour, tu ne me reconnais pas ? C'est moi, ton père !

Comme elle avait encore perdu sa ligne de texte, Lucy a improvisé :

– Ton papa qui changeait tes couches, ton papa qui te chantait tous les soirs : « Fais dodo, Colas, mon p'tit frère, fais dodo, t'auras du lolo... »

Et elle a continué comme ça, en disant tout ce qui lui

passait par la tête. Bref, c'était l'horreur totale. (J'aurais tellement aimé être là pour voir ça !)

Kelly a alors lâché le script pour se jeter sur elle en criant :

– Papa !

Lucy se contorsionnait pour essayer de lire le texte qui était sur le parquet. Kelly l'a alors serrée dans ses bras.

– Oh, papa ! Papa ! Je t'aime !

– Heu...

Lucy essayait de se dégager de l'étreinte de Kelly pour attraper le script mais la petite fille continuait à sangloter :

– Oh, papa...

– Heu... Heu...

Mme Yu a coupé court au massacre :

– Je pense que nous avons eu un très bel aperçu des possibilités de Kelly. N'est-ce pas, Dan ?

– Oui, très intéressant. Plein d'émotion. Merci, Kelly Rose pour ce grand moment. Tu participeras à mon émission. Quand j'aurai décidé dans quel domaine, j'en informerai Mme Yu.

Il s'est levé en souriant, a serré la main de Kelly et ils sont partis sans adresser la parole à Lucy.

En se tournant vers Kelly, Lucy a remarqué qu'elle pleurait encore. Mais elle a pris un mouchoir avant de dire avec le plus grand calme, comme si de rien n'était :

– J'ai à faire dans ma chambre. Appelle-moi lorsque ma mère sera rentrée.

Lucy n'a pas réussi à répondre. Elle n'en revenait pas.

7

Cinq heures dix-huit.
Nous étions lundi après-midi, quatre jours après le baby-sitting où Lucy avait gardé Kelly. Je travaillais dur à une toile, « Maltesers renversés ».

Je m'étais décidée à passer à la peinture. J'étais prête, je savais ce que je voulais. J'étais assez fière de moi. Les couleurs étaient très réussies : elles vous donnaient tout de suite faim.

A cinq heures vingt-cinq, j'ai décidé de m'arrêter. La réunion était à cinq heures et demie, Kristy n'allait pas tarder. Comme d'habitude, ma chambre était un vrai champ de bataille, il fallait faire un peu de place.

J'ai rangé mes toiles et mes pinceaux dans le placard. J'ai poussé le reste sous le lit, ni vu ni connu. Il restait deux toiles trop grandes que j'ai laissées contre le mur.

Kristy est arrivée à ce moment-là.

En les voyant, elle s'est mise à rigoler.

– Je ne vois pas ce qu'il y a de si drôle !

– Je ne sais pas. Tes tableaux me font rire, c'est tout.

– Merci beaucoup Kristy, toujours aussi délicate.

– Mais non, tu ne comprends pas. Ils me mettent de bonne humeur. Je te faisais un compliment, Claudia. Je les trouve vraiment bien.

Ce que venait de dire Kristy me faisait super plaisir, surtout vu la façon dont elle avait réagi quand je lui avais parlé de mon projet.

Les autres nous ont rejointes et Kristy a ouvert la séance. Moi, j'ai fait passer les habituelles gourmandises. Kristy a posé la question d'usage :

– Alors, quoi de neuf ?

J'ai tout de suite répondu :

– Vendredi, Mme Wilder m'a dit qu'elle aurait encore besoin de nous pendant une semaine. Sa mère est toujours malade.

Kristy a regardé la secrétaire du club.

– Mary Anne ?

– Claudia, tu es libre mardi et vendredi. Par contre, jeudi, tu gardes déjà Charlotte Johanssen. Kristy, Jessica et Lucy sont libres ce jour-là.

– Heu… moi, je préférerais ne pas y retourner.

C'était Lucy.

– Je suis désolée, mais je ne me suis pas encore remise de la dernière fois.

Kristy a enchaîné :

– Moi non plus, je ne veux pas y aller. Je ne suis pas actrice ! Plutôt mourir.

Un silence pesant a suivi. Heureusement, Mary Anne s'est dévouée.

– Écoutez, c'est dingue. Vous en parlez comme si c'était un monstre. C'est une petite fille, quand même.

Elle avait raison après tout.

– Je sais, lui ai-je répondu. Mais elle est tellement agaçante !

– Elle a toujours ce sourire forcé aux lèvres, je ne pense vraiment pas qu'elle aime ce qu'elle fait, a ajouté Lucy.

Mary Anne a répliqué :

– Ses parents la poussent sûrement trop. Il faudrait l'aider à s'amuser de temps en temps.

– On devrait peut-être l'emmener dans un endroit pour les enfants, comme le zoo, a proposé Mallory.

Je lui ai tout de suite répondu en imitant Kelly :

– Ces enfantillages ne l'intéressent pas. Elle a bien trop à faire.

Jessi a pris la parole.

– Je pourrais remplacer Claudia jeudi. Kelly fait de la danse. On a ça en commun. Ça pourrait peut-être marcher.

Mary Anne avait l'air d'accord.

– Tu as raison.

Carla, qui observait Kristy, s'est exclamée :

– Oh, oh ! Kristy est en train d'avoir une idée !

– Les filles, j'ai une idée géniale !

– J'en étais sûre.

Kristy s'est tournée vers moi.

– Tu devrais faire une exposition !

– Hein ? Quel est le rapport avec Kelly ?

– Aucun. Mais, j'étais en train de regarder tes toiles, et

c'est venu comme ça. Tu devrais vraiment exposer tes tableaux, Claudia. Il faut que les autres en profitent.

– Vous, vous en profitez.

– Je sais, mais le public devrait les voir.

Kristy insistait et elle est têtue.

– O.K. mais où ? Je ne peux pas aller avec mes toiles sous le bras voir un galeriste et lui dire : « Tenez, Kristy a dit que je devais exposer mes tableaux. »

– Tu n'as qu'à ouvrir ta propre galerie. Ton garage serait parfait. On pourrait inviter tous les gamins. Le sujet leur plairait et, comme ça, ils verraient que l'art peut être amusant.

Kristy savait très bien se faire convaincante. Je n'avais jamais pensé à présenter mon travail au public mais c'était tentant.

– Tu as peut-être raison, ça peut se faire. Bien sûr, j'aurais besoin d'un peu d'aide pour nettoyer le garage, c'est une vraie porcherie.

Kristy n'allait pas se laisser abattre pour si peu.

– A nous sept, ça sera vite fait.

Tout le monde a acquiescé avec beaucoup d"enthousiasme.

– C'est vrai qu'on n'a pas besoin de grand-chose. J'accrocherai les tableaux au mur… l'éclairage est assez bon. Il faut juste qu'on choisisse une date et que je fasse d'autres toiles.

– C'est drôlement motivant, a remarqué Lucy. Je suis sûre que tu vas travailler deux fois plus.

– Oh oui, on pourrait envoyer des invitations à nos clients et aux voisins…

Kristy a encore eu une idée :

– Et on ferait un buffet avec des jus de fruits et toutes les friandises que tu as peintes ! Ce serait génial !

Super ! On avait toutes hâte de s'y mettre. Mais nous étions tout de même à une réunion du Club des Baby-Sitters et le téléphone n'a pas cessé de sonner.

A la fin de la séance, nous parlions toutes en même temps. J'allais montrer mes œuvres au public ! Mais il fallait se mettre au travail, alors j'ai repris les Maltesers une fois mes « collègues » parties. Il ne me restait que peu de temps avant le dîner. J'avais le pinceau en main lorsque le téléphone a sonné. Certains parents ne respectent pas du tout les horaires des réunions pour téléphoner.

– Bonsoir, Club des Baby-Sitters !

– Pourrais-je parler à Claudia, s'il vous plaît ?

C'était la voix de Kelly !

– Kelly, c'est moi. Qu'est-ce qui se passe ?

– Tu n'auras pas à venir demain. Mon agent vient d'appeler, je tourne une publicité. Maman va m'accompagner et ma tante s'occupera de ma grand-mère.

– Génial, Kelly. Toutes mes félicitations ! C'est pour quoi ?

– La compagnie de téléphone. Je joue le rôle d'une fille qui appelle son grand-père en Norvège, un truc dans le genre.

– C'est chouette ! J'ai hâte de la voir.

– J'imagine que l'on me donnera une cassette. A jeudi, alors ?

– Heu... Non, à vendredi. Jeudi, c'est Jessica Ramsey, une autre baby-sitter, qui vient. Elle fait de la danse, tu vas l'adorer.

– Ah... Bon, ben, au revoir...

Kelly avait une drôle de voix. Elle n'avait pas l'air heureuse de ce changement.

– Salut, et bonne chance pour demain.

– Tu veux dire « merde » !

– Quoi ? !

– Ça porte malheur de souhaiter bonne chance. Il faut dire quelque chose de négatif.

– Désolée, alors les cinq lettres !

J'ai raccroché, vraiment heureuse pour elle.

Et pour être honnête, j'étais assez contente d'échapper à deux journées avec la Grande Kelly.

8

JEUDI

Aujourd'hui, j'ai gardé Kelly Wilder. J'étais très curieuse de la rencontrer après tout ce qu'on m'avait raconté sur elle. J'avais apporté mes pointes, je voulais vraiment que ça marche. Quand j'avais l'âge de Kelly, je trouvais que c'était magique de faire des pointes, j'étais drôlement fière la première fois que j'ai tenu dessus. Je pensais que ce serait pareil pour elle... Mais les choses ne se sont pas du tout passées comme je m'y attendais. Enfin, j'aurais quand même essayé...

Jessi était dure avec elle-même. Elle a été super mais Kelly... c'est Kelly. Je vais vous raconter : Jessica est arrivée en avance chez les Wilder. Elle a attendu Kelly qui revenait de l'école en voiture avec Mme Barrett.

Kelly est descendue, l'air renfrogné, et s'est dirigée droit vers la porte en ignorant royalement Jessica. Mais celle-ci ne s'est pas laissée faire.

– Tu ne me dis pas bonjour ? lui a-t-elle fait remarquer.

– Si.

– Ah bon, je n'ai pas dû t'entendre. Comment s'est passé ton tournage ?

– Comment es-tu au courant ?

– Claudia nous a raconté. Avec mes amies, on était impressionnées. J'imagine que tu as dû bien t'amuser.

– Tu sais, c'est la sixième publicité que je tourne, a-t-elle fait d'un air blasé en posant son sac à dos dans la cuisine. Si ça t'intéresse, j'ai les autres en cassette.

– C'est vrai ? Je peux les voir ?

Jessica avait deviné que la flatterie était la meilleure méthode avec Kelly.

– Je dois faire mes devoirs pendant trois quarts d'heure avant mon cours de chant. Mais si on se dépêche pour goûter, on aura le temps.

Mme Wilder avait laissé son habituel petit mot, rappelant l'emploi du temps de Kelly et proposant aux filles de se préparer des sandwiches au beurre de cacahuètes. Elles ont donc engouffré leur encas avant de se rendre dans la bibliothèque pour visionner la cassette.

Kelly a installé Jessica dans le canapé, puis a mis en route le magnétoscope.

– C'est la première la meilleure.

C'était la pub pour le nettoyant moquette.

– Mais… je la connais, je l'ai déjà vue ! C'est toi ?

– Chut ! ! !

Sur l'écran, les monstres de dessin animé engloutissaient la saleté.

– Pour moi, c'était la partie la plus difficile de mon rôle car je ne voyais pas les monstres et je devais faire comme s'ils étaient là. Ils sont créés par ordinateur et ne sont ajoutés qu'à la fin. Regarde…

Kelly a rembobiné pour repasser la scène image par image ! Et elle a décrit tout son travail en s'assurant que Jessi comprenait bien ce qu'elle lui disait.

La pauvre Jessica acquiesçait poliment. Après avoir visionné les cinq publicités, elle a juste dit :

– Tu es formidable !

– Merci, j'ai suivi des cours d'art dramatique pour enfants à New York. J'ai beaucoup travaillé.

– Et tu as aussi suivi des cours de danse là-bas ?

– J'ai pris quelques leçons avec un danseur de l'American Ballet Theater.

Jessica était très impressionnée.

– Vraiment ? Génial !

– En quelle classe es-tu ?

– En sixième.

– Tu es bonne en vocabulaire ?

– Heu… En vocabulaire ?

Jessi ne voyait pas le rapport avec la danse classique.

– Plutôt oui, pourquoi ?

– Je dois me préparer pour le concours de mots croisés. Viens m'aider.

Kelly a pris son sac. Jessica l'a suivie dans l'escalier. Elle aurait voulu continuer la discussion. Pourquoi Kelly ne voulait-elle pas parler de danse ? Elle avait peut-être peur que Jessica soit meilleure qu'elle.

Elles sont arrivées dans une chambre tapissée de photos de Kelly avec des acteurs connus, sur le tournage d'une publicité, en train de chanter, de jouer du violon… Une vraie loge de star !

Kelly a sorti un énorme livre rempli de grilles de mots croisés de son sac. Elle l'a ouvert à la page d'une grille déjà commencée.

– Voyons… verticalement, dix : un géant du Jurassique en onze lettres commençant par un A. Tu vois ?

– Pas du tout. Et en horizontal ? Ça pourrait nous aider.

Kelly a donné une autre définition mais ça n'était pas mieux. Jessica a secoué la tête.

– Essaie un autre.

– Je croyais que tu étais bonne en vocabulaire ? Voyons, verticalement, un : un lac au nom de reine en huit lettres.

Le signal d'alarme de Jessica s'est allumé. Elle se sentait complètement inutile, le plan d'urgence devait être mis en route.

– Heu… Tu connais Jane, la sœur de Claudia ? Elle est bien meilleure que moi. Je vais l'appeler.

Elle s'est précipitée en bas sans laisser le temps à Kelly de protester.

Jane a tout de suite répondu.

– Allô…

– Jane, c'est Jessica.

– Salut, Jessica. Claudia n'est pas là, elle est chez les Johanssen. Tu veux que je te donne leur numéro ?

– Non, c'est à toi que je voulais parler, en fait. Claudia m'a dit que tu l'avais déjà aidée une fois avec Kelly Wilder…

– J'ai fait ce que l'on peut appeler une vaillante tentative.

– Je la garde aujourd'hui et… Je sais que tu es très occupée mais je me demandais si tu ne pourrais pas venir un moment. Elle a besoin d'aide pour ses mots croisés.

Jane a ri.

– Je vais finir par me faire embaucher à votre place.

– Je suis désolée, Jane. J'imagine que ce n'est pas très…

– C'est bon. Je peux faire une pause. J'arrive.

– Merci beaucoup !

– Je t'en prie, ce n'est rien.

Quand Jessica est remontée, Kelly n'a même pas levé la tête de son livre.

– Jane arrive.

– Mmm…

– Tu veux que j'essaie de t'aider sur d'autres définitions ?

– C'est inutile.

– D'accord, je descends faire mes devoirs. Appelle-moi si tu as besoin de moi.

– Mmm.

Jessica n'a pas eu le temps de commencer ses devoirs, Jane est arrivée très rapidement.

– Je suis vraiment contente de te voir, Jane. J'étais complètement larguée.

– Vous devriez m'intégrer comme membre honoraire du Club des Baby-Sitters. Où est ma grande amie ?

– En haut des escaliers, dans sa chambre.

Jane est montée rejoindre Kelly. Jessica est retournée dans la bibliothèque, soulagée. Mais pas pour longtemps.

Jessica entendait toute la conversation qui semblait très animée.

– Victoria ? Tu es sûre ?

– Évidemment.

– Comment le sais-tu ?

– Je le sais, c'est tout.

Jane savait aussi que le géant du Jurassique était un apatosaurus et que le peintre voyageant entre vahinés et bretonnes était Gauguin. Elle savait beaucoup d'autres réponses dont Jessica n'avait aucune idée.

On aurait pu croire que Kelly était comblée d'avoir à ses côtés une telle experte.

Eh bien, non. Elle a continué à lui poser des questions, et chaque fois que Jane n'avait pas la réponse, elle jubilait ! Kelly a été jusqu'à lui demander avec suspicion si elle était réellement au lycée, parce qu'elle n'avait pas trouvé un mot dont la définition était : « instrument de musique de l'Asie du Sud-Ouest de la famille du luth » !

– Bien sûr, je suis au lycée ! a répondu Jane sèchement.

Jessica commençait à se faire du souci. Ce n'était vraiment pas le genre de Jane de parler sur ce ton. Elle devait vraiment se sentir mal à l'aise.

Jessi allait monter voir ce qu'il en était vraiment quand la sœur de Claudia est redescendue.

– A plus, Jessica.

– Ça va ?

– Mmm. Kelly n'a plus besoin de moi, c'est tout. Salut.

– Salut.

Après le départ de Jane, Kelly est passée faire un tour dans la cuisine. Elle s'est servi un verre de jus d'orange.

– C'est le moment de te préparer pour ta leçon de chant, non ? a demandé Jessi.

Ignorant la question, Kelly a vidé son verre de jus d'orange et l'a posé sur la table en déclarant :

– Dorénavant, je ne veux que Claudia pour me garder !

Jessica, surprise, ne savait pas quoi répondre.

– Bon, d'accord. J'en parlerai à la prochaine réunion du club. Je ne pense pas que ça posera de problème.

– Bien.

– Je peux te demander pourquoi ?

– Parce que... parce que..., a bredouillé Kelly.

Et soudain, elle a fondu en larmes.

– Parce que je l'aime plus !

Puis elle est remontée en courant et a claqué la porte de sa chambre.

9

– Oh, ces marqueurs sont vraiment nuls ! Les lettres s'effacent, tout me reste sur les mains. Carla était en train de s'énerver sur les invitations pour l'exposition.

Kristy a passé son doigt sur le texte. Le T et le A de « INVITATION » n'ont pas résisté.

– Ce n'est pas à cause du feutre mais du papier. C'est un papier brillant, il faudrait retourner au magasin en prendre du normal.

Lucy n'était pas du tout d'accord.

– Tu plaisantes ? C'est plus classe sur du papier glacé !

– Je ne vois vraiment pas ce que ton papier brillant plein de traces a de chic ! a répliqué Kristy.

– Je continue de penser qu'il était tout aussi simple d'écrire sur un papier et de faire des photocopies, a affirmé Mary Anne.

– Sûrement pas après avoir acheté les marqueurs et ce papier !

– En plus, c'est un événement. Il faut faire quelque chose de bien.

Tout le Club des Baby-Sitters était réuni dans ma chambre. On était samedi après-midi et nous devions organiser l'exposition Chocol'art à la Galerie Claudia Koshi.

Enfin, je ne devrais sûrement pas dire « nous ». Moi, j'étais l'artiste et je me contentais de peindre. Les autres, elles, devaient s'occuper de la « logistique ».

J'avais commencé une nouvelle toile. Je travaillais dessus pendant la réunion et j'étais si concentrée que je n'entendais pas tout.

Kristy donnait les ordres, comme toujours.

– Il faut écrire le jour et l'heure, le nom de l'artiste exposé et celui de la galerie...

Mallory a commencé à écrire.

– Alors... Vous êtes tous conviés...

Lucy l'a coupée :

– Attends, ce n'est pas possible. C'est trop banal. Pour une exposition d'art, il faut dire quelque chose de plus chic !

– Non, il faut que ce soit drôle comme les peintures ! a décrété Carla.

– D'accord, on t'écoute !

Silence.

– Claudia pourrait peut-être faire une miniature d'une de ses toiles sur chaque invitation, a suggéré Jessi.

– Pas question, j'ai déjà assez de travail comme ça !

Carla a eu une idée.

– Je sais ! On n'a qu'à coller des emballages de barres chocolatées sur les invitations !

Kristy n'était toujours pas d'accord.

– Pas pratique. Les gens vont penser que c'est sale et les mettre directement à la poubelle.

– Et si on disait simplement : « Vous êtes invités au vernissage de l'exposition Chocol'art, une série de peintures de Claudia Koshi dans le garage de Claudia Koshi », et c'est tout.

– Tu as noté, Mallory ? a demandé Jessi.

– Attends, une série de... quoi ?

Bref... au bout d'une heure, mes amies avaient enfin réussi à se mettre d'accord sur une invitation qui m'avait l'air très bien. Je n'avais rien à dessiner dessus, et c'était tant mieux.

Il fallait ensuite faire la liste des invités.

D'abord, nos clients réguliers, mais c'était trop peu. On a pensé mettre une invitation au supermarché mais c'était une mauvaise idée, trop de gens qu'on ne connaissait pas pouvaient venir, on a abandonné.

On s'est arrêté sur une liste d'une quarantaine de personnes, clients et amis.

Mais ce n'était pas fini. Qui allait se dévouer pour passer l'après-midi à faire les photocopies en ville ? Qui irait faire la queue à la poste pour acheter les timbres ? Et qui allait se fatiguer à écrire toutes les adresses sur les enveloppes ?

Une demi-heure plus tard, tout le monde en avait marre. J'avais abandonné ma toile pour participer à la conversation. Finalement, Kristy a mis le doigt sur un oubli de taille.

– Claudia, tu penses que ça prendra combien de temps pour nettoyer ton garage ?

Arrrgh !

– Heu... Si on commence tout de suite, cinq ou six ans.

C'était censé être drôle. Mais personne n'a ri.

– Je... Je suis désolée mais je dois partir dans une heure, s'est excusée Jessica.

Lucy semblait aussi embêtée.

– Il faut que je sois à la maison à trois heures.

Kristy s'est levée.

– Alors, ne perdons pas de temps.

Nous sommes sorties voir ce qu'il en était. C'était pire que dans mes souvenirs. Un vrai cauchemar. Nous sommes restées un moment sans savoir par où commencer. Puis nous sommes passées à l'attaque : d'abord les vieux journaux...

Inutile de vous dire qu'on avait vu mieux comme après-midi. Les esprits commençaient à s'échauffer.

Un bidon a laissé une trace de gras sur le jean de Lucy.

– Non ! Il sort du lave-linge ! Et comment je vais faire pour enlever ça ?

– Je ne vois pas ce qu'on va pouvoir faire de tout ce qu'il y a sur les étagères.

– Et il n'y a pas assez de lumière.

– Et puis ça sent le moisi, c'est l'horreur !

Kristy nous a rassurées :

– Tout ira bien. Finissons-en qu'on puisse passer à autre chose !

Ce projet était très important pour moi et ça me faisait de la peine de voir que c'était une vraie corvée pour les autres. Je n'en pouvais plus.

– Vous savez, si vous ne voulez pas le faire, ce n'est pas la peine de vous forcer !

Je devais avoir l'air en colère. Elles se sont toutes regardées, puis m'ont dit gentiment :

– Claudia, on doit le faire. Tu as besoin de nous. C'est normal.

– Mais vous êtes toutes à faire constamment des réflexions. Vous n'arrêtez pas de vous plaindre. Si c'est si casse-pieds, je ne...

– Oh, Claudia. Il ne faut pas le prendre mal. Ça n'a rien à voir avec toi, a répondu Mary Anne.

Lucy a ajouté :

– Tu sais, tout ne peut pas être drôle. Il faut souvent commencer par des trucs pas passionnants. Mais il faut le faire, c'est tout. Personne n'a dit qu'on devait aimer tout ce qu'on fait.

Tout le monde a acquiescé.

J'avais eu tort de m'emporter.

– Oui, tu as raison.

Le soir, j'ai repensé à ce que m'avait dit Lucy. Et j'ai revu Kelly avec son sourire figé lorsqu'elle faisait des claquettes. « Personne n'a dit qu'on devait aimer tout ce qu'on fait. » Et si Kelly faisait toutes ces activités seulement parce qu'elle pensait *devoir* les faire ? Et si aucune de nous ne la connaissait réellement, ne savait ce qu'elle aimait ?

10

– Un classique de Tennessee Williams : « Un tramway nommé... » Il faut trouver un mot de cinq lettres se terminant par un R.

Nous en étions à la troisième définition que Kelly me donnait et qui ne me disait rien du tout.

Elle avait décidé de travailler dans la cuisine ce mardi-là. Quand Jessica m'avait raconté ce qui s'était passé, je m'étais dit que Kelly cherchait peut-être une amie et que je devais être patiente. Mais j'étais à peine là depuis un quart d'heure qu'elle m'agaçait déjà.

– Charlie ?

Kelly m'a regardée avec pitié.

– C'est un mot de sept lettres.

– Et pourquoi pas Bobby ?

– Il faut que le mot se termine par un R ! Bon, essayons celui-là... Une figure à quatre côtés avec seulement deux côtés parallèles ? Un mot de sept lettres commençant par un T et se terminant par un E.

– Réfléchissons…

Je me suis rapprochée de Kelly pour regarder la grille comme si ça allait m'aider. Des mathématiques, inutile de me triturer l'esprit !

– Tu sais, Kelly, je ne suis pas très bonne en géométrie.

– Un trapèze ! Bravo, Claudia ! Merci de ton aide.

Elle a rempli la grille, ravie. Moi, je n'étais pas très contente qu'elle se moque de moi comme ça.

– Dis, Kelly, si tu connaissais déjà la réponse, ce n'était pas la peine de me demander.

– Je ne savais pas. C'est venu d'un coup en parlant avec toi !

J'ai laissé échapper un soupir. Je n'avais pas du tout prévu de me faire humilier aux mots croisés par une gamine de sept ans. Je devais travailler sur un de mes dessins, mais la soirée menaçait de mal tourner.

– Dix, horizontal : conforme à la doctrine d'une religion en neuf lettres, se terminant par XE ? Un dieu nordique de quatre lettres se terminant par IN ? Je sais ! Odin, et ça fait que l'autre commence par un O… Une religion… je l'ai sur le bout de la langue… orthodoxe ! Oui, ça rentre, c'est ça !

– Bravo, Kelly.

– Maintenant, vingt vertical, un…

C'en était trop pour moi. Je me suis écriée :

– Le contraire de oui en trois lettres commençant par N !

– Hein ?

– N-O-N, non. Je ne veux plus répondre à quelque question que ce soit. Je ne connais jamais la réponse. Je ne vois vraiment pas pourquoi tu continues de me demander de t'aider. Tu es bien meilleure que moi et j'ai aussi des choses à faire !

Oups ! C'était la première fois que je parlais à Kelly sur un ton pareil. Je me demande même si ce n'était pas la toute première fois que quelqu'un osait lui parler sur un ton pareil. Mais je m'en moquais. Depuis trois semaines, mes amies et moi, nous nous étions pliées à ses quatre volontés. Et elle n'était jamais contente. Il était temps que quelqu'un affronte la Grande Kelly.

Je m'attendais à ce qu'elle pique une crise ou se mette à pleurer. Eh bien, non. Elle a juste acquiescé et s'est plongée dans son livre sans un mot.

Alors, évidemment, j'ai commencé à me sentir coupable. J'ai même pensé m'excuser pendant une minute.

Juste une minute.

Mais, finalement, j'ai sorti mon matériel de dessin de mon sac à dos. Je travaillais sur quatre croquis différents, une sucette, des Smarties, une boîte de Tic-Tac et un Lion.

J'ai décidé de travailler sur la sucette.

Je voulais que cette toile soit pleine de couleurs. Je me suis mise à dessiner de grands tourbillons multicolores.

Kelly marmonnait en tournant bruyamment les pages de son dictionnaire.

La sucette était vraiment réussie. J'ai décidé de laisser le fond blanc pour faire ressortir les couleurs. J'avais complètement oublié la présence de Kelly. Je me suis mise à travailler sur mon croquis de Tic-Tac. J'ai pris la boîte pour trouver le bon angle. En levant la tête, j'ai remarqué que Kelly ne travaillait plus. Et mieux, qu'elle m'observait.

Elle devait bloquer sur un mot de dix lettres à la définition obscure. Je n'allais sûrement pas lui laisser le temps de me demander de l'aider. J'ai fait comme si je n'avais rien vu.

Au bout de quelques minutes, elle a contourné la table pour venir juste à côté de moi. Elle m'a pris un carnet de croquis et en a arraché une page vierge.

Je pensais qu'elle me testait, qu'elle prenait cette feuille pour voir comment j'allais réagir. Je n'ai pas levé le nez de mon dessin.

Dix minutes plus tard, elle n'avait toujours pas bougé, pas parlé. Bizarre. Elle n'était plus du tout sur ses mots croisés... Elle dessinait ! Je me suis levée pour voir ce qu'elle faisait. Elle avait réalisé un croquis du Lion qui était sur la table. Le trait était précis et juste. Les lettres de Lion étaient rendues avec beaucoup de réalisme, avec les plis de l'emballage.

J'étais stupéfaite. Kelly avait du talent.

Je n'aurais pas dû être surprise. Kelly était douée pour tout, alors pourquoi pas en dessin ?

Mais ce qui changeait, c'était son visage. Relaxé, concentré, souriant. Elle n'était pas crispée comme lorsqu'elle jouait du piano ou du violon. Elle n'avait pas ce sourire figé comme lorsqu'elle faisait des claquettes. Elle avait l'air de s'amuser.

– Kelly ! C'est formidable, tu as un bon coup de crayon !

Elle a eu un sourire gêné.

– Merci, c'est... c'est chouette.

Je n'en croyais pas mes yeux. Kelly avait l'air d'une modeste petite fille de sept ans ! J'ai soudainement compris pourquoi elle tenait tant à ce que ce soit moi qui la garde. Elle voulait me regarder dessiner.

Mais pourquoi ne m'en avait-elle pas parlé ? Pourquoi s'était-elle à chaque fois enfermée dans sa chambre ?

– Kelly ? Quand tu montais dans ta chambre en me disant que tu devais travailler sur un projet, est-ce que tu dessinais ?

Ses yeux se sont éclairés. Mais avant qu'elle n'ait pu dire un mot, on a entendu la porte d'entrée.

– Il y a quelqu'un ?

D'après la voix chaude et masculine, son père était rentré. J'allais lui répondre quand elle m'a attrapé le bras.

– Chut !

Je me suis retournée. Kelly, paniquée, cachait le dessin du Lion dans mon sac. Elle a ensuite ouvert son livre de mots croisés et son dictionnaire. Elle a pris un crayon avant de lancer calmement :

– Papa ! On est dans la cuisine.

Hum, il y avait visiblement quelque chose qui clochait…

11

– Salut, maman ! Salut, Jane !

– Au revoir, Claudia !

La voiture des Wilder était garée devant chez moi.

Kelly me faisait de grands signes du siège arrière pour que je la rejoigne. C'était le jour de l'émission d'oncle Dandy et j'y allais avec elle ! Bon, je sais. Oncle Dandy n'est pas une grande vedette de la télé, mais j'étais vraiment heureuse pour Kelly. Et j'étais très excitée à l'idée de voir un studio de télévision.

Et vous savez quoi ? Kelly avait insisté pour que j'y aille avec elle.

Depuis que j'avais découvert son talent artistique, elle était beaucoup plus détendue avec moi.

Mais quelque chose me tracassait : pourquoi cachait-elle son goût pour le dessin ? Ses parents l'avaient toujours encouragée dans ses différentes activités. Alors pourquoi ne pas vouloir leur dire qu'elle adorait dessiner ?

Kelly et ses parents avaient l'air très enthousiastes, je me suis donc dit que ce n'était pas le moment d'aborder ce sujet. Mme Wilder avait demandé à sa sœur de s'occuper de leur mère, et le père de Kelly avait spécialement quitté le travail plus tôt pour voir sa fille.

Mme Wilder était inquiète, comme toutes les mères avant un grand événement.

– Kelly chérie, avant qu'on n'arrive sur l'autoroute, tu es sûre de n'avoir rien oublié ? Tes partitions ? Ton diapason ? Tes claquettes ?

– Maman... Je ne vais pas danser. Juste chanter et jouer, tu te souviens ?

– Eh bien, on ne sait jamais, mon ange. En professionnelle, tu devrais être prête à tout. Ils peuvent très bien changer de programme au dernier moment.

M. Wilder a regardé sa femme avec un grand sourire.

– Ginger, tu es un super manager.

Mme Wilder a ri.

On s'est bien amusés pendant le trajet. On a joué au jeu des plaques minéralogiques, on a chanté de vieilles chansons (dont je ne connaissais pas toujours les paroles). Et puis, les Wilder au complet étaient encore plus impressionnants que Kelly seule. Ils chantaient en chœur et je ne voulais pas détruire l'harmonie.

Nous nous sommes arrêtés sur un grand parking entouré d'immeubles de bureaux. Le studio de télé était aussi moche que les autres bâtiments, seule l'immense antenne sur le toit faisait la différence.

Nous sommes entrés dans une salle d'attente avec un sol en linoléum en sale état et une fontaine à eau à la bonbonne vide. Pas vraiment accueillant. Une femme avec un casque nous a demandé si nous étions là pour participer à la *Pop Academy*.

– Oui, et voici l'un des talents de l'émission, a répondu M. Wilder.

Il a gentiment poussé Kelly devant lui.

– Salut, ma puce, a fait la standardiste. Vous prenez cette porte pour rejoindre le studio 4. Il sera sur votre droite.

– Merci.

Nous avons pris un long couloir plein de câbles. Des personnes avec les bras chargés de cassettes vidéo ou poussant d'énormes caméras nous bousculaient. J'ai reconnu deux ou trois journalistes mais j'ai fait comme si de rien n'était. Ils paraissaient drôlement plus vieux qu'à la télé ! Il y avait des portes de studio partout. L'une d'elles était ouverte et j'ai aperçu le décor d'un jeu que je regardais parfois. Ça m'a fait bizarre.

Kelly n'avait pas l'air étonnée par tout ça. Elle suivait ses parents en murmurant les paroles de sa chanson. Je ne pouvais pas garder mes émotions pour moi.

– Kelly, tu es tellement calme !

– Tu sais, ça n'a rien à voir avec les studios de New York.

– On y est !

Le père de Kelly avait raison. Il a ouvert la lourde porte marquée d'un quatre rouge.

Oh, là, là, là, là ! Quel bazar ! Des tas de gens avec des écouteurs sur la tête couraient comme des fous en parlant doucement. Je pensais qu'ils parlaient tout seuls et je me demandais où j'avais bien pu tomber. Il y avait des caméras partout et un buffet au fond de la pièce. Oncle Dandy nous a fait signe d'un coin du studio où il était assis. Un homme et une femme s'affairaient autour de lui pour le coiffer et le maquiller.

Toute une partie de la pièce était occupée par le plateau où un piano à queue trônait sur un parquet tout brillant. Au-dessus, le nom de l'émission clignotait en lettres lumineuses : POP ACADEMY. Il y avait quelques rangs de chaises pour les spectateurs juste devant la scène.

– Salut, tu fais quoi ?

Je me suis retournée, une fille souriait à Kelly.

Ses parents se tenaient derrière elle, avec le même sourire aux lèvres.

– Je chante et je joue du piano, lui a-t-elle tranquillement répondu.

– Moi, je danse et...

Sa mère l'a interrompue :

– Ma chérie, tu devrais te présenter.

– Je m'appelle Crystal.

– Moi, Kelly.

En lui parlant, elle l'a fixée avec un sourire déterminé. Crystal a reçu le message. Elle a toussoté puis est partie dans une autre direction avec ses parents.

La guerre était déclarée.

J'ai tenté de détendre l'atmosphère :

– Elle a l'air gentille.

– Il ne faut pas bavarder sur un plateau. Ce genre de choses peut te déconcentrer avant de monter sur scène.

Mme Wilder a posé sa main sur l'épaule de Kelly.

– Tu as entièrement raison, ma chérie.

Je trouvais ça vraiment bizarre, mais j'ai préféré me taire.

Oncle Dandy a traversé le plateau. Ses cheveux (ou plutôt sa perruque) étaient tellement laqués qu'on aurait dit un casque de Romain.

– Est-ce que nous sommes au complet ?

Un homme barbu qui se tenait derrière nous lui a répondu :

– Il y a des gens dans la salle verte, monsieur Beasley.

– Qu'est-ce qu'ils font là-bas ? Il ne nous reste qu'une demi-heure. Va les chercher !

Oncle Dandy s'est ensuite tourné vers Kelly et Crystal avec un immense sourire.

– Alors z'avez fait un bon voyage, les petites ?

Kelly et Crystal ont répondu en chœur :

– Oui, oncle Dandy.

Une fois tous les enfants là, il les a réunis sur le plateau pour leur parler. Les parents et amis se sont assis sur les chaises. Nous avons écouté le petit discours d'encouragement d'oncle Dandy. Il ponctuait ses paroles de sourires idiots tout en applaudissant.

– Alors, nous y voilà ! Vous êtes tous prêts ? Vous êtes prêts à leur montrer quelles futures vedettes vous êtes ?

Tous les enfants lui ont répondu ensemble en hurlant :

– Ouais ! ! !

Il a ensuite pris une expression très sérieuse.

– Les enfants, c'est une sacrée journée aujourd'hui ! C'est votre première *Pop Academy* ! Croyez-moi, je sais très bien ce que vous ressentez. Tous ces projecteurs, ces caméras... Mais oncle Dandy est derrière vous à trois cents pour cent. N'oubliez pas, on est tous ensemble, une grande et belle famille !

Tout ça était tellement ridicule ! Je ne sais pas comment ont fait les enfants pour garder leur sérieux et ne pas s'esclaffer.

Tandis qu'oncle Machin leur parlait, des perles de sueur se formaient sur son front. Il avait l'air détendu mais ses yeux surveillaient tout autour de lui. Il me rendait nerveuse et pourtant je n'allais pas passer à la télé ! Après ses encouragements, il a annoncé l'ordre de passage. Kelly allait être la dernière.

M. Wilder nous a murmuré, à Mme Wilder et moi :

– Ils gardent toujours le meilleur pour la fin.

Les petits artistes ont été emmenés dans une salle en dehors du studio. Mme Yu est arrivée (en retard), nous a fait un signe et s'est installée au fond du studio, contre un mur. L'éclairage général a diminué et des spots ont éclairé le plateau d'une lumière très forte. Ensuite, une incroyable musique a retenti. Elle était vraiment désagréable. Oncle Dandy est arrivé sur le plateau en courant et a bien failli tomber.

– Hou là ! C'était moins une ! Salut tout le monde, et bienvenue à *Pop Academy* !

Sur le côté, une femme a levé un panneau qui nous commandait d'applaudir. Nous nous sommes exécutés généreusement.

– Bon, eh bien, on peut dire qu'on vous a concocté une émission de grande qualité aujourd'hui !

En parlant sur la musique, oncle Dandy a levé les bras et

j'ai eu la preuve irréfutable que ce monsieur portait bien une moumoute. Ses « cheveux » n'arrêtaient pas de glisser en arrière... J'ai bien failli éclater de rire.

Une petite est arrivée et s'est mise à danser sur une musique rock.

Elle était plutôt bonne, comme tous ceux qui ont suivi : un ventriloque, une ballerine, quelques chanteurs, une danseuse de claquettes (qui nous a valu un « rien à voir avec Kelly ! » de Mme Wilder) et un jongleur.

Kelly est alors montée sur scène et j'ai ressenti un léger frisson. Mon ventre s'est contracté. J'ai regardé les Wilder. Ils se tenaient la main, souriants et calmes.

Pendant que Kelly jouait son morceau de piano, deux caméras tournaient autour d'elle. Elles s'approchaient très près de son visage, de ses mains, je ne sais pas comment elle pouvait rester concentrée. Mais elle n'a pas fait la moindre fausse note. Après, elle s'est levée, a salué sous nos applaudissements frénétiques. Elle s'est ensuite rassise et a enchaîné avec une chanson de comédie musicale qu'elle jouait au piano et chantait. Elle ne regardait pas ses mains, elle chantait face à la caméra, se tournait doucement vers une autre. Une vraie professionnelle !

J'étais si fière d'elle !

A la fin, les Wilder et moi, nous nous sommes levés en applaudissant de toutes nos forces. J'ai crié : « Brava ! » et j'ai même sifflé.

Oncle Dandy a fait un petit discours de fin d'émission ridicule et les spots se sont éteints. Les enfants sont descendus du plateau et il y a eu de grandes embrassades. Je me suis jetée sur Kelly.

– Tu as été *vraiment* géniale !

Elle m'a répondu avec beaucoup de calme et un simple sourire.

– Merci.

M. et Mme Wilder ont félicité leur fille, Mme Yu aussi. Nous avons discuté un moment. Mme Yu nous a quittés pour aller voir oncle Dandy qui s'essuyait le visage avec une serviette.

A ce moment-là, un grand homme bronzé s'est approché de Kelly.

– J'aimerais aussi te féliciter. Je me présente, Raymond Mendez de l'agence Mendez Jeunes Talents. Es-tu représentée par un agent ?

Tout en parlant, il s'est tourné vers les parents de Kelly en leur tendant une carte de visite.

Kelly lui a répondu sèchement :

– Oui, j'en ai un. Mme...

M. Wilder a coupé la parole à sa fille :

– Je vois que vous avez un bureau à New York.

– Et nous sommes sur le point d'en ouvrir un à Los Angeles. Nous sommes spécialisés dans les enfants.

– Et vous avez des contacts dans le milieu du cinéma ? a demandé Mme Wilder.

– Bien sûr, avec tous les studios.

La conversation ennuyait manifestement Kelly.

– Maman, *j'ai* un contrat avec Mme Yu !

– Bien sûr, ma chérie. Mais c'est toujours bon d'avoir d'autres contacts. Merci, monsieur Mendez, nous gardons votre carte.

Une fois qu'il a été parti, Mme Wilder a murmuré :

– Ce pourrait être un tournant intéressant pour la carrière de Kelly. Et ne t'en fais pas pour Mme Yu, ma chérie. Les contrats sont faits pour être rompus.

– Mais, papa…

Les parents ne faisant pas attention à ce que leur fille disait, ils se sont dirigés vers les parents de Crystal. Ils n'ont pas entendu Kelly qui protestait :

– … *J'aime* Mme Yu.

Assez rapidement, nous avons salué oncle Dandy et nous avons regagné la voiture. Sur la route, M. et Mme Wilder ont discuté de M. Mendez et de son agence.

J'ai essayé de bavarder avec Kelly.

– Kelly, tu étais si bonne, j'en ai presque pleuré !

– Vraiment ? Tu sais, ce n'est pas grand-chose. Tu répètes jusqu'à ce que tu sois sûre de toi, c'est tout.

– Et comment fais-tu pour savoir quelle caméra regarder ?

– Celle qui est en route a une lumière rouge allumée, c'est facile.

Elle s'est tournée pour regarder les magasins par la fenêtre. J'étais étonnée. Elle ne semblait pas avoir envie de parler de l'émission. C'était comme si elle venait de terminer une corvée et se préparait à la prochaine.

Soudain, elle a crié :

– Oooh ! On peut s'arrêter là, papa ? J'ai envie de manger une glace. J'ai trooop faim !

M. Wilder lui a souri.

– Pas cette fois, ma chérie. Il est tard et tu as une répétition avec M. Bryan et Mme Van Cott demain matin pour ton audition.

C'est à ce moment-là que la crise a éclaté.

Kelly s'est mise à hurler en tapant des pieds.

– Mais je veux une gla-ce ! Je ne veux pas d'une répétition débile !

Mme Wilder ne comptait pas céder.

– Kellyyy, ça suffit ! Tu dois dormir pour reposer ta voix.

– Je n'en ai rien à faire de ma voix ! Rien à faire de la danse et de cette audition à la noix !

M. Wilder lui a parlé très calmement :

– Je comprends, ma chérie. Mais tu es une artiste et les artistes ont besoin de discipline.

– Je ne suis pas une artiste ! Je suis une enfant ! Et je veux une glace comme tous les enfants !

Les Wilder n'ont pas réagi. Kelly s'est recroquevillée sur la banquette et personne n'a plus dit un mot pendant le reste du voyage.

J'étais vraiment triste pour elle. J'ai essayé de la réconforter mais elle m'a envoyée promener. Alors, j'ai regardé le paysage sans le voir.

12

Vendredi,

En fait, je ne veux pas vous parler d'un baby-sitting mais de notre sujet de conversation favori en ce moment : Kelly Wilder.

J'étais curieuse de la rencontrer. J'ai donc accompagné Claudia au concours de mots croisés. Tu avais raison, Claudia, elle est vraiment très intelligente ! Mais tu avais aussi raison pour le reste...

Tu parles, j'ai pratiquement dû me mettre à genoux pour convaincre Mary Anne de m'accompagner.
C'était un jeudi et personne d'autre n'était libre.

Je suis heureuse qu'elle ait été là. Kelly avait besoin de renfort et Mary Anne n'était pas de trop...

Je devrais commencer par le début. Les Wilder ne pouvaient venir car ils devaient emmener la mère de Mme Wilder à l'hôpital. J'étais donc réquisitionnée. Lucy m'avait raconté comment les autres enfants traitaient Kelly à l'école et j'étais bien décidée à l'aider de mon mieux.

Mary Anne et moi, nous sommes allées à l'école de Kelly en sortant du collège. Le concours se déroulait dans le préau. Avant de pouvoir nous asseoir, nous avons dû embrasser tous les enfants qui nous connaissaient… et il y en avait beaucoup !

Sur l'estrade, il y avait trois grands tableaux noirs où les professeurs recopiaient les grilles à la craie. Ils écrivaient sur l'autre côté du tableau, donc personne ne pouvait voir les grilles à l'avance.

Mary Anne et moi, nous nous sommes assises tout au fond. Kelly est venue nous dire bonjour.

– Je suis contente que tu sois venue, Claudia.

– Nous sommes ton fan-club. Je te présente Mary Anne Cook, une amie.

– Bonjour, Kelly, j'ai beaucoup entendu parler de toi.

Kelly avait l'air flattée.

– Merci. Je vais me mettre un peu à l'écart, je dois rester concentrée.

Mary Anne m'a tout de suite murmuré :

– *Rester concentrée* ?

– C'est Kelly, elle a sept ans mais un comportement d'adulte.

Derrière nous, des gamines se sont mises à rire bêtement.

– Hé ! La grosse tête !

En nous retournant, nous avons vu que ces filles s'adressaient à Kelly qui passait devant elles.

– T'inquiète ! Elle ne va pas nous adresser la parole, elle ne parle qu'à oncle Dandy !

Ces idiotes ont encore ricané avant d'aller s'asseoir.

Pauvre Kelly. J'ai tenté de croiser son regard pour la réconforter. Mais elle s'était blottie contre un poteau les yeux rivés au sol.

Mlle Reynolds, la directrice de l'école, est montée sur l'estrade et a pris la parole :

– Bon, asseyez-vous, s'il vous plaît. Le concours de mots croisés va commencer. Les concurrents d'aujourd'hui sont les gagnants du dernier tour de leur niveau. L'un d'eux deviendra ce soir le grand champion. Pour les CM2, Nicole Ficaro…

– Ouais ! ! !

Toute une partie de la salle s'est mise à applaudir et à l'encourager.

– Pour les CM1, Joseph Nicholas…

Une autre partie des spectateurs a lancé de fantastiques encouragements.

– Et pour les CE2, Kelly Wilder !

Bon, Mary Anne et moi, nous avons applaudi à nous en faire mal aux mains. Je pense que deux ou trois autres enfants l'ont aussi applaudie. En même temps, je n'en suis pas trop sûre. S'ils l'ont fait, ils ont été écrasés par les « Bouh ! » et les ricanements de tous les autres.

Mon cœur a fait un bond. Si j'avais été Kelly, je me serais enfuie en pleurant.

Mlle Reynolds les a interrompus sévèrement.

– J'aimerais que vous gardiez pour vous ce genre de réactions blessantes !

Elle a lancé un regard glacial à un groupe d'enfants.

– Très bien. Je vais maintenant vous expliquer les règles. Il y a trois grilles différentes selon les niveaux. Les concurrents ont vingt minutes pour remplir leurs grilles. Celui qui aura le plus de réponses correctes aura gagné. En aucun cas, vous ne devez souffler les réponses. Si j'en prends un à essayer d'aider un camarade, il devra sortir sur-le-champ. Bien, les concurrents peuvent monter sur l'estrade.

Kelly et les deux autres enfants l'ont rejointe. Une des filles qui s'étaient moquées d'elle a murmuré quelque chose à l'oreille d'une copine. Elles ont alors ricané en chœur.

Je suis certaine que Kelly les a entendues mais elle n'a rien dit.

Mlle Reynolds a souhaité bonne chance aux participants avant de lancer :

– C'est parti !

Les enseignants ont retourné les tableaux et ont placé des tabourets devant pour que les concurrents puissent atteindre le haut de la grille.

Les trois enfants ont tout de suite commencé à écrire. Kelly, qui était la plus petite, devait constamment monter et descendre du tabouret. Parmi le public, certains trouvaient cela hilarant.

– Regardez la minus !

Les filles qui étaient derrière nous n'attendaient que ça pour rigoler. Un professeur s'est dirigé vers elles pour les faire taire.

Pendant ce temps, Kelly remplissait sa grille sans se retourner. Elle avait commencé par les mots les plus simples mais elle devait maintenant s'attaquer à des définitions beaucoup plus difficiles. Mary Anne n'était pas meilleure que moi à ce jeu-là.

– Dis, tu sais ce que c'est « un petit marsupial bagarreur » ?

– Pas la moindre idée... Et « l'auteur de *La Tempête*, William... » ? William Hemingway ?

– C'est *Ernest* Hemingway ! Et puis il faut trouver un mot de onze lettres.

J'ai entendu des rires, venant cette fois d'un groupe de garçons. Kelly venait de remplir une ligne, ce qui donnait presque la solution pour un mot à l'horizontale auquel il ne manquait plus qu'une lettre : -OCHE.

La définition était : « un contenant », et la réponse était bien sûr « poche », mais vous pouvez imaginer ce qui faisait rire ces idiots.

– Hé, Kelly ! Un autre indice pour le dix horizontalement : comme toi !

Au moment où Kelly traçait le P, un autre garçon a hurlé en faisant un bruit de champignon de jeu télévisé.

– Biiip ! Fau-aux ! C'était un M !

J'en étais malade pour Kelly. C'est le problème des groupes. Tout seul, je pense qu'aucun enfant n'aurait osé mais, en groupe, il suffit que l'un d'eux commence pour que les autres s'y mettent. Mary Anne et moi, nous ne pouvions rien faire, c'était insupportable.

Kelly, elle, continuait de remplir sa grille avec le même froncement de sourcils que lorsqu'elle joue du piano. Elle a trouvé les solutions pour le marsupial (kangourou) et l'auteur (Shakespeare).

Avant la fin des vingt minutes, elle a posé sa craie en criant :

– J'ai fini !

Il y a eu des grognements mais aussi quelques applaudissements. Je suppose que certains des CE2 étaient contents de voir la représentante de leur niveau finir la première.

Kelly a attendu la fin du temps réglementaire près de son tableau. Joseph et Nicole se sont dépêchés de compléter leur grille. Les professeurs ont ensuite vérifié les réponses. Ils se sont concertés avant d'aller parler avec la directrice, qui a fait un signe de la tête.

Elle a pris la parole sur le devant de l'estrade :

– Je vous demande d'applaudir bien fort la nouvelle championne de mots croisés, Kelly Wilder !

Mary Anne et moi, nous nous sommes levées et nous l'avons applaudie de tout notre cœur. Peu importait ce que les autres pouvaient penser. Mlle Reynolds lui a remis son trophée.

Sous un lourd silence, Kelly est descendue de l'estrade. Nous l'avons rejointe.

– Bravo, ma puce ! Je savais que tu y arriverais !

– Tu as été formidable ! Je ne connaissais pas la moitié des réponses.

– On peut y aller, s'il vous plaît ?

Nous sommes sorties de l'école. Kelly ne disait pas un mot, les yeux fixés devant elle, son trophée sous le bras. Puis, sans se retourner, elle nous a demandé :

– Pourquoi font-ils ça ?

– Tu veux dire, les autres enfants ?

– Ils sont toujours comme ça avec moi. Je ne sais pas pourquoi. Je ne leur ai jamais rien fait. J'essaie de faire de mon mieux, c'est tout. Ils n'arrêtent pas de se moquer de moi et de me traiter de tous les noms. Vous avez vu, même les CE2, ils ne m'ont pas encouragée.

Elle s'est mise à pleurer. Mary Anne et moi, nous l'avons prise dans nos bras.

– Oh, Kelly, ce n'est rien. Ce n'est jamais facile d'être différente des autres.

Heureusement que Mary Anne était là pour m'aider.

– C'est vrai. Regarde tous les problèmes qu'a Claudia.

Kelly a reniflé et a essuyé ses larmes.

– Cl-Claudia ? Mais tout le monde t'adore !

J'ai souri.

– Peut-être mais, dans ma famille, je suis la seule à ne pas être très intelligente. Tu as vu ma sœur ? Je l'aime beaucoup, mais est-ce que tu peux imaginer ce que c'est de grandir avec une grande sœur pareille ? Mes parents m'ont toujours comparée à elle, mais je ne faisais jamais aussi bien. C'était impossible ! J'avais l'impression d'être nulle. Personne dans ma famille n'est comme moi.

Kelly ne comprenait pas.

– Mais tes parents ne trouvaient pas que tu dessinais bien ?

– Maintenant, oui. Mais j'ai treize ans et il a fallu beaucoup de temps pour les convaincre que c'était important pour moi.

Nous avons marché jusqu'à la maison de Kelly. Sur le chemin, Mary Anne a dû nous quitter pour rentrer chez elle. Elle a souri à Kelly.

– Je ne te connais pas très bien, Kelly. Mais je peux te dire que tu es vraiment spéciale, même sans tous tes talents.

Vous auriez dû voir son visage s'illuminer.

En arrivant, elle se sentait déjà beaucoup mieux. Nous avons pris de grandes tartines de confiture bien méritées.

J'ai jeté un coup d'œil au mot de Mme Wilder qui disait que son mari et elle seraient de retour à temps pour la leçon de chant de cinq heures et demie. Il n'était que cinq heures moins le quart.

– Kelly, que veux-tu faire ? Te préparer pour ta leçon ?

– Je veux dessiner !

– J'étais sûre que tu allais dire ça !

J'ai pris mon sac à dos et j'en ai sorti tout mon matériel de dessin. Kelly est montée dans sa chambre sans rien dire et elle est revenue avec des croquis et un sac de courses.

– J'ai dessiné des ours en guimauve et un paquet de chewing-gums. Mais quand j'ai voulu essayer de dessiner le paquet de chips, je n'y suis pas arrivée.

Elle m'a montré ce qu'elle avait fait. Ensuite, elle a sorti ses sujets du sac en plastique et les a disposés sur la table. Nous avons commencé par les nounours. Je lui ai expliqué comment adoucir les traits avec le doigt et travailler sa perspective.

Nous avons bien travaillé. De dessin en dessin, nous essayions de nouvelles techniques, nous nous frottions à des problèmes de rendu de matière et de lumière. Certains résultats étaient vraiment intéressants et d'autres nous faisaient hurler de rire tellement ils étaient ratés. En voulant dessiner la ligne de son paquet de chips, Kelly a tracé ce qui ressemblait au profil d'un chien. Nous nous sommes mises à aboyer toutes les deux et j'ai commencé à gémir comme un chiot en bougeant la tête de gauche à droite.

En me tournant pour remuer la queue, j'ai découvert M. et Mme Wilder qui se tenaient à l'entrée de la cuisine, nous regardant comme si nous avions perdu l'esprit.

13

– Maman, papa… Je ne vous ai pas entendus rentrer.
– Tu aboyais trop fort.
Le père de Kelly souriait mais il n'avait pas l'air amusé du tout.

Mme Wilder cherchait une explication à ce manque de sérieux :

– Mme Van Cott a téléphoné pour dire qu'elle était malade ?

– Non.

Kelly semblait mal à l'aise.

– Alors pourquoi n'es-tu pas en train de répéter pour ton cours ?

Le père a ajouté :

– En plus, il me semble que tu as des devoirs pour demain, non ?

Au lieu de répondre, Kelly a attrapé son trophée.

Son visage s'est éclairé alors qu'elle le montrait à ses parents.

– Regardez ! J'ai gagné !

– Fantastique, chérie !

M. Wilder a admiré le trophée.

– Je vais le mettre avec les autres dans la vitrine.

Mme Wilder a embrassé sa fille en la félicitant.

– Je suis très fière de toi.

Elle a alors aperçu un des dessins de Kelly. Elle semblait mécontente.

– Je peux savoir ce que c'est, chérie ?

– Un paquet de chips.

– Un paquet de chips... Et c'est toi qui l'as dessiné ?

– Mmm.

– Tu n'as rien de mieux à faire ? s'est offusqué son père.

– J'ai terminé mes devoirs.

Mais Mme Wilder était déterminée à ne pas la laisser tranquille :

– Parfait, mais as-tu travaillé pour ton cours de chant ?

– Non, mais...

– Vraiment. Je suis très déçue, Kelly. Dessiner un paquet de chips alors que ton professeur est sur le point d'arriver !

– Mais Claudia me montrait comment...

M. Wilder ne l'a pas laissée terminer :

– Ma chérie, nous ne travaillons pas comme des fous pour ta carrière pour que tu gaspilles ton temps avec ces enfantillages.

– Je ne gaspille pas mon temps ! Et je ne veux pas répéter !

Son père commençait à s'énerver.

– Kelly ! Il n'est pas question que tu te conduises une nouvelle fois comme à notre retour de l'émission d'oncle Dandy.

– Je *déteste* ce bonhomme ! Il est stupide, ridicule et, s'il me réinvite, je refuserai d'y aller !

– D'accord, tu étais bien au-dessus des autres enfants. Mais il fallait faire cette émission. Maintenant, tu dois te préparer pour ton audition.

Kelly a tapé du poing sur la table.

– Je me moque de cette audition et j'en ai assez d'aller à New York ! Je ne fais que travailler, travailler et travailler. Je ne m'amuse jamais à part quand Claudia est là ! C'est terminé !

Kelly est montée dans sa chambre en tapant des pieds et a claqué la porte. Son père était furieux.

– Kelly Rose, descends tout de suite !

– Non !

Sa voix était pleine de larmes.

Mme Wilder a calmé son mari :

– Laisse-la tranquille, Georges. Elle a besoin d'être un peu seule.

Les parents de Kelly avaient l'air plutôt remués. J'imagine qu'elle ne leur avait jamais parlé de cette façon-là. Ils sont restés là un moment à fixer le carrelage.

Et moi ? J'aurais voulu disparaître. J'avais l'impression de leur avoir transformé leur petite fille en monstre. J'étais certaine qu'ils voyaient les choses ainsi.

J'ai pensé à ramper jusqu'à la porte d'entrée, mais je me suis dit que, en fait, je n'avais rien fait de mal.

J'ai respiré bien fort. Les Wilder m'ont regardée. J'ai pensé une seconde qu'ils allaient me mettre dehors à coups de pied dans les fesses. Mais, ils n'ont pas dit un mot, ce qui était pire. J'ai décidé vaillamment de rompre le silence :

– Hum…

Bon début, Claudia.

Ma bouche était tellement sèche que j'étais incapable de sortir le moindre son. J'ai inspiré à nouveau.

– Écoutez, j'ai fait beaucoup de baby-sitting, et je n'ai jamais rencontré d'enfant aussi doué que votre fille. Elle est unique.

Je les ai regardés. J'espérais que ces flatteries les adouciraient un peu, mais ça n'en avait pas l'air. Je leur avais dit ce qu'ils savaient déjà. Je devais maintenant leur parler de ce qu'ils ignoraient.

– J'ai pu constater comme vous êtes proches de votre fille, et quelle part active vous prenez à sa vie. Mais j'ai découvert un autre talent chez elle. Et qu'elle cache soigneusement pour une raison obscure.

M. Wilder m'a demandé de quoi je voulais parler.

– Eh bien, je pense qu'elle est très douée pour le dessin.

Mme Wilder n'était pas du tout d'accord.

– Elle s'amuse, c'est tout. Elle n'a jamais fait preuve du moindre intérêt pour l'art.

– Vous n'avez jamais vu ce qu'elle fait lorsqu'elle est dans sa chambre.

J'ai sorti un des dessins de Kelly pour le leur montrer.

– Vous pensez que beaucoup d'enfants de sept ans dessinent aussi bien ?

Mme Wilder a pris le croquis que je tenais pour le regarder attentivement.

– Il est bon ?

J'ai pris le croquis des nounours en guimauve pour leur montrer les qualités de Kelly.

– Regardez. La plupart des enfants de son âge se seraient contentés de tracer une silhouette. Kelly, elle, a travaillé les ombres et la perspective. Ces choses-là, on doit les apprendre avec un professeur, normalement. Je peux vous le dire, j'ai pris des tonnes de leçons pour y arriver.

Mme Wilder n'était toujours pas convaincue. Il fallait continuer.

– J'ai pris des cours au collège et au centre d'arts de Stonebrook. J'ai aussi pris des cours à New York avec un grand professeur, Clarke MacKenzie. Je ne dis pas ça pour me mettre en valeur, c'est juste…

– Non, ne craignez rien. J'ai entendu parler de lui. Je vous en prie, continuez.

Ouf, j'avais gagné la voix de M. Wilder !

– Eh bien, je connais plein de jeunes, et même de mon âge, qui n'ont pas le potentiel de Kelly. Je sais que ça peut vous paraître stupide, mais regardez ce dessin. Vous vous rendez compte quel coup d'œil il faut pour rendre les trois dimensions et la texture du chewing-gum ? Et prenez celui-là…

Les Wilder regardaient attentivement les dessins. Je peux vous dire qu'ils étaient intéressés, mais malheureusement pas comme je le souhaitais.

– Nous pourrions peut-être contacter MacKenzie. En allant à New York, nous irions le voir dans son atelier.

– Il pourrait même lui donner des cours le samedi après-midi.

Oh, non ! Exactement ce que je craignais. Les Wilder

avaient trouvé une autre corde à ajouter à l'arc des talents de leur fille. Ils allaient la dégoûter du dessin, comme ils l'avaient fait pour le reste.

Tout est alors devenu clair. Voilà pourquoi Kelly refusait de parler de son goût pour le dessin à ses parents. Elle les connaissait et savait qu'ils allaient la pousser à devenir le prochain Michel-Ange. Elle voulait garder son plaisir pour elle.

– Ce qu'il y a, c'est que Kelly aime vraiment le dessin. Vous devriez voir son visage s'illuminer lorsqu'elle travaille sur un croquis !

J'ai alors été traversée par une formidable idée. Une façon rigolote d'impliquer Kelly dans l'art.

– Vous savez, je fais une exposition samedi. Juste dans mon garage, rien de grandiose. Si vous n'y voyez pas d'inconvénient, j'aimerais demander à Kelly d'exposer quelques-uns de ses dessins.

Je n'ai pas mentionné le fait que le thème de l'expo était le grignotage. J'étais à peu près sûre qu'ils n'auraient pas apprécié.

M. Wilder semblait d'accord.

– Tout ça m'a l'air acceptable, en théorie. Malheureusement, Kelly a un casting pour un magasin de Stamford samedi après-midi.

– Pas de problème, elle peut venir à l'expo dans la matinée. Elle n'a pas besoin d'être là toute la journée. Je pense juste que c'est une façon sympa d'avoir une première expérience d'exposition en tant qu'artiste.

J'avais dit exactement ce qu'il fallait. M. Wilder m'a souri, ravi.

– C'est d'accord. Ginger ?

– Eh bien oui, à condition que cette activité n'interfère pas avec les autres.

– Génial ! Je vais voir Kelly pour lui en parler.

J'ai monté les marches deux par deux. J'ai frappé à la porte de la chambre puis je l'ai ouverte. Kelly était à son bureau et dessinait tranquillement. Elle a levé les yeux vers moi.

– Ils t'ont mise à la porte ?

Je me suis assise à côté d'elle, sur le lit.

– Pas du tout. Je leur ai proposé que tu participes à l'exposition de samedi et ils sont d'accord. Si ça te dit, bien sûr.

Kelly était sidérée.

– Alors, qu'en dis-tu ?

– Tu n'es pas en train de me faire une mauvaise blague ?

J'ai secoué la tête.

– Ce n'est pas une blague. Alors, tu es d'accord ?

Le froncement de sourcils de Kelly s'est effacé d'un coup. Elle a sauté de sa chaise en hurlant :

– Si je veux ? Oui ! Oui ! Oui !

– Super ! Tu as intérêt à te remettre à tes dessins tout de suite.

– Tout de suite ! J'ai hâte d'y être ! Merci, Claudia !

On a alors sonné à la porte. Le sourire de Kelly a disparu.

– C'est Mme Van Cott.

– Bon, de toute façon, il faut que j'y aille. Je t'appelle demain.

Kelly avait soudain l'air découragée.

– Mais… Comment vais-je faire pour trouver le temps de

préparer l'expo ? J'ai tous ces cours idiots et les clubs, et les auditions, et les castings…

– Tu vas y arriver. J'ai confiance en toi. Mais tu dois me promettre une chose.

– Quoi ?

– Il faut que tu aies une vraie conversation avec tes parents. Tu dois leur dire ce que tu ressens. Ce que tu aimes et ce que tu n'aimes pas. O.K. ?

Kelly m'a souri. Nous nous étions comprises.

– O.K.

14

Samedi : jour de l'inauguration de l'exposition Chocol'art de Claudia Lynn Koshi.
Le garage avait fière allure.

Mes amies et moi, nous avions travaillé dur pour tout nettoyer. Je me suis dit que je pourrais faire une exposition à chaque saison. Bonne idée, non ?

Mes amies sont venues m'aider pour les préparatifs de dernière minute, comme installer le buffet plein de bonbons et de chocolats, miam ! Kelly n'arrêtait pas de réajuster ses dessins.

– C'est parfait, Kelly.

Elle a posé ses mains sur ses hanches.

– Tu en es sûre ?

– Si tu continues, les punaises ne vont plus tenir dans le mur.

– Bon, je les laisse tranquilles.

J'ai contrôlé les étiquettes avec les prix. J'avais décidé d'essayer de vendre mes tableaux. Après tout, c'est le but dans les galeries d'art, alors pourquoi pas à la galerie Claudia Koshi ? Je devais m'entraîner à vendre mes œuvres, c'était ce que je voulais faire plus tard pour vivre.

En plus, je pourrais utiliser l'argent pour acheter de la peinture et des pinceaux. Et, bien sûr, en verser un peu dans la cagnotte du Club des Baby-Sitters. Mais juste un peu.

J'ai rejoint Kristy et Mary Anne qui installaient un panneau à l'entrée du garage :

Oui, c'est ici !
CHOCOL'ART
Œuvres de Claudia Koshi
et de Kelly Rose Wilder
10h00 - 17h30

– Alors, on en est où ?

– On est dans les temps, m'a répondu Kristy. Il est dix heures moins dix. Les gens ne devraient pas tarder.

Vous ne serez sûrement pas surpris en apprenant que les Wilder ont été les premiers à arriver. Ils ont pris la pancarte en photo trois fois parce que le nom de Kelly était dessus.

Tout le monde les a chaleureusement accueillis. Lucy leur a vendu un paquet de chips. Kelly était toute rouge d'excitation.

Je n'aurais pas dû m'en faire, finalement. Ils semblaient fascinés. Ils observaient soigneusement chaque toile. Avec Kelly, nous les suivions, guettant leurs réactions. M. Wilder a regardé sa fille.

– Tu sais, celle-ci est vraiment très réussie, Kelly.

Le souci, c'est qu'il montrait une sucette que j'avais dessinée. J'étais gênée.

– Heu... merci, monsieur Wilder. C'est moi qui l'ai peinte.

Il a rigolé.

– Oh ! Eh bien, on dirait que tu as beaucoup influencé le style de ma fille. Elle ne va pas tarder à te rattraper, Claudia.

J'ai lancé ce qui était désormais notre regard à Kelly et nous avons éclaté de rire. J'aurais dû me douter que son père allait dire quelque chose de ce genre !

Les autres invités sont ensuite arrivés. Tout le monde a aimé les peintures, surtout les parents. Pas mal d'enfants ne voyaient pas quel intérêt il pouvait y avoir à dessiner de la nourriture.

A midi et demi, Alan Gray, l'imbécile de service, a fait son apparition. Il avait l'air de sortir du lit et il n'arrêtait pas de rire devant les toiles.

– Hé, Claudia ! Il y a plein de pubs, mais où est l'expo ?

– Oh, Alan, tu as mangé un clown au petit déjeuner ?

Heureusement pour moi, au même moment, quelqu'un m'a tapé sur l'épaule. C'était un homme en manteau de tweed.

– Vous êtes Mlle Koshi ?

– Oui.

– Je passais dans le coin et j'ai vu votre écriteau. Je tiens à vous dire que vos toiles font preuve de beaucoup de talent et de maturité. Un bel exemple de ce qu'ont pu enseigner les dadaïstes et l'école du Bauhaus dans l'art de la représentation du réel.

– Heu, tout à fait, ai-je fait, mal à l'aise. Merci... Excusez-moi, il faut que j'y aille.

(J'ai découvert plus tard que ce qu'il m'avait dit n'avait aucun sens. Bon, il avait aimé, c'est toujours ça.)

Je suis restée un moment à la porte du garage. Il était rempli, c'était une réussite.

J'ai entendu Liz Barrett faire quelques commentaires :

– Ouh là, je n'aime pas celui-là ! Beurk !

Je me suis dit qu'elle devait parler d'une barre chocolatée qu'elle n'aimait pas. Mais, en regardant, j'ai découvert qu'elle était devant un gribouillis représentant un chat mort. Je ne comprenais pas d'où ça pouvait venir.

– Qu'est-ce que c'est que ça ?

En m'approchant, j'ai vu un autre horrible dessin juste à côté. Je les ai tout de suite arrachés. Qui avait pu... ?

J'ai aperçu Alan Gray caché dans un coin avec un crayon et un bout de papier.

– Hé ! Tu arrêtes ça tout de suite, d'accord ? Tu rentres chez toi.

– Pas de problème. Salut. A plus tard, Claudia !

Quelques minutes plus tard, j'ai découvert pourquoi il était parti aussi vite.

L'homme au manteau de tweed était adossé contre le garage. Il n'avait pas l'air content. Un chewing-gum était collé sous une de ses chaussures qu'il avait ôtée.

– Vraiment ! Si c'est une « performance », je ne trouve pas ça drôle du tout.

– Au secours ! Je ne peux plus bouger !

C'était Cornélia Papadakis. Il y avait du chewing-gum collé partout sur le sol. Un vrai cauchemar.

J'ai mis le Club des Baby-sitters en « alerte Alan Gray », et nous avons fait le tour de la pièce pour enlever tous les chewing-gums.

– Lundi, premier sujet de réunion : la revanche ! a annoncé Kristy.

La suite de la journée s'est passée dans le calme. Nous avons eu beaucoup de visiteurs et j'étais heureuse de répondre à leurs questions. Mais je vais vous dire ce que j'ai préféré : à une heure, deux personnes m'ont acheté des toiles ! Jim, le beau-père de Kristy, et Mlle Besser, une enseignante de l'école primaire.

C'est à ce moment-là que Kelly a dû nous quitter pour aller à son casting. Nous nous sommes dit au revoir.

– Je pense qu'on n'a plus besoin de toi, tu peux y aller. Les gens aiment beaucoup tes dessins.

– Oui, merci, Claudia. C'était vraiment amusant.

Elle allait partir mais je l'ai retenue par le bras.

– Attends, juste une seconde. Kelly, as-tu parlé à tes parents ?

– Non, mais je vais le faire.

– Promis ?

– Promis.

Nous nous sommes embrassées, et elle est partie. Kelly m'avait fait une promesse et il fallait être patiente. Je savais que la conversation serait difficile et qu'il lui faudrait beaucoup de courage.

15

Le vendredi suivant, je gardais Kelly pour la dernière fois. Sa grand-mère allait beaucoup mieux et n'avait plus besoin de soins quotidiens.

Quelques jours plus tôt, j'aurais hurlé de joie.

Mais, maintenant, je me sentais plutôt triste. J'étais allée la chercher à l'école après son club de sciences. Il pleuvait et elle avait l'air aussi triste que moi.

Puis soudain, elle a souri.

– Tiens, au fait ! Les gens de l'audition ont appelé maman hier, m'a-t-elle annoncé.

Vu la joie dans ses yeux, je savais déjà qu'elle était prise.

– Je ne suis pas retenue !

Au début, j'ai pensé qu'elle me faisait une blague.

– Tu rigoles ?

– Je te jure ! Ce n'est pas de ma faute, ils voulaient une brune.

– Kelly, je suis désolée !

– Pas moi ! Bah, peut-être un peu, mais pas beaucoup.

Je n'en croyais pas mes oreilles.

– Pourquoi ça ?

– Je ne sais pas trop. Le rôle était idiot et j'aurais dû jouer tous les soirs, même les week-ends. Je n'aurais plus eu le temps de dessiner.

Elle m'a lancé notre regard complice.

– Bravo, ma puce.

– Claudia, on pourra s'amuser un peu à la maison ? Je n'ai pas de devoirs et c'est ton dernier jour.

– Évidemment.

J'ai eu une idée de ce que nous pourrions faire mais je n'ai rien dit, je voulais lui faire la surprise. Nous avons fait quelques courses sans que je lui dise à quoi allaient servir nos achats. Ensuite, nous avons pris de vieux journaux dans la cave des Wilder que nous avons montés dans la cuisine. Nous avons découpé des photos de personnes ou d'animaux qui devaient être de la même taille.

Au bout d'une vingtaine de photos, Kelly m'a demandé :

– Et maintenant, qu'est-ce qu'on fait ?

– Maintenant, nous avons besoin de colle.

Kelly m'en a rapporté de sa chambre.

– Claudia, dis-moi ce qu'on fait !

– Maintenant, on va couper toutes les photos en trois parties, la tête, le corps, et les jambes.

Les yeux de Kelly se sont illuminés.

– Et on va les mélanger ! C'est ça ?

– Exactement !

Nous avons passé l'après-midi à faire plein de monstres ridicules auxquels nous trouvions des noms.

Lorsque nous en avons eu assez, nous nous sommes mises à dessiner les plus réussis.

On a passé un chouette après-midi. Vers six heures et demie, la pluie a cessé. J'ai proposé qu'on aille se promener.

Nous marchions tranquillement quand Kelly m'a dit :

– Tu sais, Claudia, je l'ai fait.

– Fait quoi ?

– J'ai parlé à mes parents.

– C'est vrai ? Et alors ?

– D'abord, je leur ai dit que j'aimais certaines de mes activités et que je ne voulais pas tout laisser tomber. Je leur ai expliqué que je faisais beaucoup trop de choses. Et que, au bout du compte, j'allais finir par tout détester.

– Et comment ont-ils réagi ?

– Ils m'ont vraiment étonnée. Je pensais qu'ils n'allaient pas m'écouter et m'envoyer dans ma chambre. Mais ils m'ont demandé quelles activités je souhaitais continuer. Alors j'ai répondu le violon, le club de maths et le cours de dessin. J'y avais pensé toute la semaine.

– Le dessin ? Mais, tu n'as jamais suivi de cours.

– Je sais, mais je veux commencer.

– Et tes parents sont d'accord ?

– Je ne suis pas sûre. Ils ont dit qu'ils allaient en discuter avec Mme Yu. Mais j'ai entendu papa parler à maman d'un magasin de peinture qui se trouve à côté de son travail.

– C'est bon signe.

– Oui et, s'ils sont d'accord, je connais le prof parfait.

Kelly m'a lancé un regard plein d'espoir.

– Tu veux dire... Mais...

Je ne m'attendais pas à ça, mais ça me semblait une bonne idée. Finalement, j'ai hoché la tête.

– Bon, d'accord, marché conclu !

– Ouais ! Merci, professeur.

– Oh, j'ai oublié de te dire qu'on m'a acheté une troisième toile.

– C'est vrai ? Qui ?

– Jane !

– Je l'ai toujours bien aimée.

Elle m'a regardée et nous avons éclaté de rire. Nous sommes ensuite retournées chez les Wilder en papotant.

LE CLUB DES BABY-SITTERS

Un cheval pour MALLORY

L'auteur tient à remercier chaleureusement
Jahnna Beecham et Malcolm Hillgartner pour leur aide

1

– Carotte ! Voilà comment je l'appellerais, mon cheval à moi.

Ma sœur était à califourchon sur un vieux balai.

– T'es un bon cheval, mon Carotte !

Elle a entonné une chansonnette de son invention en sautillant dans ma chambre : elle envoyait de la poussière partout.

Ce n'est pas vraiment ma chambre. Je la partage avec Vanessa, une autre de mes sœurs. Chez les Pike, il faut bien partager car nous sommes nombreux : huit enfants auxquels vous ajoutez deux adultes et vous obtenez une maison plutôt agitée.

Moi, c'est Mallory, Mallory Pike. J'ai onze ans et je suis l'aînée (pas facile tous les jours). Vous avez ensuite les triplés, Byron, Adam et Jordan, qui ont dix ans, puis Vanessa, qui en a neuf, Nicky, huit, Margot, sept, et Claire, cinq.

Tous les Pike sont bruns aux yeux bleus. Je suis la seule à avoir les cheveux roux et frisés. Je suis aussi la seule à avoir un appareil dentaire (fabuleux, non ?) et je dois ajouter à ce portrait de rêve une paire de lunettes.

Je peux vous assurer qu'avoir sept petits frères et sœurs n'est pas de tout repos. Bien sûr, mes parents me demandent souvent de les aider en faisant du baby-sitting et ça ne me dérange pas du moment que ce n'est pas trop souvent. Au début, j'avais tellement à faire que, au collège, mes résultats ont baissé mais, avec mes parents, on a trouvé la solution en prévoyant ensemble les baby-sittings à l'avance, comme au club.

Quel club ? Le Club des Baby-Sitters... mais je vous en parlerai plus tard.

On était samedi et Jessica Ramsey, ma meilleure amie à Stonebrook (et dans le monde entier), était venue passer la journée à la maison. Et, comme chaque fois que nous nous retrouvons ensemble, nous étions dans ma chambre à discuter de notre passion : les chevaux.

Jessi et moi, nous adorons les chevaux. D'ailleurs, notre roman préféré est *Mon amie Flicka*, de Mary O'Hara. Plus tard, je voudrais devenir écrivain et publier des livres sur les différentes races de chevaux : les pur-sang arabes, les mustangs, les appaloosas...

Jessi, elle, rêve de devenir danseuse étoile. Je suis sûre qu'elle y arrivera, elle a tellement de talent. Déjà, elle a le corps qu'il faut, mince et gracieux avec de longues jambes et un magnifique port de tête. Mais en plus, à seulement onze ans, elle a déjà tenu le premier rôle dans plusieurs ballets de son école de danse. Avec mes amies du Club des

Baby-Sitters, nous allons à tous ses spectacles. Elle est vraiment merveilleuse.

Jessica a une petite sœur, Rebecca, et un petit frère qui n'est encore qu'un bébé mais qui a un nom d'homme, John Philip Ramsey Junior. Tout le monde le surnomme P'tit Bout. Leur tante vit avec eux et ils ne sont donc que six au grand complet, rien à voir avec ma famille. Une autre différence entre Jessi et moi, c'est notre couleur de peau. Elle est noire et je suis blanche. Pour moi, aucun problème, mais beaucoup de gens à Stonebrook ne pensaient pas comme ça et son arrivée ici n'a pas été très facile.

Enfin bon, Jessi était allongée sur mon lit, en train de lire *Mon amie Flicka* pour la millième fois, une jambe tendue collée à son oreille. Si, si... je ne me moque pas de vous ! Jessica est extrêmement souple : elle s'entraîne tout le temps. J'ai tellement l'habitude de la voir dans des positions bizarres que ça ne m'étonne même plus. Moi, j'étais tranquillement assise en tailleur par terre, plongée dans la fin du *Poney rouge* que je connais pourtant par cœur, quand Claire a débarqué dans la chambre au galop sur son balai.

Après trois tours de piste, j'ai décidé d'arrêter la course folle.

– Hooo ! Hooo ! Calme, Carotte, calme... Claire, qu'est-ce qui te prend de courir comme ça dans la maison ?

– Je ne cours pas ! J'entraîne Carotte pour un concours.

Claire a fièrement pointé le doigt vers le pauvre balai-brosse.

– Tu as vu, même pas besoin de selle !

– Il n'est pas bien costaud ton canasson, tu ne dois pas lui donner assez d'avoine.

– N'importe quoi ! Il est parfait !

Claire, vexée, avait lâché son « balai-cheval » pour me répondre et le pauvre gisait sur le sol.

– Claire, tu as laissé tomber ton cheval.

– Carotte se repose. Il est fatigué.

Ma petite sœur ne semblait pas beaucoup plus fraîche que sa monture. J'avais remarqué des bâillements et, en tant que baby-sitter (mes parents étant sortis), je sentais qu'elle avait besoin de faire une petite sieste. J'ai pris Carotte et me suis retournée vers Jessi.

– Je vais coucher notre cavalière, tu n'as qu'à descendre dans le salon et mettre la cassette de *L'Étalon noir*.

– Bonne idée.

Claire protestait doucement alors que je l'emmenais dans sa chambre.

– Mais je dois travailler mon galop...

– Carotte est trop fatigué, lui ai-je répondu en posant le balai à côté de son lit. Il a besoin de faire un petit somme. Après, il pourra faire des sauts fabuleux et galoper plus vite que tous les autres.

– D'accord...

J'avais gagné, ses yeux se fermaient tout seuls. J'ai laissé la porte entrebâillée et j'ai descendu les escaliers sur la pointe des pieds pour rejoindre Jessica. Mais, au rez-de-chaussée, ce n'était pas aussi calme.

Vanessa, Margot et Nicky faisaient tant de bruit en jouant dans la salle à manger que, avec Jessi, on a dû abandonner l'idée de regarder le film. On a donc repris notre conversation.

– Mallory, si tu pouvais avoir le cheval de tes rêves, il serait comment ?

– Ce serait forcément un pur-sang arabe, ils sont vraiment magnifiques... Avec une robe gris très clair, presque blanche, et une longue crinière soyeuse.

– Oh oui, ce serait génial !

– Il serait très intelligent. Par exemple, si je faisais une chute dans les bois et que je me cassais une jambe, il saurait aller chercher de l'aide.

Jessi a gloussé :

– Comme Lassie !

Je lui ai envoyé un coussin.

– Arrête ! Tu m'as très bien comprise.

– Le mien saurait compter jusqu'à dix en tapant du sabot et irait lui-même chercher sa selle, m'a répondu Jessi pour me taquiner.

– Bien sûr ! Le mien vivrait dans une écurie magnifique au fond du jardin et nous irions en balade tous les jours, et nous gagnerions tous les concours hippiques du pays.

– Mais il faudrait peut-être commencer par apprendre à monter à cheval...

– Évidemment je prendrais des leçons. Autant que je voudrais et aussi souvent que je le voudrais.

C'est drôle. Jessica et moi, nous rêvons toutes les deux d'avoir un cheval et de le monter tous les jours et pourtant nous n'avons jamais pris une seule leçon d'équitation.

Jessica, en me parlant, passait du grand écart latéral au grand écart facial en posant ses coudes par terre (pour ma part, j'étais affalée dans le canapé, exercice bien suffisant).

– Tu te souviens de ce film avec Shirley Temple, *Petite Princesse* ? m'a-t-elle demandé. Elle jouait le rôle d'une fille d'une grande famille anglaise qui avait son propre poney.

– Oui !... Et elle passait ses journées en balade avec lui. Je donnerais n'importe quoi pour posséder un cheval.

– Moi aussi.

Je me suis redressée et j'ai fermé les yeux.

– O.K., je vais compter jusqu'à dix et quand je rouvrirai les yeux, j'aurai un pur-sang arabe rien que pour moi, toutes les leçons d'équitation que je voudrai et des lentilles de contact.

Jessica a fermé les yeux à son tour.

– Moi, j'aurai le cheval dont j'ai toujours rêvé, des leçons d'équitation et le rôle principal dans *Casse-Noisette* à Noël.

Nous avons retenu notre souffle et nous sommes mises à compter, mais nous n'étions pas arrivées à quatre que Nicky a déboulé dans le salon. Il portait son maillot de piscine, un vieux tapis de bain rose en guise de cape avec des bouts de papier marron collés dessus pour, semble-t-il, lui donner l'apparence d'une fourrure de léopard. Il a fièrement tambouriné sur sa poitrine avec ses petits poings en criant :

– Hoooohihohiho ! Moi, Tarzan, roi de la jungle. Moi, pouvoir dompter alligator, dangereux animal.

– Nicky, tu ne vois pas que tu nous déranges ?

Les épaules de mon petit frère se sont mises à trembler... je me suis sentie minable.

– Mais... j'ai très envie de voir un alligator, surtout un alligator dressé ! Où est-il ?

Nicky a mis ses mains en cornet autour de sa bouche avant de laisser échapper un autre cri sauvage. Margot est arrivée, un drap noué autour du cou. Elle portait fièrement Frodo dans ses mains. Frodo est notre hamster et il n'avait pas du tout l'air heureux de sa nouvelle condition d'alligator.

Il était surtout gêné par une petite cape verte qu'il essayait d'enlever en gigotant.

Margot s'est adressée à Nicky en lui tendant le pauvre animal :

– Voici le très féroce alligator, Tarzan.

Nicky a attrapé « l'allighamster » par la peau du cou et a salué son assistante.

– Merci, Margot la magnifique !

Jessica m'a fait un clin d'œil en répétant :

– Margot la magnifique ?

Ma sœur, qui avait entendu, s'est tournée vers elle en renvoyant son drap derrière l'épaule.

– Tout à fait ! Je suis la plus grande magicienne du monde. Je peux transformer des pommes en oranges et plein d'autres choses encore. Vous voulez que je vous montre ?

Avec Jessica, nous nous sommes regardées en essayant de ne pas éclater de rire. Margot parlait comme dans une publicité.

Mais Nicky ne comptait pas se faire piquer la vedette.

– Hé ! D'abord, elles doivent me regarder dompter Frodo ! Heu… je voulais dire le méchant alligator.

Il s'est mis à genoux et a essayé de faire tenir Frodo assis sur le tapis.

Margot, sans fairc attcntion à lui, a sorti unc pommc d'une de ses manches et l'a posée sur la table du salon.

– Vous avez devant vous une pomme tout à fait ordinaire. Je vais passer ma cape magique devant…

J'étais obligée de me mordre les lèvres pour ne pas rire. Margot faisait ce qu'elle pouvait pour tenir la cape devant la pomme pendant qu'elle essayait de la remplacer par une orange qu'elle avait cachée dans sa manche. L'orange a glissé pour atterrir sur le tapis et rouler vers le hamster qui, en la voyant arriver, a détalé sous le canapé. Margot s'est énervée :

– Non ! J'en ai assez, ça ne marche jamais !

– Bravo ! Regarde ce que tu as fait ! Mon alligator s'est échappé !

Nicky n'était pas du tout content non plus. Mais Vanessa est arrivée en criant :

– Mais qui voilà ? La merveilleuse Renata !

Elle portait un justaucorps et des collants roses.

– Je marche sur un fil, le monde est à mes pieds. Un balancier d'acier je porte pour m'aider.

Eh oui, Vanessa écrit de la poésie et passe son temps à parler en faisant des rimes. Elle a déroulé un ruban bleu sur la moquette et a marché dessus comme si elle était en équilibre, un balai dans les mains.

– Donne-le-moi !

Nicky essayait de lui arracher le balai des mains.

– Donne-le-moi, je te dis. Je dois faire sortir Frodo de sous le canapé.

Vanessa a exécuté un demi-tour parfait sur la pointe des pieds pour regagner l'entrée en s'adressant à son frère pardessus son épaule.

– Dès que j'aurai quitté le fil, je pourrai te prêter ma perche.

– Non, j'en ai besoin tout de suite !

Nicky s'est jeté sur elle en l'attrapant par le justaucorps. Elle s'est mise à tanguer dangereusement.

– Nicky, arrête tout de suite ! Tu es complètement fou ! Tu ne vois pas que je travaille sans filet ?

Ils se sont tous les deux écroulés par terre. Pendant qu'ils luttaient pour avoir le balai, Margot répétait son tour en faisant tomber alternativement la pomme ou l'orange.

Jessi n'arrêtait pas de rire.

– Tes frères et sœurs sont vraiment trop drôles, Mal !

Claire est arrivée en galopant sur son balai-cheval, les yeux tout gonflés par sa trop courte sieste.

– C'est l'heure du spectacle ? Pourquoi personne n'est venu me le dire ?

Alors que Claire apportait sa contribution au chaos général, j'ai crié :

– Le cirque de la famille Pike vous présente son grand show international !

2

Le lundi suivant, en allant chercher le courrier, j'ai fait une découverte qui allait bouleverser ma vie.

Rien de très enthousiasmant à première vue : des factures, des catalogues, des pubs et autres « Vous avez gagné 10 000 dollars, ouvrez vite cette lettre ! » J'allais tout mettre à la poubelle, quand une brochure blanche et verte est tombée par terre.

Je me suis penchée pour la ramasser et, là, j'ai cru rêver. J'ai découvert la photo d'un pur-sang monté par une cavalière en tenue. Ils étaient en train de s'entraîner dans un manège. J'ai lu la légende à voix haute :

« Leçons d'équitation. Les cours commencent bientôt à la ferme Kendallwood, avec les meilleurs professeurs du Connecticut. »

J'ai jeté un coup d'œil à l'adresse.

Juste à côté de chez moi : je pouvais y aller à vélo !

– C'est fabuleux ! Je vais pouvoir apprendre à monter à cheval !

Mais, soudain, j'ai aperçu l'horloge et je suis redescendue sur terre. Cinq heures dix !

– La réunion du club !

Je devais filer chez Claudia Koshi. C'est chez elle que se déroulent toutes les réunions du Club des Baby-Sitters les lundis, mercredis et vendredis à cinq heures et demie très précises. En plus, je voulais arriver un peu avant pour parler du prospectus à tout le monde.

Je l'ai glissé dans une poche de mon blouson avec précaution et j'ai pédalé à toute allure pour arriver le plus vite possible.

Je pense qu'il est temps de vous parler du club. Nous sommes sept membres (Jessica et moi, nous sommes les plus jeunes). Les cinq autres membres s'appellent Kristy Parker, Claudia Koshi, Mary Anne Cook, Lucy MacDouglas et Carla Schafer. Elles ont treize ans et sont en quatrième.

L'idée du club vient de Kristy, c'est pour ça que c'est la présidente. Elle y a pensé il y a un an à peu près en voyant sa mère passer des dizaines de coups de fil pour trouver une baby-sitter pour le petit frère de Kristy, David Michael. La solution lui a semblé évidente : si sa mère avait pu contacter plusieurs baby-sitters en appelant un seul numéro, elle aurait perdu beaucoup moins de temps. Kristy a donc créé le Club des Baby-Sitters avec Mary Anne, Claudia et Lucy. En faisant un peu de publicité, elles ont très vite eu beaucoup de clients. Elles ont décidé de faire les réunions chez Claudia car elle a sa propre ligne téléphonique. Un peu plus tard, Carla, Jessi et moi, nous avons rejoint le club. Nous avons tellement de clients que deux baby-sitters intérimaires nous aident de temps en temps – Louisa Kilbourne et Logan Rinaldi – mais ils n'assistent pas aux réunions.

Celles-ci durent une demi-heure. Tous les lundis, Lucy collecte les cotisations qui servent à payer la facture de téléphone de Claudia et les nouveaux jouets ou feutres que nous achetons pour les coffres à jouets.

Les coffres à jouets sont une autre grande idée de Kristy (les bonnes idées, c'est sa spécialité). Nous avons toutes un carton que nous avons décoré et dans lequel nous mettons des jouets, de la peinture, des livres... Les enfants adorent !

Je vous ai dit que les idées géniales étaient la grande spécialité de Kristy. Eh bien, c'est encore elle qui a pensé au journal du club. Il est vraiment très utile. Après chaque baby-sitting, nous y notons ce qui s'est passé d'important : cela permet aux autres de connaître les problèmes, allergies ou peurs du moment des enfants que nous gardons. Quelques membres du club n'aiment pas trop devoir écrire dans le journal après chaque baby-sitting mais moi, j'adore ça.

Nous sommes toutes très différentes et je pense que c'est pour ça que le club fonctionne si bien. Kristy, notre présidente, est très extravertie. C'est une grande sportive : elle entraîne une équipe de base-ball junior.

Mary Anne, sa meilleure amie, est la secrétaire du club. C'est tout le contraire de Kristy. Elle est très timide et sensible. J'imagine que son histoire y est pour beaucoup : sa maman est morte alors qu'elle était bébé et son père l'a élevée seul. Elle est aussi très romantique. C'est la première à avoir eu un vrai petit copain, Logan, qui est maintenant baby-sitter intérimaire. Mary Anne est aussi la meilleure amie de Carla... et sa demi-sœur.

Carla est arrivée de Californie avec sa mère et son petit frère après le divorce de ses parents. Son frère est très vite retourné vivre avec son père. Carla est un peu triste d'être séparée de David, mais bon... Physiquement, c'est la parfaite Californienne. Blonde aux yeux bleus, très jolie et toujours habillée très cool. Ah ! j'oubliais, bien sûr, elle est végétarienne.

Mary Anne et elle sont très vite devenues amies et ont découvert que M. Cook et Mme Schafer avaient été amoureux l'un de l'autre au lycée. Vous imaginez ! Elles ont évidemment décidé de les réunir et leur plan a tellement bien fonctionné qu'ils se sont mariés.

Claudia, la vice-présidente du club, a comme meilleure amie Lucy, la trésorière. Elle est belle à tomber par terre. En plus, c'est une véritable artiste. Elle peint mais fait aussi des bijoux et s'habille toujours de façon très originale. Par contre, on ne peut pas dire qu'elle soit très bonne en classe. Ses parents pensent qu'elle devrait davantage se concentrer sur ses devoirs mais, à mon avis, le problème est lié à sa grande sœur, Jane. C'est une surdouée. Lorsque je me mets à la place de Claudia, je me dis que ça ne doit pas être facile d'avoir une sœur aussi intelligente. Plutôt que d'essayer de l'égaler, Claudia s'est concentrée sur les activités artistiques. Et elle a énormément de talent !

Mais elle a un petit défaut : elle passe son temps à grignoter. Comme les réunions se déroulent dans sa chambre, nous sommes sûres de ne jamais manquer de chips ou de bonbons. Toutes sauf Carla qui ne supporte pas la vue de ce type de nourriture et Lucy qui n'a pas le droit d'en manger.

Lucy est diabétique. Son organisme est incapable de contrôler son taux de sucre. Elle a donc un régime à respecter et elle doit aussi se faire des piqûres d'insuline tous les jours. Elle a vécu à New York. Elle est très à la mode, drôlement jolie et ne se plaint jamais malgré sa maladie. Avoir treize ans et devoir passer son temps à compter les calories, surveiller son taux de sucre et se faire des injections... A sa place, je crois que je craquerais !

Je vous ai donc présenté mes amies. Elles m'ont aidée lorsque je n'allais pas bien, lorsque mon père a perdu son travail, par exemple. Mais elles ont aussi partagé les plus beaux moments de ma vie. Elles étaient présentes lorsque j'ai gagné le prix du meilleur jeune auteur à l'école.

C'est pour ça que j'avais vraiment hâte de leur parler des cours d'équitation.

Je suis arrivée à cinq heures vingt chez Claudia. Depuis le temps, nous avons toutes pris l'habitude de ne plus sonner et d'entrer directement. Kristy était à sa place, dans son fauteuil de présidente, Claudia était penchée derrière sa table de dessin à la recherche d'un paquet de bonbons qu'elle avait caché. Jessica venait d'arriver. Je me suis jetée sur elle.

– Jessi ! Ça y est, mon rêve s'est réalisé !

Elle n'avait pas l'air de comprendre.

– Tu as gagné un million de dollars ?

– NON... Regarde !

J'ai sorti le prospectus de ma poche et, pendant qu'elle le lisait, je lui ai expliqué :

– Bon, en fait, mon rêve ne s'est pas réalisé en entier. Je ne vais pas avoir mon propre cheval avec autant de leçons et de promenades que je le désire... Mais tu as vu, c'est génial !

Kristy s'était approchée de nous et Claudia avait sorti la tête de sous son lit. Elles me regardaient en fronçant les sourcils. Je leur ai tout raconté.

– Vous comprenez, Jessi et moi, on voudrait être comme Shirley Temple dans *Petite Princesse*.

Kristy s'est tournée vers Claudia.

– Je ne sais pas pour toi, mais moi, je ne comprends pas du tout de quoi elle parle.

– Pareil pour moi !

Je me suis rendu compte que ce que je racontais n'avait pas de sens. Il fallait que je me calme. Je me suis assise, j'ai pris une grande respiration avant de reprendre :

– Jessica et moi, nous voudrions avoir un cheval et prendre des leçons d'équitation. Ce matin, j'ai reçu la brochure d'une école d'équitation qui est tout près de chez moi. En plus, ce n'est vraiment pas cher.

Jessica a posé la brochure et m'a regardée, le sourire jusqu'aux oreilles.

– Je vais aussi m'inscrire pour prendre des cours !

– Je n'arrive pas à y croire. On va apprendre ensemble. C'est génial !

Mais elle s'est rembrunie d'un seul coup.

– Enfin... je dois d'abord en parler à mes parents.

– Oh ! Tu as raison, moi aussi. Mais ils vont forcément être d'accord.

Kristy a pris un stylo pour le tenir comme un marteau de juge.

– Y a-t-il dans la salle des personnes s'opposant à cette décision ?

Claudia a jeté un coup d'œil sous le lit et a fait non de la tête. Kristy a tapé trois coups avec le stylo sur le bureau.

– Le jugement est donc rendu. Jessica Ramsey, Mallory Pike, levez-vous ! La cour a décidé que vous prendriez toutes deux des leçons d'équitation.

Carla et Mary Anne sont arrivées au moment où le réveil de Claudia passait de dix-sept heures vingt-huit à dix-sept heures vingt-neuf, suivies de peu par Lucy. Des bonjours, des bisous et le réveil indiquait dix-sept heures trente, début de la réunion.

Je ne me souviens pas bien de ce qui s'y est dit, je ne pensais qu'à mes futures leçons d'équitation. Le téléphone a sonné plusieurs fois pour des baby-sittings. Entre chaque appel, Mary Anne notait les horaires de garde dans l'agenda.

Je me suis retrouvée avec la garde de Nina et Eleanor Marshall le mercredi après-midi suivant. Tout le monde avait du travail sauf Mary Anne. Et moi, pendant tout ce temps-là, je galopais sur un superbe cheval blanc, avec l'élégance de la femme de la brochure.

J'ai soudain vu la main de Kristy remuer devant mon visage.

– Mallory… Ici, la Terre…

– Terre ? Je ne comprends pas, de quoi tu parles ?

– Mallory est revenue sur Terre, a-t-elle crié triomphalement. Ça fait juste trois minutes que j'essaie de te dire que la réunion est terminée. Où étais-tu ?

Je me suis sentie rougir.

– Dé-dé-désolée, je crois que je pensais à mes leçons d'équitation.

– Eh bien, il est temps de seller ton cheval et de galoper vers d'autres horizons.

Tout le monde s'est mis à rigoler et je pense que je riais le plus fort même si c'était de moi que Kristy se moquait.

3

Le mercredi après-midi, j'avais à peine sonné à la porte des Marshall que celle-ci s'ouvrait.
– Mallory, super, tu es là !

C'était Nina, du haut de ses quatre ans, qui était venue m'accueillir.

– Entre vite mais fais attention à ne pas marcher sur ma doudouce.

Sa « doudouce » était une couverture grisâtre que Nina traînait partout avec elle. La bordure qui était jadis de satin s'effilochait de partout. Je crois que, au départ, elle était bleue mais, après avoir suivi Nina partout pendant quatre ans, la couverture avait viré au grisâtre.

Mme Marshall m'a appelée de la cuisine :

– Salut, Mallory ! Je viens juste de mettre une tarte au four pour le goûter des filles. Elle sera prête vers cinq heures. Tu n'oublieras pas de la sortir et d'éteindre le four ?

Eleanor fait la sieste mais elle ne devrait pas tarder à se réveiller.

Je me suis souvenue qu'Eleanor avait fait des otites à répétition et que j'avais souvent eu des médicaments à lui donner.

– Comment vont ses oreilles ?

– Très bien. J'espère que nous en avons terminé avec tout ça. A priori, maintenant qu'elle a deux ans, ça devrait aller mieux.

Elle m'a fait un grand sourire. Elle semblait heureuse que je lui aie posé la question. J'ai vu Nina traverser le couloir pour aller dans le salon, traînant sa doudouce derrière elle.

– Mallory, tu viens jouer à la poupée avec moi ?

Mme Marshall a souri à sa fille puis s'est tournée vers moi pour me parler à voix basse.

– Nina va à la maternelle maintenant. Aujourd'hui, c'était son deuxième jour.

– Oh... Et comment ça s'est passé ?

Mme Marshall a pincé les lèvres.

– Je ne sais pas trop. Normalement, elle n'arrête pas de parler dès qu'il y a quelque chose de nouveau, mais là, elle ne m'a pas dit un mot de ce qui s'était passé à l'école.

– Mallory, tu viens !

Nina s'impatientait. Sa mère a rigolé.

– Bon, je vous laisse. Amusez-vous bien, toutes les deux. Je reviens dans deux ou trois heures.

Après avoir fermé la porte derrière Mme Marshall, j'ai rejoint Nina dans le salon. Elle était assise sur le tapis avec deux poupées et un tas de vêtements.

J'ai pris une des poupées que j'ai mise sur mes genoux en commentant :

– On aurait dit que ma poupée allait à son premier jour d'école.

Nina a fixé ses grands yeux bleus sur moi.

– D'accord !

– Alors il faut l'habiller pour l'école. Elle va bien s'amuser là-bas…

J'ai pris un collant à rayures rouges et blanches et une robe noire (Claudia aurait été fière de moi).

– … Et toi, tu t'amuses bien à l'école ?

Nina était en train d'habiller sa poupée elle aussi. Elle a haussé les épaules.

– Je ne sais pas.

J'ai essayé une autre question :

– Qu'est-ce que tu as fait aujourd'hui avec tes nouveaux amis ?

Nina était concentrée sur une robe à paillettes qu'elle essayait d'enfiler à sa poupée par les jambes, ce qui n'avait rien de facile. Elle ne m'a donc pas regardée lorsqu'elle m'a répondu :

– Je n'ai pas d'amis.

J'ai pris ma poupée et je l'ai fait parler avec une petite voix pincée que je voulais drôle :

– Hé, Nina ! Tu vas en avoir plein, des amis. Ce n'était que ton deuxième jour.

Nina a fait marcher sa poupée pour la mettre face à la mienne.

– Non, je sais bien, je n'aurai jamais d'amis.

Humm… Ma poupée n'allait pas en rester là.

– Pourquoi ? Tu n'aimes pas les enfants qui sont avec toi à l'école ?

– Si, un peu. C'est eux qui ne m'aiment pas.

– Oh, je suis sûre que ce n'est pas vrai.

Les lèvres de Nina tremblaient. Elle semblait au bord des larmes.

– Si c'est vrai. Ils ne m'aiment pas et ils n'aiment pas ma doudouce non plus.

– Ta doudouce ? (J'ai observé le reste de couverture pas réjouissant qui était à côté de Nina.) Tu l'emmènes à l'école ?

Nina a acquiescé vigoureusement.

– Ma doudouce va partout avec moi.

J'imaginais très bien Nina traînant ce vieux morceau de chiffon derrière elle à l'école et les autres enfants se moquant d'elle. J'ai demandé de ma voix la plus douce :

– Est-ce que les enfants disent des choses sur ta doudouce ?

– Peut-être.

J'avais eu du mal à entendre sa réponse tant elle parlait bas. Elle a pris sa couverture, en a mis un coin contre sa joue et le reste sous son bras pour la protéger.

Je savais à quel point Nina aimait sa doudouce, mais je savais aussi que les enfants étaient très durs entre eux.

J'ai tenté de trouver une solution.

– Tu sais, c'est une vieille couverture. Tu n'as jamais pensé à en prendre une plus petite, toute neuve, juste pour l'école ?

Les yeux de Nina m'ont tout de suite fait comprendre que mon idée était absurde.

– Non, je veux ma vraie doudouce. Elle va partout avec moi !

– Alors peut-être que tu pourrais l'emmener à l'école et la mettre dans ton casier.

– Non, elle aurait peur toute seule.

Nina serrait sa couverture de plus en plus fort pendant que nous parlions, comme si quelqu'un allait la lui voler.

Je déteste avoir à admettre ce genre de choses, mais là, j'étais coincée. Je ne savais plus quoi dire. Personne ne réussirait jamais à séparer Nina de sa couverture. J'ai abandonné la partie. De toute façon, je venais d'entendre Eleanor remuer à l'étage.

– Plus sommeil ! Maman, plus sommeil !

– Je vais chercher Eleanor et après nous pourrions peut-être aller toutes les trois jouer dehors.

– Ce serait chouette !

Nina a retrouvé son beau sourire et s'est mise à ranger ses poupées dans son coffre en osier.

Lorsque je suis entrée dans sa chambre, Eleanor se tenait debout dans son lit. Ses cheveux étaient tout ébouriffés et ses yeux encore pleins de rêves.

Je me suis approchée d'elle tout doucement, car ce n'est pas facile pour une petite de deux ans de voir une autre personne que sa maman au réveil.

– Bonjour, Eleanor, c'est moi, Mallory.

Elle a essayé de répéter mon nom mais le son échappé ressemblait plus à « Ma-o-i ».

Je l'ai sortie de son lit et l'ai installée sur la table à langer pour lui changer sa couche.

– Ça te dirait d'aller faire de la balançoire, Eleanor ?

Elle s'est frotté les yeux avec ses minuscules poings et m'a souri.

– Ba-ansoir, ba-ansoir !

Lorsque nous sommes descendues toutes les deux, Nina et sa doudouce nous attendaient pour sortir. Les Marshall ont installé une balançoire et un toboggan dans le jardin derrière leur maison. Les filles adorent ça. Eleanor s'est dandinée vers la balançoire suivie par Nina toujours cramponnée à sa vieille couverture.

Eleanor s'est accrochée à la balançoire et m'a regardée.

– Te plaît, monter ?

Je l'ai aidée à grimper et j'ai commencé à la pousser doucement, tout en surveillant Nina. Elle montait l'échelle du toboggan en gardant sa doudouce serrée contre elle, ce qui rendait l'ascension assez périlleuse.

– Nina, comment tu vas faire pour descendre le toboggan avec ta couverture ?

– Ben, on va le descendre ensemble.

Elle l'a étalée en haut du toboggan, s'est assise dessus et s'est laissée glisser.

– Avec ma doudouce, je vais plus vite.

Elle avait raison. Je l'ai vue descendre à toute vitesse pour atterrir sur le gazon. Elle s'est relevée sans trop de casse. Heureusement que l'herbe était épaisse à cet endroit. Elle a secoué sa couverture et nous a rejointes pour s'installer sur la deuxième balançoire.

– Et comment tu vas faire pour grimper sur la balançoire avec ta doudouce ?

– Ben, facile.

Nina a plié sa couverture pour en faire une écharpe et l'a

mise autour de son cou. Elle s'est ensuite assise sur la balançoire, assez fière d'elle.

Elle avait apparemment l'habitude de tout faire avec ce machin à la main, et il était de plus en plus évident qu'il allait être très difficile de la convaincre de le laisser à la maison.

La minuterie du four venait de sonner.

Il était cinq heures.

– C'est l'heure du goûter !

Eleanor, Nina et Doudouce (voilà que je prenais cette vieille couverture pour une personne...) se sont précipitées vers la porte de la cuisine. Les filles ont pris place autour de la table, Doudouce était installée sur sa propre chaise, à côté de Nina. Je leur ai servi leur part de tarte. Elles étaient en train de manger lorsque leur mère est rentrée.

Je voulais lui parler des problèmes de Nina à l'école, mais au moment même où j'allais le faire, je me suis rendu compte que je n'avais que cinq minutes pour aller chez Claudia pour la réunion du Club des Baby-Sitters ! (Vous ai-je dit à quel point Kristy est stricte sur les horaires ? Elle ne supporte pas le moindre retard.) J'ai décidé que je lui parlerais une autre fois. J'ai dit au revoir à tout le monde et je me suis dépêchée pour arriver à temps chez Claudia qui, heureusement, n'habite pas loin.

J'ai bien fait de me presser car le téléphone s'est mis à sonner tout de suite et ne s'est pas arrêté de toute la réunion. Tous les membres du club ont eu une garde à faire. Nous avons même dû téléphoner à un intérimaire pour un baby-sitting le mercredi après-midi. Mary Anne s'est tout de suite proposée pour passer le coup de fil.

– Je vais appeler Logan. Je crois qu'il n'a rien à faire mercredi.

Claudia l'a taquinée.

– Et comment tu saurais... ? Il a peut-être rendez-vous avec une fille.

Mary Anne lui a tiré la langue, mais elle n'a rien pu lui répondre car Logan venait de décrocher. Pendant qu'ils s'arrangeaient pour le baby-sitting, Jessica m'a murmuré :

– Tu as parlé des leçons d'équitation à tes parents ?

– C'est pour ce soir. J'ai préparé un plan d'attaque.

– Un plan d'attaque ?

– Bien sûr, je ne peux rien laisser au hasard quand l'enjeu est si important. Papa va me poser toutes sortes de questions et je dois être prête à répondre.

Jessica m'a fait un grand sourire.

– Mal, tu m'étonneras toujours. Moi, je pensais leur demander dès que je serais rentrée, sans « stratégie ».

– Ça peut marcher aussi.

Mary Anne a raccroché le téléphone et Kristy nous a parlé de ce qu'il fallait acheter pour les coffres à jouets. A la fin de la réunion, j'ai rassuré Jessica avant de rentrer chez moi.

– Ne t'inquiète pas. Je t'appelle ce soir.

– O.K.

④

A la maison, les dîners sont toujours très bruyants, vu le nombre de personnes à table. Ce mercredi ne faisait pas exception.

Nicky et Margot ont entamé une bataille de coups de pied qui s'est terminée par une Margot en larmes et un Nicky déplacé à l'autre bout de la table. Les triplés mâchaient leurs pommes de terre en gardant la bouche bien ouverte pour me faire profiter du spectacle. J'avais très envie de les remettre à leur place mais je devais garder la tête froide. Il fallait rester concentrée sur mon plan d'attaque.

Maman venait juste de finir de nettoyer le lait que Claire avait renversé lorsque celle-ci a fait tomber son verre par terre. Je me suis tout de suite levée.

– Laisse, maman, je vais m'en occuper.

– Merci, Mallory.

Ma mère s'est rassise en soupirant. Elle s'est adressée au reste de la tablée :

– Dites, vous ne pensez pas que la vie serait plus facile pour tout le monde si vous suiviez un peu l'exemple de votre sœur ?

Mon père, qui est d'habitude imperturbable, a levé la tête de son assiette.

– Je pense que Mallory a quelque chose à nous demander.

Il m'arrive souvent de me demander si mon père n'a pas le pouvoir de lire dans les pensées. Il a continué en regardant ma mère :

– A chaque fois que Mallory manifeste le désir d'aider à table, c'est qu'elle va nous demander quelque chose...

Je me suis souvenue de la fois où j'avais voulu me faire percer les oreilles, j'avais fait la vaisselle et lavé le sol.

J'ai regardé mon père en souriant.

– Bravo, papa, tu m'as eue. Mais c'est vraiment très important pour moi. Vous ne pouvez pas savoir à quel point. Il n'y a rien de plus important au monde, alors j'aimerais vraiment que vous soyez prêts à m'écouter calmement.

Évidemment, Jordan a choisi ce moment précis pour presser son index sur une joue d'Adam. Une avalanche de pommes de terre mâchées a jailli de sa bouche.

– Beurk !

Vanessa avait des petits morceaux de pommes de terre un peu partout dans les cheveux.

Mon père était furieux.

– Jordan ! Tu te fais remarquer encore une fois et tu passes la fin de la soirée dans ta chambre !

– Mais, papa, c'est Adam qui a commencé.

Maman a fermé les yeux en se prenant la tête entre les mains.

– Ce n'est pas le problème. Maintenant, vous finissez de manger sans un mot. Je ne veux plus rien entendre.

J'ai jeté un regard dégoûté à mes frères avant de rassembler mon courage. Je me suis tournée vers mon père.

– Comme je disais avant que nous ne soyons interrompus, il n'y a rien de plus important au monde pour moi que ces leçons d'équitation.

Ma mère, occupée à traquer les morceaux de pommes de terre sur la table, ne semblait pas acquise à ma cause.

– Des leçons d'équitation ? C'est bien la première fois que je t'entends parler de ça.

– J'ai trouvé un prospectus dans le courrier, lundi. J'ai passé deux jours à arranger mon emploi du temps pour que les leçons ne posent aucun problème. Attendez, je vais vous montrer.

J'ai couru dans ma chambre pour aller chercher le tableau que j'avais préparé la veille au soir.

Mon père a rigolé, l'air faussement impressionné :

– Support visuel ! Voilà un travail de professionnelle.

– Merci, papa. Je veux que vous sachiez que j'y ai très sérieusement réfléchi.

Mon tableau représentait une semaine ordinaire avec les jours en haut et toutes mes activités détaillées.

– Vous voyez, j'ai indiqué les réunions du Club des Baby-Sitters, le temps pour les devoirs et, là, mes visites chez l'orthodontiste.

J'ai joint le geste à la parole, et j'ai ajouté :

– Et mes tâches à la maison bien sûr. Vous pouvez

constater que je peux facilement suivre les leçons d'équitation des débutants qui sont le samedi matin à dix heures. Je me lèverai juste une heure plus tôt pour ranger ma chambre et aider maman pour le linge.

Mon père s'est essuyé avec sa serviette avant de reculer sa chaise.

– Très bien, mais combien tout cela va-t-il nous coûter ?

Je savais très bien qu'il faudrait aborder ce sujet, je m'y étais évidemment préparée. Je leur ai annoncé le prix en m'empressant d'ajouter :

– Mais, comparé aux autres centres équestres, ce n'est vraiment pas cher. Et puis, c'est juste à côté, je pourrai y aller à vélo, vous n'aurez pas besoin de m'y emmener en voiture.

– Mmm…

Ma mère s'était levée pour débarrasser la table. J'avais encore du travail pour les convaincre. J'ai décidé d'attendre que mes frères et sœurs soient sortis de la cuisine. Ensuite, j'allais apporter le coup final de ma géniale stratégie et mes parents ne pourraient qu'accepter.

Depuis quelque temps, je suis devenue experte dans l'art de la négociation. Par exemple, lorsque j'ai eu envie de me faire percer les oreilles, au lieu d'attaquer de front, j'ai demandé à mes parents des lentilles de contact, un nouveau blouson, d'aller chez le coiffeur et de me faire percer les oreilles en sachant très bien qu'ils n'accepteraient jamais tout ça. Lorsque mes parents ont finalement accepté pour le coiffeur et les oreilles percées, ils ont été soulagés de ne pas dépenser beaucoup d'argent, et moi, j'avais une nouvelle coupe de cheveux en cadeau. Je sais que ça a l'air un peu sournois mais bon…

J'ai attendu que maman et moi ayons fini de desservir la table et que mon père soit tranquillement installé devant son café pour repartir à l'attaque :

– Je suis tout à fait consciente que ces leçons coûtent beaucoup d'argent surtout dans une famille nombreuse comme la nôtre. Mais je me suis dit que si j'en payais la moitié avec l'argent de mes baby-sittings, elles ne coûteraient pas plus cher que les cours de piano de Jordan.

Mes parents ont échangé un regard qui signifiait qu'ils étaient en train de réfléchir à ma proposition. C'est à ce moment précis que j'ai porté l'estocade finale :

– En plus, ce n'est pas pour toute l'année. Juste le stage de débutants, c'est-à-dire huit cours.

– Bien...

Mon père a terminé son café avant d'ajouter :

– Si tu en as vraiment envie...

J'ai totalement perdu mon professionnalisme. J'ai sauté au cou de mon père en manquant de renverser sa tasse.

– C'est ce dont j'ai le plus envie au monde. Oh ! papa, s'il te plaît, s'il te plaît !

La scène a fait rire ma mère.

Même mon père souriait lorsqu'il m'a dit :

– Bon, c'est d'accord, Mallory, tu as notre permission.

– Du moment que ce n'est que pour huit leçons, a ajouté ma mère. Mais seulement si tu en payes effectivement la moitié. Nous ne pourrions pas nous en sortir sinon. Mais es-tu certaine de le vouloir ? Tu sais, tu ne gagnes pas énormément d'argent avec les baby-sittings, tu vas être obligée de te priver sur pas mal de choses.

– Ce n'est pas grave ! Je vais apprendre à monter à cheval !

Je dansais comme une folle autour de la table.

Mon père a conclu, un peu comme Kristy lors de la réunion :

– La décision est donc prise. Tu vas prendre des leçons d'équitation.

– Génial ! Il faut que j'appelle Jessi pour le lui dire.

J'ai monté les marches trois par trois et j'ai failli me casser la figure en me prenant les pieds dans le fil du téléphone. J'étais tellement excitée !

– Jessi ! C'est bon, je vais faire du cheval ! Mes parents sont d'accord.

– Tu as de la chance, Mallory.

La voix de Jessica manquait d'enthousiasme. Avec un peu d'appréhension, je lui ai demandé si elle avait parlé à ses parents des leçons d'équitation.

– Oui. Et ils ont dit non.

J'ai compris pourquoi ma nouvelle ne l'avait pas vraiment transportée de joie.

– Mais tu leur as expliqué à quel point ces leçons comptaient pour nous, enfin je veux dire pour toi ?

Jessica a poussé un lourd soupir.

– Évidemment, qu'est-ce que tu crois ? Ils trouvent que mes cours de danse et les baby-sittings me prennent déjà beaucoup de temps et que les leçons d'équitation me fatigueraient trop et m'empêcheraient de faire mes devoirs correctement.

– Oh, non, c'est trop bête, Jessi !

J'étais vraiment déçue, pour mon amie, bien sûr, mais aussi pour moi. Je nous imaginais déjà côte à côte sur nos chevaux, gagnant toutes les compétitions, comparant nos médailles. Prendre ces leçons sans ma meilleure amie avec qui j'avais passé des heures… quel dommage !

Après un long silence, Jessica m'a dit tristement :

– Écoute, Mallory, je dois y aller, là. J'ai pas mal de devoirs à faire.

J'ai raccroché. Je n'ai pas trop eu le temps de penser à Jessica car quatre petits Pike ont débarqué en hurlant. Margot m'a aidée à comprendre leur excitation.

– Devine, Mal, devine ! Nous allons faire un spectacle, *Les Stars de demain* !

– Mais vous en avez déjà fait un samedi dernier.

Vanessa m'a alors expliqué avec beaucoup de sérieux :

– Ouais, mais c'était que pour Jessi et toi. Et puis, on n'était pas très au point. Celui qu'on va faire sera pour un vrai public. On va inviter tous les voisins. Ce sera un grand spectacle.

Margot a tiré sur mon T-shirt pour attirer mon attention.

– Il va même y avoir des auditions !

Vanessa m'a montré un panneau qu'ils avaient préparé pour les inscriptions.

– Nous choisirons les meilleurs numéros et ensuite nous organiserons le spectacle tous ensemble.

– Évidemment, nous participerons tous les quatre au spectacle parce que c'est notre idée, m'a expliqué Margot.

Nicky s'est exclamé :

– Ce sera le plus grand truc qui se sera jamais passé dans le quartier.

Je les observais en souriant. Bien sûr, je pensais toujours un peu à Jessica qui n'allait pas pouvoir vivre notre rêve. Mais j'imaginais aussi ces quatre petits bouts organisant des auditions, un spectacle avec un public, des costumes et tout le reste. Je ne voulais pas les décourager.

– C'est une idée géniale ! Vous allez avoir pas mal de boulot. J'espère que vous y arriverez.

Margot m'a regardée en mettant ses mains sur les hanches.

– Bien sûr qu'on va y arriver.

Ce n'est pas très bien de dire ça. Mais, en les regardant ce soir-là, j'étais persuadée que le cirque Pike allait encore faire des siennes.

5

–Je m'appelle Lauren Kendall. Je vous souhaite la bienvenue à la ferme Kendall-wood.

Enfin j'y étais ! On était samedi et moi, Mallory Pike, je me trouvais au centre du manège, à côté d'une belle jument nommée Isabelle. J'aurais voulu me pincer pour être certaine de ne pas être en train de rêver. Comme moi, les autres cavaliers novices tenaient les rênes de leurs chevaux en buvant les paroles de notre professeur.

Lauren Kendall était grande, mince, avec de magnifiques cheveux bruns en queue-de-cheval. Elle devait passer beaucoup de temps au soleil car elle était bronzée avec de petites rides de rire au coin de ses yeux verts pétillants. Elle semblait tout droit sortie d'un magazine d'équitation. Elle portait de très belles bottes anglaises, un pantalon marron près du corps, une chemise blanche et une veste verte d'équitation. En la regardant parler, je me disais que je n'avais jamais vu personne d'aussi fantastique. J'ai fait un vœu silencieux pour lui ressembler plus tard.

– La leçon d'aujourd'hui s'appelle « Prendre les rênes ». Nous allons apprendre à monter et à descendre de cheval en toute sécurité, puis à aller au pas et à trotter.

Je n'en croyais pas mes oreilles. Tout ça en une seule leçon ! J'en avais la chair de poule. Je me voyais déjà en parfaite écuyère, dressant mon propre cheval, faisant du saut d'obstacle et peut-être même participant à des compétitions de haut niveau, un jour. Ma jument, Isabelle, semblait sentir mon enthousiasme. Elle faisait de petits bruits avec ses naseaux.

Lauren est allée au centre de la piste et a donné un coup de cravache sur ses bottes.

– Très bien. Vous allez tous vous mettre en cercle et faire le tour du manège en marchant avec votre cheval. Vous tenez les rênes dans une main, il doit vous suivre.

Alors que j'avançais tranquillement avec Isabelle, j'ai regardé attentivement les autres élèves pour la première fois. Il y avait quatre garçons et sept filles. Celle qui était devant moi, une blonde qui semblait avoir le même âge que moi, m'a regardée et je lui ai souri timidement.

Elle a haussé un sourcil en murmurant :

– Très jolie tenue.

J'ai regardé mes vêtements puis ceux des autres élèves. Il était évident que je n'étais pas habillée comme il fallait ; je suis devenue toute rouge. Au téléphone, Lauren Kendall m'avait dit de mettre ma tenue d'équitation si j'en avais une, mais que, sinon, je devais juste avoir des bottes, des gants et un casque. C'est ce que je portais. J'étais en jean avec ma chemise écossaise rouge (c'est ce que je mets lorsque je fais du cheval au Camp Mohawk). J'avais bien un vieux casque que maman avait emprunté à l'une de ses amies qui avait fait de l'équitation lorsqu'elle était jeune, mais il avait l'air d'avoir été piétiné par tout un troupeau de chevaux sauvages et mes gants étaient une vieille paire dont mon père n'avait plus besoin.

Je pense que ça n'aurait pas été catastrophique si quelqu'un d'autre avait été habillé comme moi. Mais tous les élèves portaient une tenue complète d'équitation, comme Lauren. La plupart des filles avaient même une cravate ! En plus, ils portaient tous les mêmes bottes noires et des casques d'équitation spéciaux que l'on appelle des bombes. En formant le cercle, j'essayais de fixer mon attention sur Lauren en me répétant : « Tu es ici pour apprendre à monter à cheval et pas pour participer à un concours de beauté, alors oublie-les. »

Une fois le cercle fermé, Lauren a repris la parole :

– Très bien. Maintenant, mettez-vous sur le côté gauche de votre cheval et préparez-vous à vous mettre en selle.

Je suis passée devant Isabelle en lui tapotant le museau pour me rassurer et je lui ai murmuré : « Bonne fille ! » Puis j'ai mis mon pied gauche dans l'étrier et j'ai passé la jambe droite par-dessus son dos.

J'avais l'impression d'être assise au sommet du monde. J'avais déjà fait du cheval avec une selle de cow-boy mais ça n'avait rien à voir avec les selles anglaises. Il n'y avait qu'un petit morceau de cuir entre ma jument et moi et ça changeait tout.

Lauren nous a indiqué comment nous tenir :

– Tenez-vous bien droit. Le menton haut. Vous devez tenir vos rênes lâches dans vos mains, les coudes vers l'intérieur. Très bien.

J'ai souri. Tout se passait comme dans mes rêves. Monter à cheval se révélait chose facile.

– Prenez une grande respiration et faites marcher vos chevaux au pas autour de la piste.

Nous tournions doucement et je n'arrêtais pas de me répéter : « Dos droit, rênes relâchées, le menton haut. »

Je me suis rendu compte que Lauren était à côté de moi.

– Respire, Mallory, respire. C'est très important. Tu ne voudrais pas t'évanouir en selle, non ?

Quelques élèves ont rigolé mais Lauren a ajouté :

– Cela vaut pour tout le monde. Souvenez-vous que monter à cheval est un plaisir. Essayez de vous détendre et de vous amuser.

Nous avons tous ri et c'est là que je l'ai remarqué : le cheval de mes rêves !

C'était un pur-sang arabe avec une tête très fine. Sa robe était presque entièrement blanche, légèrement tachetée de gris, ce qui le faisait ressembler à une sculpture de marbre. Sa crinière était immaculée, très longue, absolument magnifique. Le garçon qui le montait ne semblait pas du tout réaliser qu'il était sur le plus beau cheval du monde.

– Bien. Je voudrais que vous donniez un petit coup de talon à votre cheval. Nous allons tenter de passer au trot. Le plus important pour le trot, c'est de bien baisser les talons dans les étriers, pointes de pieds en haut.

Nous avons répété en chœur :

– Talons vers le bas, pointe de pieds vers le haut.

– Ensuite, suivez le mouvement de votre cheval en faisant bouger votre bassin à l'allure du trot.

Mes dents faisaient de sacrés bruits au rythme des mouvements d'Isabelle mais, après deux tours de manège, j'ai commencé à me sentir à l'aise. J'ai jeté un œil derrière moi pour regarder le pur-sang arabe. Sa crinière flottait magnifiquement et je me suis imaginée sur son dos devant une foule d'admirateurs m'acclamant : je venais de remporter le concours hippique de ma vie.

– Maintenant, nous allons passer à la partie difficile. Je vais vous demander d'aller en sens inverse.

Une moitié de la classe a commencé à faire demi-tour alors que l'autre ne bougeait pas encore. Je n'ai pas besoin de vous expliquer la panique. Lauren a fait un grand mouvement avec sa cravache en criant :

– Halte !

Nous avons tous tiré sur les rênes de toutes nos forces et les chevaux nous ont obéi. Lauren s'est mise à rire.

– Quel bazar ! J'aurais bien aimé pouvoir filmer ça !

Le fou rire nous a tous gagnés et j'ai lancé un grand sourire aux autres élèves. J'étais sûre que les huit prochaines semaines allaient être fantastiques.

Lauren nous a expliqué comment arrêter notre cheval correctement et changer de direction sans collision avec les autres cavaliers. En un rien de temps, le cours était terminé.

C'est alors qu'est arrivé mon moment préféré, celui des soins. Nous avons d'abord promené nos chevaux devant les écuries pour les calmer. Ensuite, nous avons ôté leur selle et brossé leur robe jusqu'à ce qu'elle brille.

Je me suis arrangée pour me mettre à côté du pur-sang arabe. J'étais certaine qu'il appartenait au garçon qui l'avait monté. Un tel cheval était beaucoup trop beau pour faire partie d'un centre équestre. Il m'a fallu un peu de temps pour oser adresser la parole à l'heureux propriétaire.

– Ton cheval est magnifique. Il s'appelle comment ?

– Pax, mais il n'est pas à moi.

Je n'en croyais pas mes oreilles.

– Vraiment ? Tu veux dire qu'il appartient à la ferme Kendallwood ?

Le garçon à lunettes a acquiescé.

– Évidemment. Comme tous les chevaux ici.

C'était une merveilleuse nouvelle. J'allais pouvoir monter Pax à la prochaine leçon. J'étais surexcitée.

Pour rentrer, j'ai sauté sur mon vélo et j'ai pédalé le plus vite possible jusque chez moi. Je n'ai pas pris le temps de m'arrêter pour embrasser mes parents ou enlever mon manteau. Il fallait que j'appelle Jessica pour lui raconter ma première leçon en détail.

J'avais tout juste entendu son léger « salut » que je me lançais dans le récit de ma fabuleuse journée.

– C'était génial, Jessi, si tu savais. On est douze et le professeur s'appelle Lauren Kendall, elle a fait partie de l'équipe olympique d'équitation. Elle est drôlement belle et elle est anglaise, elle a un accent magnifique. Tu imagines ?

– C'est bien, Mallory.

Je suis partie dans une description de la leçon, en commençant par l'attribution des chevaux et en finissant par le brossage dans les écuries. Je suis passée sur les détails désagréables comme la réflexion à propos de ma tenue. Je n'avais pas envie que Jessi pense que je n'avais pas passé un bon moment.

– Et j'ai gardé le meilleur pour la fin. J'ai vu le cheval de mes rêves.

– Ah, vraiment ?

Jessi avait l'air un peu distraite, mais j'imaginais que, en me parlant, elle aidait sa mère à mettre la table. J'ai donc continué en décrivant Pax.

– Il est exactement comme on l'avait rêvé, Jessica. Un pur-sang arabe d'une beauté… ! Tu aurais dû le voir trotter, la tête haute, tout autour de la piste. On aurait dit qu'il dansait. Oh, tu aurais adoré !

J'attendais une réaction de Jessi, forcément. Mais rien, le silence.

– Jessi ? Tu es toujours là ?

– Je suis là.

Sa voix était distante et froide. J'ai réalisé qu'il était peut-être arrivé quelque chose chez elle et qu'il était possible que je la dérange. Je m'en serais sans doute aperçue tout de suite si je n'avais pas été si pressée de lui parler de Pax.

– Jessi, je te dérange, tu étais occupée ?

Je pensais que Jessica allait en profiter pour me dire ce qui n'allait pas mais au lieu de ça elle a acquiescé sèchement :

– Oui, effectivement. Je suis désolée mais on se parlera plus tard.

J'ai ouvert la bouche pour lui dire au revoir mais elle avait déjà raccroché. Bizarre. Ce n'était pas le genre de Jessi. Avais-je fait quelque chose qui avait mis ma meilleure amie en colère contre moi ?

6

Mardi

Les filles, je crois qu'on a un sérieux problème.

J'ai gardé les Marshall aujourd'hui et Nina n'était vraiment pas comme d'habitude. Normalement, elle est toujours contente de me voir et on passe notre temps à jouer et à rire. Là, en me voyant arriver, elle n'a pas bougé. Elle était assise dans son fauteuil, à fixer le sol. Mme Marshall m'a dit qu'elle commençait à s'inquiéter. Mal, est-ce qu'elle était comme ça lorsque tu l'as gardée la semaine dernière?

Je préfère en parler avec vous avant de faire quelque chose.

Le mot de Jessica dans le journal de bord m'a mise mal à l'aise. Si elle voulait savoir comment ça s'était passé, elle n'avait qu'à m'appeler, tout simplement. Je lui aurais parlé de la « doudouce » de Nina. J'ai préféré penser qu'elle n'avait pas eu le temps à cause de ses cours de danse et de ses baby-sittings. Et puis, elle avait dû se dire que, de toute façon, nous pourrions toutes en discuter lors de la réunion.

Enfin... Jessi nous a en effet raconté son baby-sitting lors de la réunion. Elle est arrivée chez les Marshall le mardi après-midi. Mme Marshall lui a ouvert la porte et est restée un moment à l'extérieur avec elle pour pouvoir lui parler sans que ses filles l'entendent.

– Jessi, je suis un peu inquiète. Je crois que Nina a des problèmes à l'école.

– Vraiment, et quel genre de problèmes ?

– Je ne sais pas. J'ai reçu un mot de son professeur aujourd'hui. Il trouve Nina renfermée en classe mais il n'en connaît pas la cause.

– Est-ce qu'il a essayé d'en parler avec elle ?

Mme Marshall a acquiescé.

– Oui, mais elle n'a rien voulu lui dire.

– C'est bizarre, d'habitude, Nina adore parler avec les gens.

– Je sais. Elle n'a même pas voulu m'expliquer ce qui n'allait pas. Elle passe son temps à errer dans la maison sans dire un mot.

– Je vais voir ce que je peux faire.

Mme Marshall a devancé Jessi à l'intérieur de la maison.

– Ce serait un tel soulagement si tu pouvais trouver ce qui se passe. Surtout, ne te formalise pas si elle rechigne à jouer ou à manger.

– Ne vous inquiétez pas : partez tranquille, je m'occupe de tout.

Pendant que Mme Marshall mettait son manteau, Jessi est

entrée dans le salon. Eleanor était assise par terre devant son dessin animé favori et chantonnait gaiement. Mais Nina ne regardait pas la télévision.

Elle était dans un fauteuil, tournée vers le mur, cramponnée à sa couverture gris sale.

– Salut, Nina.

Jessica a fait un grand sourire mais Nina est restée ratatinée dans son fauteuil, le regard vide. Lorsque Eleanor a remarqué la présence de Jessi, elle s'est mise sur ses pieds et s'est lancée en direction de sa baby-sitter, les bras grands ouverts.

– Bonjour, Eleanor.

Jessi l'a prise dans ses bras en poussant un gémissement.

– Ouh, tu deviens une sacrée grande fille, dis donc.

Mme Marshall a passé sa tête dans l'entrebâillement de la porte.

– Salut, les filles. Soyez gentilles avec Jessica, je ne serai pas absente longtemps.

– 'Voir, maman.

Eleanor a envoyé un baiser de la main en direction de sa mère. Jessica a remarqué que Nina avait à peine bougé.

Une fois la porte d'entrée fermée, Jessi s'est tournée vers elle.

– Maintenant que nous sommes enfin toutes les trois toutes seules, à quoi pourrions-nous jouer ?

Nina a haussé les épaules.

– Je n'en sais rien.

En gardant Eleanor dans ses bras, Jessica est allée chercher son coffre à jouets qu'elle avait laissé dans l'entrée.

– J'ai pas mal de nouveaux jeux là-dedans. On devrait y jeter un œil.

Nina a essayé de voir ce qui se passait mais sans sortir de son fauteuil. Jessi a apporté le carton juste à côté d'elle.

Après avoir posé Eleanor sur le tapis, elle a tenté d'intéresser sa grande sœur au coffre à jouets.

– Et si tu l'ouvrais pour voir ce qu'il y a de nouveau à l'intérieur, Nina ?

La petite fille s'est laissée glisser de son fauteuil sur le tapis en prenant soin de mettre sa couverture en boule à ses genoux. Elle a laborieusement ouvert le carton et a regardé attentivement ce qu'il contenait. Alors qu'elle fouillait dedans, Jessica a remarqué qu'elle ne lâchait jamais sa couverture. Elle s'est dit qu'elle devrait lui en parler, mais au bon moment.

Celui-ci est arrivé lorsque Eleanor et Nina, après avoir trouvé des crayons de couleur tout neufs dans le carton, se sont mises à dessiner. Nina coloriait une maison et avait l'air d'être détendue. Jessi l'a observée un moment avant de s'adresser à elle :

– Nina, tu as emmené ta doudouce à l'école avec toi, aujourd'hui ?

Le trait de crayon de Nina a dérapé. Finalement, elle a marmonné un « oui » étouffé.

– Et tu as passé une bonne journée ?

Elle n'a pas répondu à Jessi. Elle a pris plusieurs crayons avec précaution et les a disposés sur le tapis à côté de son dessin, en tirant sa couverture près d'elle comme pour se rassurer.

Jessi était maintenant certaine que le problème de Nina s'appelait « doudouce ». Les autres enfants se moquaient peut-être de cette sale couverture grisâtre. Mais comment le professeur avait-il fait pour ne pas s'en rendre compte? Surtout que ce doudou était du genre imposant. Les autres devaient se moquer de Nina dans le dos de l'enseignant.

Jessica savait très bien ce que Nina pouvait endurer. Lors de son arrivée, certains élèves et même des parents s'étaient très mal comportés avec elle parce qu'elle est noire. Jessi n'en avait pas parlé à ses professeurs parce qu'elle craignait que les autres élèves la prennent pour une rapporteuse. Nina devait avoir le même genre de problème.

Jessi a pris une feuille et un crayon pour se mettre à dessiner.

– Tu sais, Nina, lorsque j'ai emménagé à Stonebrook, certains enfants de ma classe n'ont pas été très gentils avec moi. Ils se sont moqués de moi tellement fort qu'ils m'ont fait pleurer.

Nina a cessé de dessiner mais sans lever la tête.

– Pourquoi ?

– Parce qu'ils me trouvaient bizarre à cause de ma couleur de peau.

Nina a lancé un regard à Jessi avant de prendre un autre crayon.

– Moi, je te trouve bien.

– Merci, c'est gentil. Mais certains des élèves ne pensaient pas comme toi. Ils étaient méchants avec moi, seulement parce que j'étais différente. Après, ils ont commencé à me connaître et, maintenant, j'ai beaucoup d'amis.

Jessi a regardé Nina pour voir si son histoire trouvait un écho chez la petite fille, mais celle-ci a continué de dessiner sans dire un mot. Jessica a regardé son œuvre et a souri : parler de problèmes de couleur de peau ne devait pas signifier grand-chose pour une fille de quatre ans qui dessinait des femmes au visage bleu et aux mains vertes.

Jessi est passée dans la cuisine pour trouver quelque chose à boire. En prenant les verres en plastique des filles, elle s'est demandé si elle devait parler de la doudouce de Nina et des moqueries des enfants de la maternelle à Mme Marshall.

– Non. Il vaut mieux que j'attende d'être sûre que c'est bien ça.

Évidemment, si le problème ne venait pas de la couverture, Jessica risquait de faire beaucoup de bruit pour rien. Elle s'est dit qu'il valait mieux en parler d'abord au club, que ses amies auraient sûrement une solution.

Au moment où les filles ont terminé leur jus d'orange, quelqu'un a sonné à la porte. Jessi s'attendait à ce que, comme à son habitude, Nina hurle : « J'y vais » mais elle s'est juste remise à son dessin après avoir posé son verre vide. Jessi s'est donc levée.

– Et si on allait voir qui c'est ?

Eleanor, qui était plus intéressée par le coffre à jouets en lui-même que par ce qu'il contenait, a attrapé une main de Jessi en criant :

– D'acco' !

Jessi a offert son autre main à Nina.

– Tu viens avec nous ?

Elle s'est levée en restant cramponnée à sa couverture.

Ce qui les attendait à la porte a fait rire tout le monde, même Nina. Vanessa, Nicky, Margot et Claire se tenaient côte à côte, arborant un beau nez rouge et des nœuds papillon à pois verts. Nicky avait accroché autour de son cou une pancarte que Jessi a lue à haute voix.

– « Auditions pour *Les Stars de demain.* » Est-ce que vous cherchez d'autres clowns ?

Vanessa a secoué la tête.

– Nous cherchons tout type de numéro pour notre spectacle. Et aujourd'hui, c'est votre jour de chance. Nous faisons des auditions en porte-à-porte.

Jessi a ri du ton sérieux qu'avait pris ma petite sœur.

– Mais ça m'a l'air très intéressant. Nina, ça te dirait d'auditionner ?

La petite fille s'est cachée derrière Jessi en baissant la tête. Il fallait l'encourager.

– Allez, Nina. Je suis sûre que tu peux faire plein de choses.

Vanessa a ajouté, très professionnelle :

– Nous sommes intéressés par tous les talents : chanteurs, danseurs, clowns, jongleurs, dresseurs de chiens, de chats ou d'éléphants...

Jessica l'a coupée dans son élan :

– Attendez un peu. Et où allez-vous trouver des éléphants ?

Claire a tiré sur la manche de la baby-sitter.

– C'est pour de faux, mais chut !

Jessica a souri à Nina.

– Tu pourrais faire semblant d'être un éléphant.

Nina a considéré la question deux secondes puis a secoué la tête.

– Non.

Nicky a essayé de la convaincre :

– Allez, on va tous participer au spectacle. Je serai le dompteur d'alligator et je vais même aussi faire un numéro de magicien avec Margot. Tu veux qu'on te montre ?

– Et si on allait s'installer dans le jardin pour voir vos numéros ? a proposé Jessica.

Tout le monde s'est mis à courir sur la pelouse. Les artistes se sont réunis pour décider de l'ordre d'entrée en scène.

Nina a étendu sa couverture et a laissé Jessi et Eleanor s'asseoir à côté d'elle.

Jessica a applaudi très fort en annonçant :

– En scène, la troupe Pike !

Vanessa s'est avancée devant l'auditoire réuni près de la balançoire alors que Nicky faisait des roulements de tambour en tapant sur une poubelle. Vanessa s'est alors adressée aux spectateurs :

– Mesdames et messieurs, *Les Stars de demain* vous présentent Nicholas et Margot dans leur grand numéro : « La Brouette » !

Nicky est arrivé en marchant sur les mains alors que Margot lui tenait les pieds en grimaçant de douleur. Ils ont fait quelques tours de piste, encouragés par les applaudissements de Jessi, Nina et Eleanor. Mais Margot commençait à sérieusement fatiguer : elle s'est écroulée, projetant son frère la tête la première dans l'herbe.

– Hé, ça va pas ! Tu m'as cassé le nez !

Il s'est redressé et tout le monde a pu constater qu'effectivement son nez rouge était cassé. Même Nina a éclaté de rire.

Vanessa est ensuite entrée en scène. Elle a fait la révérence au pied de l'échelle du toboggan.

– Mesdames et messieurs, je vais devant vos yeux ébahis gravir cet immeuble de dix étages.

Elle est montée en faisant un signe de la main à son

auditoire à chaque palier jusqu'à la dernière marche, en haut du toboggan.

– Et maintenant, je vais faire un saut de la mort du haut de cet immeuble... Sans les mains, les yeux fermés. Je réclame un silence absolu, mesdames et messieurs.

Nina était très impressionnée par le ton de Vanessa. Les yeux remplis d'angoisse, elle a serré plus fort sa doudouce en voyant Vanessa se préparer. Celle-ci a fait signe à Nicky en ordonnant :

– Musique, s'il vous plaît !

Nicky a refait des roulements de tambour alors que Vanessa s'asseyait sur le haut du toboggan. Elle s'est retournée pour que les filles Marshall et Jessi constatent qu'elle avait effectivement les yeux fermés. Elle a alors mis ses bras en croix sur sa poitrine et s'est lancée sur le toboggan.

Malheureusement, Vanessa était en short et sa peau a ralenti sa descente. Elle a dû se déhancher maladroitement pour arriver en bas.

Jessi a pris la main de Nina et lui a murmuré :

– Jamais vu un saut de la mort aussi lent. On aurait dit un ralenti.

Nina a gloussé.

– On dirait une grosse chenille !

Vanessa s'est relevée d'un bond pour faire son salut final. Les enfants ont applaudi très fort. Jessi s'est dit que *Les Stars de demain* promettait d'être le spectacle le plus drôle de la Terre.

C'était maintenant au tour de Claire. Vanessa a levé un bras en faisant l'annonce.

– *Les Stars de demain* sont maintenant fiers de vous présenter Mademoiselle Clara, la grande jongleuse !

Claire est arrivée en courant de la maison, une balle de tennis dans une main et un frisbee dans l'autre. Jessi s'est dit qu'elle devait les avoir trouvés dans le garage des Marshall. Elle a tenté de jongler avec les deux objets. La balle de tennis durant son trajet a heurté sa joue avant d'atterrir aux genoux d'Eleanor. Et le frisbee lui est tombé sur les pieds.

– Aïe !

En temps normal, Jessi se serait levée pour vérifier que Claire n'avait rien de grave mais, là, elle n'arrêtait pas de rire. Claire tournait en rond en tenant son pied, avec son nez rouge et son nœud papillon ; le spectacle était désopilant.

Nina applaudissait en riant.

– Elle est vraiment très drôle !

Jessi a saisi l'occasion pour pousser un peu Nina.

– Je suis sûre que, si on te mettait un nez rouge pour monter sur scène, tu pourrais être très drôle, toi aussi.

Nina a instantanément arrêté de rire.

– Non, je ne veux pas. Je regarde juste.

Jessi ne voulait pas la forcer. Il devait rester pas mal de temps avant le spectacle. Il valait mieux attendre un peu que le problème de Nina à l'école soit résolu pour qu'elle retrouve sa gaieté. Elle serait alors sûrement la première à vouloir participer aux *Stars de demain*.

7

J'avais une chance pas croyable ! Je montais Pax !

Ce n'était que ma deuxième leçon et mon vœu se réalisait.

Et je peux vous dire que le cheval de mes rêves était encore plus merveilleux à monter qu'à regarder.

Je suis arrivée à l'écurie en avance ce jour-là pour discuter avec Lauren et surtout lui demander si je pouvais monter Pax. J'avais aussi envie de bavarder avec les autres élèves pour mieux les connaître. Je m'imaginais que nous avions forcément énormément en commun, l'amour des chevaux déjà. Mais aucun d'eux ne semblait souhaiter parler avec moi.

Une fille avec les cheveux blonds et un appareil dentaire est arrivée juste après moi. Je me suis approchée d'elle pendant qu'elle sellait sa monture.

– Bonjour, je m'appelle Mallory Pike. Et toi ?

Elle a eu l'air plutôt surprise que je m'adresse à elle.

– Allison Anders.

Disons que le ton n'était pas des plus aimables. En plus, elle a tout de suite tourné la tête vers Lauren.

– Je pensais que nous devions tous porter un costume d'équitation convenable pour ce stage.

J'ai senti mes oreilles devenir toutes rouges et mon visage commencer à brûler. Lauren a dû s'en rendre compte car elle a répondu sèchement :

– Un costume d'équitation convenable est constitué de bottes, de gants et d'un casque, Allison. Et je ne pense pas qu'il manque quoi que ce soit à Mallory.

Ensuite, son ton s'est adouci et elle a ajouté :

– C'est un cours de débutants. Ce serait ridicule d'aller dépenser de l'argent dans un équipement complet tant que vous n'êtes pas certains de vouloir continuer.

J'avais envie de dire que, évidemment, je voulais continuer les cours et que ce n'était pas ma faute si mes parents ne pouvaient pas m'acheter un équipement tout neuf. Mais j'ai juste pris les rênes de Pax pour le sortir de l'écurie. En frottant ma tête contre son cou, je me suis confiée à lui.

– Allez, viens. Tu es un bon cheval, toi, pas comme certaines snobs que je connais.

J'ai marché avec Pax pendant que les autres élèves arrivaient un à un. Ils portaient tous ce qu'Allison avait appelé un « costume d'équitation convenable ». Pax devait sentir ma gêne car il a reniflé un grand coup avant de frotter son museau contre mon épaule. Il m'a regardée comme s'il voulait me dire de me ressaisir, que je n'avais rien à leur envier et que je devais le leur prouver.

J'ai frotté mon nez contre le sien.

– Tu as raison, Pax. Je suis idiote. Je n'ai qu'à aller parler avec eux et ils verront bien que je suis une fille plutôt sympa. Allons-y !

Je me suis dirigée vers le manège en respirant à fond pour me donner du courage. Je me suis adressée à une fille en face de moi.

– J'adore les chevaux, et toi ?

– Évidemment. J'ai grandi avec eux. Nous en possédons huit dans nos propres écuries.

– Tu as tes propres chevaux ?

J'étais impressionnée. Mais alors pourquoi avait-elle besoin de prendre des cours ?

Elle avait dû lire dans mes pensées car elle a ajouté :

– Mes parents pensent qu'il est bon pour moi que je prenne des leçons pour perfectionner ma technique.

– Comme moi. Enfin, ce que je veux dire c'est que j'ai déjà monté à la méthode western.

J'admets que j'en rajoutais un peu en lui laissant penser que j'étais une cavalière chevronnée, alors que je n'avais fait que quelques balades dans la campagne avec de vieux canassons, mais j'avais tellement envie de me faire des amis…

– Et tu t'appelles comment ? lui ai-je demandé en mettant mon pied dans l'étrier.

– Megan.

Elle s'est retournée un peu trop vite pour grimper sur son cheval et celui-ci a fait un écart, en soufflant par les naseaux. Elle l'avait stressé avec ses gestes trop brusques mais, au lieu de le calmer, elle lui a donné un coup de rênes en marmonnant :

– Ne bouge pas, idiot de cheval !

Pendant que Megan se débattait, j'ai monté Pax qui n'a pas du tout bougé. J'ai caressé son cou en lui murmurant un compliment. Je me sentais beaucoup plus sûre de moi maintenant que j'étais sur Pax ; j'ai lancé à Megan :

– Je m'appelle Mallory. Si tu veux, je pourrais te donner mon numéro de téléphone et on pourrait peut-être se voir toutes les deux pendant la semaine.

– Pardon ? Heu, pourquoi pas...

Megan essayait toujours de calmer son cheval. Elle lui a une fois de plus lancé une injure.

Je n'aimais pas la façon dont Megan traitait son cheval, mais elle devait mieux savoir s'y prendre que moi, vu qu'elle en avait déjà huit. Huit, vous imaginez ça ? Un pour chaque jour de la semaine, avec un en plus pour les vacances !

Pax et moi, nous avons fait un tour de piste en marquant des pauses à chaque fois que nous passions à côté d'un autre élève pour que je me présente à lui. Une fille qui s'appelle Kyle m'a même souri.

– J'aime bien ton cheval. Je voulais le monter aujourd'hui.

– Il est formidable, non ?

J'ai caressé Pax fièrement.

– Tu pourras peut-être le monter samedi prochain, ai-je ajouté.

Mais j'espérais secrètement que JE pourrais le monter toutes les semaines.

Nous avons bavardé un moment et je lui ai dit que nous pourrions nous voir en dehors des leçons.

– Tu peux m'appeler, nous sommes les seuls Pike dans l'annuaire.

Kyle a souri et, Pax et moi, nous avons continué de trotter. Je m'étais fait deux nouvelles amies et je montais Pax. C'était une journée absolument parfaite !

Lauren s'est avancée au centre du manège pour commencer la leçon. Nous avons révisé notre technique du trot. Pax était formidable. Il semblait savoir ce que j'allais lui demander avant même que je ne le sache moi-même. Pendant la leçon, j'ai encore trouvé le courage de saluer quelques autres élèves. Un garçon, celui qui montait Pax lors de la première leçon, m'a répondu. J'ai décidé qu'il avait l'air sympathique et, après le cours, je me suis installée à côté de lui pour soigner mon cheval.

– Tu t'appelles David, c'est ça ?

Je passais la brosse sur la robe de Pax qui semblait beaucoup apprécier. Lorsque David a acquiescé, j'ai continué :

– Je ne sais plus si je me suis présentée la semaine dernière. Je m'appelle Mallory Pike. Je suis au collège de Stonebrook.

– Oh ?

J'ai pris ça pour une invitation à discuter : j'ai continué à parler sans m'arrêter pendant cinq bonnes minutes. Je lui ai tout dit sur ma famille, mes amies, le Club des Baby-Sitters.

– Avec Jessi, on a vu tous les films sur les chevaux qui existent. Mes amies disent que c'est une obsession. C'est pour ça que je voulais absolument participer à ce stage.

J'ai alors réalisé que je ne l'avais pas laissé placer un seul mot.

– Et toi, pourquoi t'es-tu inscrit ?

– Ce sont mes parents qui m'ont inscrit. L'équitation est une tradition familiale.

– Mais… ça te plaît quand même, non ?

– Ouais, enfin... je ne sais pas trop.

– Tu plaisantes ! Comment peux-tu monter une perfection telle que Pax et ne pas trouver que les chevaux sont absolument merveilleux ?

David a souri en regardant Pax.

– C'est vrai qu'il est pas mal.

Il s'est approché de lui pour le gratter dans le cou. Le cheval a courbé la tête pour marquer son contentement et a léché la paume des mains de David qui s'est mis à rire.

– Ça chatouille !

– Je crois qu'il veut un sucre.

Pax a fait un mouvement de tête comme s'il avait compris ce que je venais de dire et, David et moi, nous sommes partis dans un fou rire. J'en ai profité pour faire mieux connaissance avec lui.

– Combien de frères et sœurs as-tu ?

– Je suis fils unique.

– Tu aimerais rencontrer mes frères et sœurs ? Il y a tout le temps du monde à la maison. C'est un grand cirque. Je te donnerai mon numéro de téléphone.

Je sais bien que j'en faisais trop, mais David était timide et avait besoin qu'on lui force un peu la main. J'ai noté mon numéro et le lui ai donné. Il l'a mis dans sa poche en me remerciant. S'il n'en avait pas voulu, il aurait pu ne pas l'accepter, non ?

Je me suis remémoré les événements de la journée en rentrant chez moi à vélo. J'avais monté Pax, le cheval de mes rêves, et j'avais fait des efforts pour aller vers les autres et me faire des amis. Megan avait l'air sympa, Kyle aussi et j'avais même réussi à donner mon numéro de téléphone à David.

Avant la fin de la semaine, l'un d'eux m'aurait sûrement appelée.

Ma mère était dans la cuisine au moment où je suis arrivée chez moi.

– Mallory, on mange dans dix minutes.

– Génial, je meurs de faim. J'ai juste le temps d'appeler Jessica.

J'ai pris un pain encore tout chaud avant de monter à l'étage mais ma mère n'a pas apprécié.

– Tu pourrais attendre d'être à table. Tu vas encore dire que tu n'as plus faim.

J'ai ri en avalant le petit pain d'un seul coup.

– C'est meilleur comme ça.

J'ai ensuite grimpé l'escalier pour passer mon coup de fil.

– Salut, c'est moi !

– Salut, Mallory, je pensais justement à toi. Qu'est-ce que tu as fait aujourd'hui ?

Elle avait l'air plutôt contente de m'entendre.

– Jessi ! Quelle question ! J'ai eu ma deuxième leçon d'équitation, aujourd'hui !

– Oh.

– C'est juste la chose la plus importante de ma vie en ce moment...

– Désolée, j'ai oublié, c'est tout.

– Et tu ne me demandes pas comment ça s'est passé ?

Il y a eu un long silence puis :

– Alors, comment c'était ?

– Fantastique ! Je suis arrivée au centre équestre en avance pour discuter avec Lauren, c'est la prof, et j'ai même pu monter Pax.

– Pax ?

– Le cheval de mes rêves ! Je t'en ai parlé la semaine dernière, tu ne t'en souviens pas ?

– Ah, oui ? Sans doute.

J'ai réalisé que Jessica n'était pas du tout comme d'habitude. Si je ne l'avais pas parfaitement connue, j'aurais dit qu'elle me faisait la tête. Malgré ça, je lui ai parlé de mes nouveaux amis.

– Il y a un garçon, David, qui est drôlement gentil. Il a des lunettes et il est un peu timide mais on a bien discuté. En fait, il montait Pax la semaine dernière. On devrait se voir cette semaine. Si tu veux, je te le présenterai. Et j'ai discuté avec une fille, Megan, qui a huit chevaux chez elle avec ses propres écuries. Tu te rends compte !

– Mmm.

Jessica ne pouvait avoir l'air moins intéressée. Je commençais à me sentir mal.

– Megan aussi va sûrement m'appeler...

– Écoute, Mallory, j'ai beaucoup de choses à faire... Je n'ai pas le temps de rester au téléphone.

– Oh, bien sûr. Si tu dois y aller... Je pensais juste que ça te ferait plaisir de savoir que les cours se passaient bien.

C'était vraiment bizarre, Jessi ne m'avait jamais coupé la parole comme ça.

– Je n'ai vraiment pas le temps, désolée.

J'ai senti une boule se former dans mon estomac. Ma meilleure amie me traitait comme une inconnue. J'étais en colère contre elle. Je lui ai répondu d'une voix aussi sèche que la sienne :

– Bien. Je te verrai peut-être au collège.

J'attendais qu'elle me réponde quelque chose, qu'on pourrait se voir ce week-end, par exemple. Mais elle n'a rien dit, ce qui m'a rendue encore plus folle. J'ai raccroché rageusement en marmonnant :

– Eh bien, ça me va tout à fait... Pas de problème. Je n'ai pas du tout besoin de toi, j'ai plein de nouveaux amis. Comme David, et Megan, et Kyle. Tu vas voir. Je vais même les appeler tout de suite.

Mais au moment d'approcher ma main du clavier, j'ai réalisé que je n'avais le numéro de téléphone ni de David, ni de Megan, ni de Kyle. Je ne connaissais même pas leur nom de famille. J'ai reposé le téléphone. De toute façon, ils allaient forcément m'appeler.

Une semaine a passé sans qu'on s'adresse la parole, Jessi et moi. C'est vrai qu'elle avait ses cours de danse et que nous avions toutes les deux des baby-sittings mais, d'habitude, ça ne nous empêche pas de nous appeler tous les soirs. Et mes nouveaux amis de la ferme Kendallwood ? Je n'ai pas eu de nouvelles.

8

Boum ! Mon corps a heurté le sol avec une telle force que la terre en a tremblé. Ça vous est déjà arrivé ? Je vous jure que ça fait mal.

C'était ma troisième leçon à la ferme Kendallwood et je montais Gremlin, le cheval avec lequel Megan avait eu des problèmes la semaine passée. J'aurais dû me méfier dès le départ. Il a fallu que Lauren m'aide à me mettre en selle car, chaque fois que je mettais le pied à l'étrier, le cheval bougeait. Toute la leçon s'est ensuite passée de plus en plus mal.

D'abord, Kyle et David, dont j'avais attendu l'appel toute la semaine, ne m'ont même pas dit bonjour. Ils ont fait comme s'ils ne me connaissaient pas. Kyle a fait une grimace qui pouvait vaguement ressembler à un sourire dans ma direction, c'est tout. Ensuite, la leçon a commencé. Gremlin passait son temps à tenter de m'éjecter de la selle mais j'arrivais à me maintenir. Normalement, j'en aurais rigolé avec les autres élèves. Mais ils faisaient tous comme si je n'existais pas. Le fait que je puisse avoir des problèmes ne semblait pas les intéresser.

– Bien, aujourd'hui, nous allons apprendre le petit galop, a annoncé Lauren. Vous n'avez pas à avoir peur, c'est très facile.

Lauren nous a donc expliqué précisément comment faire pour nous préparer à lancer notre cheval au petit galop. J'étais tellement concentrée sur la façon dont je devais positionner mes jambes que j'ai oublié de tenir fermement les rênes. Lorsque Lauren nous a dit de lancer notre cheval, vous imaginez ce qui s'est passé...

– Halte ! Halte !

Trop tard, j'étais par terre ! Lauren a couru vers moi. J'avais tellement mal que j'en avais le souffle coupé.

– Mallory ? Ça va ?

Elle me regardait droit dans les yeux pour voir si je n'avais rien de grave. Je n'ai pas pu retenir mes larmes, ça faisait trop mal. J'avais honte ! Comme je n'arrivais pas à me calmer, j'ai essayé de cacher mon visage avec mes mains pour que les autres ne me voient pas même si je savais que c'était trop tard. Mes mains tremblaient, il n'y avait rien à faire.

Lauren s'est adressée à moi d'une voix très douce.

– Mallory ? Tu penses que tu peux te lever ?

J'ai essayé de lui répondre mais mes lèvres ne m'obéissaient pas. Je n'arrêtais pas de trembler. Je me suis donc contentée de hocher la tête.

– Doucement, je vais t'aider à marcher jusqu'au banc.

Lauren m'a aidée à me mettre sur mes deux pieds. Je ne sentais pas mes jambes. Quelle idiote ! Je tremblais et je pleurais comme une petite fille devant toute la classe. Je les voyais bien. Ils me regardaient comme si j'étais une véritable idiote. Une fille a murmuré quelque chose à sa voisine qui s'est mise à rire en me regardant. Elle a stoppé net lorsque Lauren lui a jeté un regard foudroyant.

– Amber ? Mène la classe au trot en attendant mon retour.

Lauren m'a assise sur un banc et m'a fait bouger les bras et les jambes tout doucement pour s'assurer que je n'avais rien de cassé.

– Tu es certaine que tout va bien, Mallory ? Tu as fait une sacrée chute.

Je me suis essuyé le nez.

– Ça va, je crois... mais je me sens encore un peu faible.

– Pour plus de sécurité, je vais appeler ta mère pour qu'elle vienne te chercher. Je pense que tu as eu assez d'émotions pour aujourd'hui.

– Merci.

En temps normal, j'aurais protesté, mais je ne me sentais vraiment pas capable de rentrer à vélo. Quelle mauviette ! Au cinéma, lorsqu'un cavalier tombe de cheval, il se remet tout de suite en selle.

Lauren m'a regardée.

– Écoute. Dans sa vie, chaque cavalier fait au moins une chute comme la tienne. Plus d'une, même. Tu n'as donc aucune raison d'avoir honte. En plus, je pense qu'il est grand temps pour Gremlin de prendre sa retraite. Il a posé des problèmes à tout le monde.

Je sais qu'elle voulait me réconforter, mais il n'y avait rien à faire. J'étais vexée, blessée dans ma fierté et en colère. Tous les élèves me prenaient pour une poule mouillée. Et j'avais bien peur qu'ils aient raison. J'ai fermé les yeux et fait le vœu de me trouver chez moi en les rouvrant...

Ma mère est arrivée dix minutes plus tard. Elle est sortie de sa voiture sans prendre le temps d'arrêter le moteur et a couru vers moi.

– Ma chérie, comment vas-tu ? Tu n'as rien de cassé ? Tu peux marcher ?

Elle m'a serrée dans ses bras et je l'ai serrée très fort aussi. J'ai senti une grande vague de réconfort m'envahir et peu importe si les autres me regardaient.

– Je pense que ça va aller. J'ai un peu mal partout et je me sens encore un peu faible mais Lauren pense qu'il n'y a rien de cassé.

Ma mère m'a aidée à marcher jusqu'à la voiture.

– Je préfère t'emmener à l'hôpital pour être tout à fait rassurée.

J'ai protesté sans grande conviction :

– Maman, ce n'est pas la peine. Je vais bien.

– On ne discute pas. J'ai déjà appelé le docteur Calloway. Il va nous retrouver aux urgences avec ton père.

J'ai raconté l'accident à ma mère sur la route de l'hôpital. J'ai un peu exagéré concernant la mauvaise volonté de Gremlin mais, pour le reste, je n'avais aucun problème pour trouver mes mots. Tout était encore très vivant à mon esprit.

Ma mère m'écoutait en faisant des « waouh ! » et des « ho ! » pile au bon moment. Ça me faisait vraiment du bien de pouvoir lui en parler.

Mon père nous attendait devant les urgences. Il s'est précipité vers ma portière pour m'aider. A la façon dont il me regardait, je peux vous dire qu'il était inquiet.

– Tu veux que je te porte dans mes bras ?

– Papa ! Ça va, c'est bon !

J'ai regardé vite fait autour de moi pour m'assurer que personne n'avait pu l'entendre.

Ma mère s'agitait dans la salle des urgences pendant que nous attendions notre tour.

– C'est un sport beaucoup trop dangereux. Tu as fait une très mauvaise chute et il n'est pas question que nous partions d'ici sans être certains que tu n'as rien.

Une infirmière nous a emmenés dans une salle d'examen où nous avons attendu le docteur Calloway. Il était en pleine partie de golf lorsque ma mère l'avait appelé, nous l'avons donc vu entrer dans une tenue bien différente de la blouse blanche qu'il porte d'habitude : il avait un pantalon court écossais, un pull bleu électrique et une casquette jaune !

Mon père s'est excusé de le déranger en pleine partie mais le docteur lui a répondu qu'il n'y avait aucun problème. Il a sorti son stéthoscope et un marteau pour m'examiner.

Au bout d'une dizaine de minutes, il a levé la tête vers mes parents.

– Je pense qu'elle survivra.

J'ai rigolé et il a souri.

– Vous voyez ? Le rire est la meilleure des médecines. Je ne pense pas qu'il soit nécessaire de faire une radio. Tu as fait une sacrée chute, jeune fille. Tu ne l'oublieras pas de sitôt.

Pour ça, on peut dire qu'il avait raison !

– Je te conseille de faire un peu plus attention la prochaine fois, a-t-il continué, et de choisir un autre canasson.

En rentrant, dans la voiture, ma mère a parlé avec mon père de mes leçons d'équitation.

– Je ne suis pas sûre que ce soit une bonne idée que Mallory continue de prendre ces cours. C'est beaucoup trop dangereux !

– Je crois qu'il faut la laisser décider.

Il m'a regardée dans le rétroviseur.

– Qu'est-ce que tu en penses, Mal ? Veux-tu tout arrêter ? On comprendrait très bien, tu sais.

– Pas question !

Après tout ce que j'avais fait pour participer à ce stage, je n'allais pas laisser tomber à cause d'une chute ! En plus, si je ne retournais pas à la ferme Kendallwood, je ne reverrais jamais Pax. Impossible !

– Je veux continuer. S'il te plaît, maman ! Je ferai attention, promis.

Après une longue argumentation, j'ai réussi à convaincre ma mère mais à la seule condition de ne jamais remonter Gremlin.

Elle n'avait pas à s'inquiéter ! Je ne comptais pas faire cette folie. De toute façon, Lauren l'a remplacé par Samson, un cheval très gentil mais très grand. Si grand que j'avais peur de le monter.

Le problème, c'est qu'il n'y avait pas que Samson. Après l'accident, j'avais peur de monter n'importe quel cheval, même Pax, le plus adorable de l'écurie. Je devais faire tous les efforts du monde pour réussir à grimper sur son dos.

Chaque fois que Lauren nous disait de nous préparer à monter à cheval, je sentais mon cœur bondir et mon estomac se serrer. Mes jambes tremblaient des heures après la leçon parce que j'étais tellement tendue que je m'agrippais beaucoup trop fort au cheval. Je n'arrivais même pas à écouter les conseils de Lauren, je me répétais sans arrêt : « Surtout ne pas tomber ! Ne pas tomber ! »

De leçon en leçon, les choses ne faisaient qu'empirer. Je passais la semaine à redouter l'arrivée du samedi. J'étais incapable de dormir la nuit du vendredi au samedi, je me tournais et me retournais dans mon lit.

Et le pire, dans tout ça, c'est que je ne pouvais en parler à personne. Ni à papa ni à maman. Les leçons leur coûtaient beaucoup d'argent et je ne voulais pas qu'ils s'inquiètent. Voilà, j'avais tout ce que j'avais toujours voulu : des leçons d'équitation et Pax, le cheval de mes rêves. Et pourtant j'étais terriblement malheureuse.

Mais ce qui me manquait le plus, c'était ma meilleure amie. Avant, j'aurais pu tout raconter à Jessica. Maintenant, nous étions des étrangères l'une pour l'autre. Je ne savais pas pourquoi et, surtout, j'ignorais comment faire pour changer ça.

9

Samedi, on a gardé les petits Pike avec Claudia. Une vraie maison de fous ! Vanessa, Nicky, Claire et Margot étaient vraiment trop drôles !

Normal vu qu'ils sont de la même famille que Mallory !

Je suis sûre que de la part de Claudia, c'est un compliment !

Bien sûr !

Pendant que Mal était à sa leçon d'équitation, on a assisté à un grand spectacle.

"Les Stars de demain" !

Et on a ri !

J'en ai encore mal aux côtes !

J'aurais donné n'importe quoi pour pouvoir rester à la maison et voir les petits faire leur numéro. Mais j'étais obligée d'aller à ma leçon.

Ce matin-là, Claudia est passée prendre Lucy, qui habite juste derrière chez moi, avant d'arriver à la maison. C'est un des triplés qui leur a ouvert.

– Salut, Byron.

– Salut. Entrez, vous arrivez juste à temps pour la préparation du spectacle.

Claudia et Lucy avaient entendu parler du « grand show » mais n'avaient pas encore eu la chance d'y assister.

Lucy a questionné mon frère :

– Est-ce que vous faites tous un numéro ?

– Pas moi ! Pas question ! Juste Margot, Nicky, Vanessa et Claire. Ils appellent ça *Les Stars de demain.*

– Ça m'a l'air plutôt sérieux.

Byron a levé les yeux au ciel.

– Vu la façon dont Vanessa se comporte, on pourrait croire que ce truc va passer à la télé.

Claudia a rigolé.

– Elle prend ça très à cœur, hein ?

– Tu peux le dire.

Byron a montré la porte de derrière.

– Ils sont tous dans le jardin.

Lucy lui a demandé ce qu'ils comptaient faire avec ses deux frères.

– On va jouer à la console dans la salle de jeux.

– Très bien, prévenez-nous si vous sortez ou si vous avez besoin de quelque chose.

– O.K.

Lucy et Claudia sont allées dans le jardin rejoindre les autres. Elles ont éclaté de rire en découvrant le champ de bataille. On ne voyait plus un centimètre carré de pelouse. Le jardin grouillait de gamins et d'animaux en tout genre.

Claudia n'en revenait pas.

– Tous les enfants du quartier doivent être là.

Vanessa, perchée sur un tabouret, criait dans un mégaphone fait d'un cornet de papier avec « metteur en scène » écrit sur le côté.

– Les participants aux *Stars de demain* pourraient-ils faire le silence et prêter attention à ce que je vais dire, s'il vous plaît ? !

Personne ne semblait l'avoir entendue. Tout le monde continuait à discuter en faisant un boucan monstre. Finalement, elle est montée sur un tabouret et a hurlé :

– Taisez-vous ! Assis !

D'un seul coup, plus un bruit. Les enfants regardaient tout autour d'eux pour voir qui avait pu crier comme ça.

– Bien joué, Vanessa, a dit Lucy en riant.

Le sourire de triomphe s'est effacé du visage de Vanessa lorsque le tabouret sur lequel elle se tenait s'est cassé. La pauvre, elle est tombée à la renverse et s'est étalée par terre ! Tous les enfants ont applaudi.

– Voilà un bon début ! a crié Nicky.

– C'est un de tes numéros ? a demandé un autre enfant.

Vanessa s'est relevée en époussetant la terre qu'elle avait un peu partout.

– Très drôle.

Lucy a repris son rôle de baby-sitter au sérieux.

– Je ferais mieux d'aller voir si elle n'a rien.

Vanessa était en train de redonner forme à son mégaphone qu'elle avait écrasé en tombant. Visiblement, elle avait eu plus de peur que de mal : seule sa fierté en avait pris un coup.

– Est-ce que j'ai vraiment l'air ridicule ? a-t-elle demandé à Lucy.

– Mais non, tu as redressé la situation en vraie professionnelle. Mais la prochaine fois, choisis un tabouret plus solide.

– Tu as raison.

Elle a repris son mégaphone pour continuer à diriger les répétitions.

– Nous allons vous donner l'ordre de passage sur scène. J'ai mis en place une liste par ordre alphabétique. Sean Addison, tu seras le premier.

Lucy ne trouvait pas les autres membres de la famille Pike. Elle a demandé à Claudia si elle les voyait.

– Margot et Claire sont assises devant Vanessa. Et Nicky est là-bas, il discute avec Buddy Barrett.

– Et si on s'asseyait, nous aussi, pour regarder le spectacle, d'accord ?

Lucy et Claudia se sont installées juste devant la scène des *Stars de demain*. Enfin, « scène » est un bien grand mot pour un portant à vêtements et deux draps. Le tout était censé avoir l'air d'un rideau de scène. Sean a mis un moment à trouver l'ouverture. Il portait un tuba énorme : l'instrument de musique était aussi grand que lui. Il regardait Margot qui avait l'air absent. Vanessa lui a donné un coup de coude en murmurant :

– Tu dois le présenter, idiote !

– Oh !

Margot s'est levée en criant :

– Mesdames et messieurs, Sean Addison va vous jouer un air de musique classique avec son tuba.

Il y a eu un tonnerre d'applaudissements. Sean a salué le public et il a gonflé ses joues avant de commencer à jouer.

Il a très bien joué à part la dernière note qui a fait un gros couac mais il n'a pas eu l'air de s'en rendre compte. Il a salué solennellement et a tiré la langue à Buddy Barrett qui était le prochain à passer.

Buddy n'a pas pris la peine d'entrer en scène par les rideaux. Il portait plein d'objets dans les bras : un cerceau, un sac en papier et un ballon rouge. Liz, sa petite sœur, le suivait en tirant sur la laisse de Fred, leur basset artésien.

Buddy s'est adressé à Vanessa :

– Ne t'inquiète pas, je vais faire la présentation moi-même.

Il s'est avancé sur scène en faisant une grande révérence.

– Je suis Buddy Barrett, le plus grand dresseur d'animaux du monde.

Lucy s'est penchée vers Claudia pour chuchoter :

– Et depuis quand un dresseur porte-t-il un uniforme de scout ?

– Depuis qu'il ne trouve rien d'autre à se mettre.

– Et j'aimerais maintenant vous présenter Fred, le chien le plus intelligent de l'univers.

Buddy a continué en faisant de grands mouvements de bras :

– Faites entrer Fred, chère assistante.

Liz Barrett s'est avancée jusqu'au centre de la scène en

compagnie de Fred. Le chien s'est assis, ses grandes oreilles étalées sur le sol. Il regardait les spectateurs, impassible, lorsque Buddy a déclaré :

– Voici Fred, le seul chien parlant du monde !

– Je veux voir ça, a murmuré Claudia en gloussant.

Buddy s'est agenouillé à côté du chien et a levé l'une de ses grandes oreilles.

– Nous sommes tous très curieux de savoir ce que pensent les chiens. Et, grâce à toi, tout cela va enfin être possible. Voici ma première question, Fred : que préfères-tu dans la vie ?

Des dizaines de paires d'yeux se sont fixées sur le pauvre basset dans un silence parfait. Mais Fred n'a pas bougé un poil. Buddy a répété sa question après avoir demandé à Fred de bien se concentrer. Celui-ci a levé sa patte arrière, dans un « ho ! » étouffé poussé par les spectateurs, pour aller se gratter derrière l'oreille. Buddy a alors hurlé :

– Nous t'écoutons, Fred !

Le chien a levé la tête avant de lancer un « whouf ! » lourd de signification.

– La bouffe, Fred ! Tu aimes la bouffe... Mais tu n'es pas très poli, dis donc ! Tu oublies qu'il y a de jeunes personnes dans le public. Excusez-le, mesdames et messieurs ! Mais voyez, je ne vous avais pas menti, ce chien parle !

Buddy a donné un biscuit au chien parlant mais celui-ci l'a reniflé sans vouloir y toucher.

Le public ne semblait pas conquis. Un garçon s'est exclamé :

– Pose-lui une autre question, je suis sûr qu'il répondra la même chose !

– Ainsi, vous doutez de Fred. Nous allons voir ça, a répondu Buddy. Fred ! Une autre question pour monsieur : et que pensent les chiens des humains ?

– Whouf !

– Des « oufs » ! Tu veux dire des fous. Décidément, tu n'es pas très distingué !

Buddy a levé les bras en signe de triomphe.

– Vous voyez que je ne vous mentais pas, ce chien parle !

Une petite fille a alors crié :

– Et le cerceau, c'est pour quoi faire ?

– Mais j'y venais justement... Belle assistante, le cerceau, s'il vous plaît !

Liz a couru sur scène pour s'agenouiller devant Fred en tendant le cerceau devant lui. Le chien savant semblait en avoir déjà bien assez fait pour la journée : il était allongé, les oreilles bien déployées de chaque côté de la tête.

Buddy s'est mis de l'autre côté du cerceau, un biscuit à la main. Il s'est adressé au public :

– Fred, le fabuleux basset artésien, va maintenant sauter dans le cerceau ! Bien, Fred, prêt ?... Saute !

Après un long moment d'attente ponctué de fous rires, Fred s'est décidé à faire quelque chose. Il s'est levé, a passé une patte dans le cerceau, puis le bout de son museau et il a gobé le biscuit avant de partir au fond du jardin pour s'écrouler dans l'herbe.

– Je crois que Fred nous signale que votre numéro est terminé, a lancé Vanessa à Buddy.

Buddy est descendu de scène pour aller expliquer à Fred qu'il n'était absolument pas possible de partir en plein milieu d'un numéro.

Vanessa en a profité pour consulter sa liste et lancer le numéro suivant.

Lucy a survolé la foule.

– S'ils sont par ordre alphabétique, la prochaine à passer est Helen Braddock.

Lucy et Claudia ont en effet vu Helen courir vers la scène. Elle portait un costume de majorette et avait un bâton à la main. Claudia a regardé Lucy.

– Je ne savais pas qu'elle était majorette !

Helen a tendu une cassette à Vanessa avant d'aller se positionner au centre de la scène. Elle a fait le grand écart et a attendu le début de la musique avec un sourire figé. Mais rien ne s'est passé.

Claudia et Lucy l'ont entendue murmurer : « La musique ! » Mais Vanessa n'a rien entendu. Elle était trop occupée à tenir Puppy, le chien de Charlotte Johanssen, éloigné du chat d'une autre petite fille.

Finalement, pile au moment où Helen se levait pour voir ce qui se passait, Vanessa s'est tapé le front.

– La musique !

Elle a mis en route la cassette mais Helen n'était plus en place.

– Attends ! Je ne suis pas prête !

Alors que les deux filles se ruaient sur le magnétophone pour remettre la cassette au début, Claudia a remarqué Mary Anne qui arrivait avec Nina. Elle leur a fait signe de venir les rejoindre. Nina avait bien sûr sa doudouce sous le bras.

Et c'est là que la catastrophe s'est produite : Puppy s'est jeté sur la couverture pour la prendre entre ses dents et s'est mis à grogner en secouant la tête.

– Ma doudouce ! Laisse-la !

Nina hurlait en tirant sur sa couverture. Mary Anne essayait d'attraper Puppy qui était trop rapide pour elle. La fin du monde était proche. Il fallait agir.

Claudia et Lucy se sont lancées au secours de la pauvre doudouce. Pendant que Lucy tenait Puppy, Claudia lui a ouvert la gueule pour dégager la couverture. A part quelques trous, il n'y avait pas trop de dégâts. De toute façon, la doudouce était dans un tel état que quelques trous de plus ou de moins ne faisaient pas de grande différence. Mary Anne a pris la couverture et l'a rendue à Nina.

– Tiens. Je crois que ça va aller, ta doudouce n'a que quelques égratignures.

Nina a très vite séché ses larmes car le numéro d'Helen commençait.

– Je veux voir le spectacle !

– D'accord, lui a répondu Mary Anne. Mais fais bien attention à ton doudou. Il y a d'autres chiens qui pourraient vouloir jouer avec.

Nina a serré sa couverture contre sa poitrine en se faufilant dans le public. Elle s'est assise devant la scène avec Mary Anne, Lucy et Claudia. Mary Anne s'est écroulée en regardant ses amies.

– Ouf ! On n'est pas passées loin de la catastrophe. Puppy a bien failli réduire la couverture de Nina en miettes.

Lucy a acquiescé.

– Je ne comprends même pas comment elle fait pour tenir encore en un seul morceau.

– J'ai essayé de convaincre Nina de la laisser à la maison, mais elle ne voulait rien entendre. Sur la route, elle a trempé dans les flaques d'eau, elle a ramassé toutes les cochonneries qui traînaient. Elle nous a pas mal ralenties.

– Cette couverture pose un vrai problème, a ajouté Claudia. Elle éloigne Nina des autres enfants et rend toute activité difficile.

Mary Anne a regardé Nina pour s'assurer qu'elle ne les écoutait pas.

– Je sais. Mais je ne sais vraiment pas quoi faire.

– Peut-être que les choses se feront toutes seules, lui a répondu Lucy. Elle laissera peut-être tomber sa couverture du jour au lendemain.

– J'espère, a murmuré Mary Anne qui observait plusieurs enfants en train de s'écarter de Nina pour laisser de la place pour la couverture. J'espère vraiment.

10

– Mallory, détends-toi. Tu es trop raide.
Mais il n'y avait rien à faire. Malgré toutes les attentions et les conseils de Lauren, depuis ma chute, je restais crispée sur mon cheval.

Je n'arrivais même plus à le stopper. J'essayais de me concentrer sur les indications que Lauren nous avait données lors du premier cours : « Tenez-vous bien droit sur votre cheval et tirez fermement sur vos rênes. » Mais Soleil n'en faisait qu'à sa tête. Toute la classe était à l'arrêt et nous regardait faire un tour de plus. Lauren a attrapé la bride de mon cheval alors que nous passions devant elle.

– Soleil ! Hoooo !

Le cheval s'est immédiatement immobilisé au ton ferme de sa voix. Mais je n'y étais pas préparée et j'ai failli tomber.

Je me suis raccrochée à sa crinière pour rester en selle.

– Voilà une technique intéressante..., a murmuré Kelsey alors que je luttais pour me redresser.

Lauren m'a replacée dans le cercle, avec les autres cavaliers.

Je l'ai entendue murmurer à l'oreille de Soleil :

– Maintenant, sois sage et écoute Mallory.

Et pour la première fois de la journée, Soleil s'est mis à exécuter mes ordres. Je n'osais pas regarder autour de moi, persuadée que tous les autres se moquaient de moi. Je gardais les yeux fixés sur Lauren.

– Bon, c'est notre avant-dernière leçon avant la fin du stage.

Les autres élèves ont émis des murmures de regret mais je dois dire que, pour ma part, j'étais soulagée même si je ne l'aurais jamais avoué devant eux.

– Au terme de chaque session, la ferme Kendallwood organise un concours auquel participent toutes les classes. Vous pourrez tous montrer ce que vous avez appris durant les deux derniers mois.

Vous imaginez comment j'ai accueilli la nouvelle. J'étais désespérée !

– Le concours aura lieu une semaine après le dernier cours, le dimanche. Notez-le bien sur vos agendas et prévenez vos parents et vos amis. Nous distribuerons des prix pour les meilleurs d'entre vous. Je vous conseille donc de profiter des deux dernières leçons pour vous perfectionner.

Les autres étaient tous surexcités. Ils se demandaient qui ils allaient inviter pendant que je cherchais le moyen d'éviter cette suprême humiliation : se casser une jambe, trop douloureux ; simuler une maladie contagieuse, trop évident. En tout cas, il n'était pas question de participer à ce concours et encore moins devant mes parents et mes amies !

Amber a alors levé la main pour prendre la parole.

– Oui, Amber ? a fait Lauren.

– Voilà, je voulais vous dire que, mercredi, c'est mon anniversaire et que je vous invitais tous à ma fête. Ce sera vraiment sympa, il y aura plein de trucs à manger et de la super musique. J'espère que vous pourrez tous venir.

Amber s'est alors tournée vers moi et m'a souri. Je peux vous dire que, en quelques secondes, je me suis sentie cent fois mieux. Amber m'avait invitée, moi, à sa fête. Si ça se trouve, je m'étais complètement trompée et elle voulait devenir mon amie. J'étais certaine qu'elle m'avait regardée avec insistance lorsqu'elle avait dit qu'elle espérait que tout le monde pourrait venir.

Après la leçon, alors que nous menions nos chevaux vers les écuries, je me suis rapprochée de Megan.

– J'ai hâte d'être à l'anniversaire d'Amber ! On va sûrement bien s'amuser.

Megan, qui jusqu'à présent avait toujours ignoré ma présence, m'a fait un grand sourire.

– On s'amuse toujours beaucoup aux anniversaires d'Amber.

– Oh ! Tu y es déjà allée ?

– Bien sûr. Quasiment tous ceux du cours y sont déjà allés. Nous venons tous du même collège.

Voilà qui expliquait beaucoup de choses... Les autres élèves se connaissaient déjà avant le stage d'équitation, je comprenais mieux pourquoi j'avais l'impression d'être mise à l'écart. Mais ça allait changer. J'étais invitée à la fête d'Amber avec les autres ! Je me suis mise à fredonner en brossant Soleil.

– Tu n'es pas un si mauvais bougre. Tiens, voilà un bon morceau de sucre. Tu préfères ça aux tours de piste, hein ?

Soleil a donné un coup de sabot comme s'il me répondait et j'ai éclaté de rire. Je n'avais pas ri depuis ma deuxième leçon et c'était très agréable.

J'ai passé les quatre jours suivants à chercher la tenue idéale pour la fête. Au début, je pensais porter quelque chose de très original dans le style de Claudia, mais, comme je ne connaissais pas bien les autres invités, j'ai préféré m'habiller de façon classique.

Le fameux mercredi est enfin arrivé. Après la réunion du club, ma mère m'a prise en voiture pour m'emmener chez Amber. J'avais peur d'être en retard. En arrivant, j'ai découvert une immense maison de style colonial avec des colonnes en marbre. Nous nous sommes arrêtées juste devant. La musique était tellement forte qu'on l'entendait de l'extérieur.

Je me suis regardée dans le rétroviseur une dernière fois avant de me tourner vers ma mère.

– Maman, de quoi j'ai l'air ?

Je portais une jupe écossaise, un pull vert et des mocassins. Ma mère m'a fait un clin d'œil.

– Tu es fabuleuse, ma puce.

Eh bien, je peux vous dire qu'elle avait sacrément tort. Au moment où j'ai franchi le seuil de la maison des parents d'Amber, j'ai réalisé que j'avais commis une énorme erreur. Quasiment toutes les filles portaient des jeans avec des pulls de toutes les couleurs et des bijoux fantaisie. Vous imaginez ? J'avais l'impression d'avoir mis mes habits du dimanche.

Je me suis retournée pour voir si ma mère était encore là. Mais il était trop tard, sa voiture quittait l'allée et je ne pouvais pas lui courir après en hurlant même si j'en mourais d'envie. Elle devait passer me prendre deux heures plus tard. Deux heures !

Oh, et puis, tant pis ! De toute façon, ils me trouvaient tous déjà bizarre, alors ! Je suis allée me servir un verre de jus d'orange à une grande table couverte de petits-fours et de sandwiches. J'ai pris aussi un très appétissant éclair au chocolat et me suis dirigée vers le salon. Des lanternes roses et d'énormes bouquets de ballons étaient suspendus au plafond. Deux écrans géants diffusaient des clips vidéo. Tous les invités dansaient et riaient.

Amber m'a remarquée du milieu de la piste de danse. Elle portait une robe rose à rayures noires sur des collants résille roses. Je me suis dépêchée de la rejoindre. Elle m'a hurlé par-dessus la musique :

– Salut, Valérie ! C'est chouette que tu aies pu venir.

– Heu... En fait, je m'appelle Mallory.

Amber a rigolé en mettant sa main devant sa bouche.

– Oups ! Je suis incapable de retenir un prénom. Tu as un peu discuté avec mes amis ?

– Pas encore.

J'espérais qu'elle allait faire le tour du salon avec moi pour me les présenter mais, au lieu de cela, elle a fait un signe à quelques personnes qui se trouvaient près de la piscine et m'a quittée au beau milieu de la foule en me lançant :

– Tu n'as qu'à aller discuter avec eux. Tu vas voir, ils sont vraiment sympa.

– Ah… Merci, Amber.

J'ai vécu deux heures de longue souffrance. Je ne pouvais pas rester comme une idiote au milieu de la piste de danse, j'ai donc décidé d'aller près de la piscine pour faire quelques tentatives d'approche… ratées ! Chaque fois que j'ouvrais la bouche pour dire bonjour à une personne que j'avais consciencieusement choisie, elle se retournait sans me répondre pour rejoindre d'autres amis. Je suis finalement rentrée à l'intérieur.

J'ai passé le reste de la soirée accrochée au buffet. J'ai dû boire au moins dix verres de jus d'orange et manger une demi-douzaine de gâteaux. Je n'avais pourtant pas faim du tout. Je suis allée vérifier une bonne quinzaine de fois si ma mère n'était pas en avance. Mais je n'ai pas eu cette chance. Elle est arrivée dix minutes en retard. Je me suis jetée dans la voiture mais ma mère n'a pas redémarré tout de suite.

– On dirait que la fête bat son plein. Tu ne veux pas rester un peu plus longtemps, ma chérie ?

– Non !

J'avais poussé ce qu'on appelle un cri du cœur. Je ne pouvais pas rester là une seconde de plus. Ma mère m'a regardée bizarrement. J'ai alors ajouté :

– J'ai un peu mal au ventre.

– Je vois… On a mangé trop de gâteaux ?

– Exactement !

Je ne voulais pas lui parler de la soirée. Je savais trop bien ce qu'elle m'aurait répliqué. « Tu sais, tu ne peux pas attendre que les gens viennent vers toi » ou « Tu aurais dû inviter un garçon à danser ».

Je voulais en parler à ma meilleure amie : Jessica. C'était la seule à pouvoir me comprendre. J'avais hâte d'être à la maison pour l'appeler.

– Jessi, il faut que je te parle. Il m'est arrivé la pire des choses.

– Qu'est-ce qui ne va pas ? Il est arrivé quelque chose à tes parents ?

J'étais heureuse d'entendre sa voix. Elle avait l'air d'être redevenue ma meilleure amie.

– Mes parents vont très bien. C'est moi. Je suis allée à cette fête et j'ai vécu un véritable enfer.

Il y a eu un long silence. Jessica a finalement dit :

– La pire des choses qui puisse t'arriver, c'est d'aller à une fête ratée ?

– Je sais que ça a l'air idiot. Mais Amber m'avait invitée et...

– Qui c'est ça, Amber ?

– Elle fait de l'équitation avec moi. Je suis sûre de t'en avoir déjà parlé.

– Alors, une fille du cours d'équitation t'a invitée à sa fête...

– Oui, et c'était horrible. Il y avait au moins cinquante personnes. La musique était drôlement forte et tout le monde dansait. Il y avait aussi une piscine et un buffet immense...

– Effectivement, ça semble terrifiant.

– Non, ce que je veux dire, c'est que je ne connaissais personne et...

– Es-tu allée vers les autres ?

Jessi avait dit mot pour mot ce que je ne voulais pas entendre.

– J'ai essayé mais personne ne voulait me parler. J'ai passé la soirée à boire et à manger. J'avais l'air complètement ridicule.

– Ma pauvre, ça a vraiment l'air horrible.

Elle ne semblait pas du tout compatir à mon malheur. Et je me sentais vraiment idiote de l'appeler pour me plaindre à propos d'une soirée à laquelle elle n'avait même pas été invitée. Mais je ne voulais pas seulement lui parler de la soirée. Je voulais tout lui dire : les leçons d'équitation qui étaient devenues un vrai calvaire, ma peur des chevaux, et le pire de tout : notre amitié qui s'effilochait depuis quelque temps. Malheureusement, je n'arrivais pas à trouver les mots justes.

Après un long silence insupportable, j'ai finalement bredouillé :

– Écoute, Jessi, j'ai dû manger beaucoup trop de gâteaux, je ne me sens pas très bien. Je vais aller me coucher. Il faut que je te laisse.

– O.K.

– On se voit demain en cours.

– O.K.

J'ai raccroché et je suis immédiatement allée m'écrouler sur mon lit. J'ai passé une nuit horrible. Je n'ai pas cessé de faire des rêves affreux. D'étranges personnes énormes en tenue de cavalier riaient en me regardant et des chevaux barbotaient dans une piscine remplie d'orangeade tout en mangeant des gâteaux.

11

Ma dernière leçon d'équitation avait lieu le samedi suivant. Apparemment, la fête d'Amber n'avait pas été le fiasco que j'avais cru car les autres étaient beaucoup plus sympa avec moi.

La soirée nous donnait un sujet de conversation. Tout le monde parlait de la musique, de la fabuleuse ambiance. Mais je me sentais à part malgré tout. Peut-être parce que je ne portais toujours pas la bonne tenue. Ou était-ce parce que je me disais que j'étais la seule du groupe à me sentir mal à l'aise avec les chevaux ?

Enfin, de toute façon, c'était la dernière leçon. J'aurais dû être heureuse mais il restait le concours. Et le pire, c'était que toute ma famille et le Club des Baby-Sitters au grand complet allaient venir.

Je n'avais pourtant pas dit un mot à qui que ce soit de ce

concours de malheur mais la ferme Kendallwood avait envoyé des invitations à mes parents. Ma mère en avait aussitôt parlé à celle de Lucy. Et voilà... j'étais fichue !

Je ne pouvais pas penser à autre chose. J'allais me ridiculiser devant tout le monde.

– Mallory, tu monteras Duke aujourd'hui.

C'était Lauren qui m'avait vue arriver aux écuries ce matin-là. Mon cœur a fait un bon.

– Et qui aura Pax ?

Même si je ne l'avais monté que trois fois, Pax était le seul cheval avec lequel je me sentais à l'aise.

– Amber m'a demandé si elle pouvait le prendre aujourd'hui.

Je me suis approchée de Duke sans enthousiasme. J'ai pris sa bride pour le tirer hors de son box. Au cours de nos leçons, nous avions appris à seller nous-mêmes les chevaux. C'était devenu une habitude et je pouvais le faire sans y penser.

J'ai plongé ma main dans la poche de mon blouson. J'avais apporté une carotte et des morceaux de sucre. J'ai donné un sucre à Duke mais la carotte était réservée à Pax. Même si je ne le montais pas, je pouvais bien aller lui dire bonjour et lui donner un petit cadeau.

Pax m'a sentie arriver et a sorti la tête de son box. Il était toujours aussi magnifique !

– Salut, Pax !

Pendant que je caressais sa belle crinière blanche, il a penché la tête vers la poche de mon blouson.

– Tu te doutais que j'avais quelque chose pour toi. Mais je ne sais pas si je vais te le donner aujourd'hui...

Pax frottait son museau contre ma poche pour marquer son impatience.

– O.K., O.K., tiens. Tout doux...

Pax me chatouillait la paume de la main avec son museau tout en dévorant la carotte. En deux secondes, il n'y avait plus rien. Il s'est tout de suite dirigé vers l'autre poche où se trouvaient les morceaux de sucre. J'ai secoué la tête.

– Désolée, mon grand. Ce n'est pas pour toi mais pour Duke. Il faut que je le mette de mon côté pour qu'il soit gentil avec moi aujourd'hui.

Pax n'a pas insisté, comme s'il avait compris. Il a frotté son museau contre ma joue. Je l'ai pris dans mes bras et je l'ai serré très fort.

– Si seulement je pouvais t'avoir pour la compétition. J'aurais sûrement beaucoup moins peur.

Tous les autres élèves étaient arrivés et je devais me dépêcher de seller Duke. Ce que je n'aime vraiment pas faire, c'est mettre le mors au cheval. Vous devez mettre un doigt sur le côté de sa mâchoire pour le contraindre à l'ouvrir en grand. Ensuite il faut tirer la bride en cuir et la passer par-dessus ses oreilles, ce que les chevaux détestent.

Duke s'est gentiment laissé faire ce jour-là. Et il a particulièrement apprécié le morceau de sucre que je lui ai donné pour le récompenser. Ensuite j'ai mis une couverture sur son dos avant de poser la selle. Il faut faire très attention car, bien souvent, le cheval prend une grande inspiration au moment d'attacher la selle : ça la rend plus confortable pour lui car elle le serre moins mais ça peut être catastrophique pour le cavalier ! Après quelques foulées de trot, la selle glisse sur le côté et vous vous retrouvez la tête en bas.

J'ai ensuite mené Duke vers la piste du manège pour rejoindre tout le monde. C'était le moment le plus effrayant pour moi. Une fois qu'on était en selle, il n'y avait plus moyen de retourner en arrière. J'ai pris une grande inspiration en me répétant : « Ce n'est rien, ma grande, tu peux le faire ! »

J'ai glissé mon pied dans l'étrier et, après quelques hésitations, j'ai lancé ma jambe par-dessus le dos de Duke. J'ai ensuite saisi les rênes et j'ai guidé mon cheval vers le centre du manège.

Amber nous a rejoints la dernière. Quand tout le monde a été en position, Lauren a tapé dans ses mains.

– Bon, c'est la dernière séance. Le concours a lieu la semaine prochaine. Nous verrons si vous avez retenu quelque chose de ce que je vous ai appris.

Alors que tous les autres élèves rigolaient, Lauren a continué :

– Ne vous inquiétez pas ! Je suis fière de vous tous et je suis persuadée que vous allez être parfaits la semaine prochaine. (J'aurais bien aimé en être aussi sûre qu'elle !) Pour aujourd'hui, vous allez faire les exercices exactement dans le même ordre que lors du concours.

Le début était assez simple. Il fallait juste faire le tour du manège au pas. Tout s'est bien passé. Au bout de quelques minutes, j'ai réussi à respirer un peu mieux.

– Bien ! Maintenant, changez de direction et lancez vos chevaux au trot.

Ça, ça allait encore.

– Doucement ! a hurlé Lauren. Vous avez l'air de ballons en train de rebondir sur vos selles !

Oups, c'est vrai que je ne faisais plus trop attention à la façon dont je me tenais sur le cheval.

– Maintenant, on passe au trot enlevé.

La suite était de plus en plus complexe mais Duke s'en est bien sorti. Le dernier exercice a l'air facile comme ça : il faut arriver à ce que votre cheval se tienne parfaitement immobile. Eh bien, ça a été une véritable catastrophe. Je n'ai pas réussi à contenir Duke qui n'arrêtait pas d'aller d'un côté ou de l'autre et se cognait dans les autres chevaux.

Lauren m'a lancé :

– Mallory, sois ferme ! Toi aussi, Kelsey.

J'ai lancé un regard vers Kelsey et j'ai pu constater qu'elle avait encore plus de problèmes que moi. D'une certaine façon, c'était rassurant.

Lauren a continué de nous expliquer le déroulement du concours.

– Maintenant, souvenez-vous que les juges vont s'approcher de vous pour observer la façon dont vous tenez votre cheval et qu'après ce sera fini.

Certains élèves ont poussé des « oh ! » de déception mais pas moi. J'avais plutôt l'impression que le concours allait durer beaucoup trop longtemps. Si je réussissais à aller jusqu'au bout sans tomber de cheval, je serais déjà très heureuse. Je n'en demandais pas plus.

David a levé la main.

– Mademoiselle Kendall, quels chevaux allons-nous monter pendant le concours ?

– Ah… merci, David ! J'avais complètement oublié.

Elle a enlevé sa bombe et y a mis des morceaux de papier qu'elle avait sortis de sa poche.

– Nous allons tirer au sort. J'ai mis des petits papiers numérotés dans ma bombe. Celui qui piochera le numéro un choisira en premier son cheval.

Tout en remuant les papiers avec sa main, Lauren a ajouté :

– Cependant rappelez-vous que ce ne sont pas les chevaux qui seront jugés mais les cavaliers.

Lauren est passée devant chacun de nous pour que nous prenions un morceau de papier. J'avais peur d'ouvrir le mien. J'ai fermé les yeux en murmurant : « Faites que j'aie le numéro un. »

Mais avant même que j'aie rouvert les yeux, Kelsey a hurlé :

– C'est moi qui choisis en premier !

Mon cœur s'est serré. Kelsey allait forcément choisir Pax. Il était tellement formidable. Mais à ma grande surprise, elle a choisi un autre cheval, Brandy.

Lauren a alors demandé :

– Qui a tiré le numéro deux ?

Personne ne répondait. J'ai alors réalisé que je n'avais pas regardé mon papier. J'ai hurlé de joie en le dépliant.

– C'est moi ! Et je prends... Pax !

Je n'ai pas écouté la suite des choix. J'étais trop heureuse. Pour une dernière fois, Pax allait être à moi, rien qu'à moi. Et pile au moment où j'allais avoir le plus besoin de lui. Les choses ne se présentaient pas si mal, après tout.

12

Jeudi

Un événement terrible s'est produit chez les Marshall cet après-midi.

Qui pouvait prévoir qu'une simple lessive allait avoir de telles retombées ?

Heureusement que l'idée de laver la couverture de Nina ne venait pas de moi mais de Mme Marshall !

Lorsque je suis arrivée, Nina se tenait devant le sèche-linge, les yeux rivés sur le tambour. Sa mère m'a donné quelques recommandations avant de partir... et, vingt minutes plus tard, la catastrophe est arrivée !

L'événement dont parlait Carla était arrivé le jeudi après-midi suivant. J'étais allée à la ferme Kendallwood pour donner une carotte à Pax en pensant que cela m'aiderait à me détendre avant le concours. Pax était encore plus adorable que d'habitude mais ça n'a rien changé à mon état. Le moindre petit bruit me faisait bondir. Heureusement que je ne devais pas m'occuper de Nina ce jour-là, j'aurais probablement pleuré encore plus fort qu'elle. Carla, elle, a parfaitement réagi.

Voici ce qui s'est passé :

Quand Carla est arrivée, Mme Marshall lui a donné quelques instructions pendant que Nina restait bloquée devant le sèche-linge.

– Tu pourras faire goûter les filles dans une heure et demie. La couverture de Nina sera sûrement sèche. Pense à la secouer un peu après l'avoir sortie de la machine et…

– A la rendre à Nina, a terminé Carla pour elle.

Mme Marshall a souri.

– Elle te la prendra sûrement des mains. Nina vit avec sa couverture sous le bras depuis sa naissance. Elle ne la quitte jamais.

– Elle ne l'a jamais perdue ?

– Un jour, nous étions allés passer Noël chez des amis et nous l'avons oubliée là-bas. Il nous a fallu deux heures pour nous en rendre compte. En se réveillant dans la voiture, Nina s'est mise à hurler et nous avons dû immédiatement faire demi-tour.

– Ouh, là, là !

Mme Marshall a poussé un soupir de découragement.

– Cette couverture nous a causé beaucoup de soucis. Je

suis vraiment heureuse qu'Eleanor ne se soit attachée à aucun objet.

Elle est allée embrasser le bébé qui jouait avec des pots en plastique sur le sol de la cuisine et a dit au revoir à Nina. Après son départ, Carla a rejoint Eleanor qui avait mis un des pots sur sa tête.

– Tu as un drôlement beau chapeau !

Elle s'est levée pour aller se contempler dans le miroir de la porte de la cuisine.

– Jolie ! s'est-elle exclamée.

– Nina, viens voir le nouveau chapeau de ta sœur.

– Je ne peux pas, a hurlé Nina. Je surveille ma doudouce, dis-lui de venir ici.

Carla a accompagné Eleanor dans la buanderie. Nina n'avait pas bougé d'un pouce, les yeux toujours fixés sur le tambour de la machine.

– Regarde le beau chapeau d'Eleanor, a dit Carla.

Mais Nina n'a prêté aucune attention à sa petite sœur qui, elle, avait une nouvelle idée en tête.

– Manger ! Faim !

Carla a regardé sa montre. Il était un peu tôt mais, a priori, ça ne posait pas de problème. Elle a souri à Eleanor.

– O.K, mademoiselle. Yaourt et petits gâteaux pour tout le monde !

– Ouais ! a-t-elle crié en suivant sa baby-sitter dans la cuisine.

Carla l'a installée dans sa chaise haute. Pendant qu'elle préparait le goûter, Eleanor frappait sa petite cuillère contre le plateau de la chaise.

– Voilà, voilà, petite impatiente !

Une sonnerie a alors retenti dans la buanderie et Nina a hurlé :

– Ça y est, ma doudouce est prête ! Carla, sors-la du sèche-linge, vite ! ! !

A la façon dont Nina paniquait, on aurait pu croire que le doudou allait étouffer s'il restait une seconde de plus dans la machine.

– Vite, ma doudouce est toute seule, a continué Nina. Elle veut sortir, dépêche-toi !

– Une minute !

Carla a posé le yaourt sur la table puis s'est précipitée dans la buanderie où Nina sautait dans tous les sens en hurlant.

– Fais attention, a prévenu Carla en ouvrant le tambour. Ne mets pas tes mains à l'intérieur, Nina. C'est très chaud.

– D'accord, mais sors ma doudouce de là !

Carla s'est agenouillée devant la machine mais elle n'a pas vu la couverture tout de suite. Elle était collée sur le haut du tambour.

– Je l'ai !

– Rends-la-moi, rends-la-moi !

En tirant dessus, Carla a entendu un grand bruit de déchirement.

– Oh, zut !

Elle avait sorti un morceau de laine grise mais le reste de la couverture était resté à l'intérieur.

– Ma doudouce ! Tu l'as déchirée !

Le hurlement de Nina a dû retentir dans tout le quartier. Elle a arraché le morceau de laine des mains de Carla et a plongé sa main dans le tambour. Elle a immédiatement poussé un hurlement de douleur. Elle s'était brûlée.

Carla avait été tellement surprise par la réaction de la petite fille qu'elle n'avait pas réagi à temps. Elle a pris Nina dans ses bras et l'a emportée dans la cuisine pour faire couler de l'eau froide sur la brûlure.

– Garde ta main sous le jet. Ça va te faire du bien.

Carla a poussé un soupir de soulagement en constatant que la brûlure était légère.

Malgré cela, Nina pleurait sans s'arrêter. Carla n'arrivait pas à savoir si c'était à cause de la douleur ou de ce qui venait d'arriver à son doudou. Elle a vite compris ce qu'il en était.

– Ma doudouce, je veux ma doudouce !

Jusque-là, Eleanor était restée tranquille sur sa chaise. Inquiétée par les larmes de sa grande sœur, elle s'est mise elle aussi à pleurer. Carla l'a tout de suite rassurée.

– Tout va bien, Eleanor. Ta sœur s'est fait un peu mal au doigt mais, dans quelques secondes, elle ne sentira plus rien.

– Je n'en ai rien à faire de mon doigt, a lancé Nina en enlevant sa main du jet d'eau. Je veux ma doudouce. Donne-la-moi, s'il te plaît.

Nina était déjà retournée dans la buanderie et Carla craignait qu'elle essaye à nouveau de prendre sa couverture toute seule.

– Nina, attends, je vais le faire. Assieds-toi par terre et je te donne ta doudouce tout de suite.

Carla a mis la main dans le tambour mais la même chose s'est produite. Elle a ressorti un autre morceau de la couverture qui, elle, était restée collée au tambour. La doudouce de Nina partait en lambeaux comme de la barbe à papa. C'était une véritable catastrophe.

Nina, en apercevant le deuxième morceau de sa couverture, a crié encore plus fort que la première fois.

– Je suis désolée, Nina.

Carla a tenté de la réconforter en la prenant dans ses bras, mais la petite fille s'est tout de suite dégagée.

– Tu as déchiré ma doudouce, criait Nina en la martelant de coups de poings. Tu l'as tuée !

Carla s'est relevée. Elle devait trouver très vite une solution. Elle a tiré un nouveau morceau de couverture de la machine et s'est tournée vers Nina.

– Regarde ! Ce petit bout de doudouce a la taille idéale pour aller se blottir dans ta poche.

Carla a vite mis le morceau de laine dans la poche de la petite fille avant que celle-ci puisse ouvrir la bouche.

– Et cette petite doudouce-là peut aller se cacher dans une de tes chaussettes.

Nina a cessé de hurler, intriguée par ce que faisait sa baby-sitter. Elle pleurait toujours un peu mais Carla sentait qu'elle était sur la bonne voie.

– Et cette mini-doudouce adorerait aller dans ta manche, a continué Carla.

Nina s'est mise à rigoler quand Carla a glissé le morceau de laine dans sa manche car ça la chatouillait un peu.

– Oh ! regarde, ce bout de doudouce est allé dans ta chaussure. Je crois qu'il veut aller faire un tour avec toi.

Nina semblait aimer ce nouveau jeu.

Quand Carla a plongé une nouvelle fois la main dans le tambour pour prendre un autre morceau de la couverture, la petite fille lui a demandé :

– Et lui, où il a envie que je le cache ?

La question de Nina a donné une idée à Carla.

– Hé ! Maintenant, tu peux emmener ta doudouce partout avec toi sans que personne ne le sache. Elle est cachée. Tu peux la mettre où tu veux sans que les autres s'en rendent compte. Ce sera notre secret à toutes les deux.

– Tu es sûre ? Elle est vraiment bien cachée ?

– Viens. Je vais te montrer.

Elle a pris Nina par la main et l'a emmenée dans la cuisine. Après avoir descendu Eleanor de sa chaise, elle s'est installée devant le miroir de la porte de la cuisine avec les deux petites filles.

– Regarde. Nous, on sait qu'elle est cachée, a expliqué Carla en ouvrant la poche du pantalon de Nina, mais personne d'autre ne peut le deviner.

Nina a rigolé et a soulevé son pied droit.

– Je sais que ma doudouce est dans ma chaussure mais c'est notre secret.

– Exactement ! Elle sera toujours avec toi et personne ne le saura.

13

On était vendredi, quarante-huit heures avant le Jour H (Jour de la Honte Totale). Je ne me souvenais pas de ce qui s'était passé pendant la semaine au collège.

Je ne pouvais penser qu'à une seule chose : le concours. Les professeurs avaient passé leur temps à me sermonner parce que je n'écoutais pas ou parce que j'avais oublié mon livre. J'avais même réussi à oublier la réunion du Club des Baby-Sitters. Heureusement que ma mère était là. Elle est montée dans ma chambre à cinq heures et quart pour me demander ce que je faisais là. J'ai sauté sur mon vélo pour aller chez Claudia.

Au moment où je suis arrivée, Carla racontait à tout le monde ses aventures avec Nina et sa doudouce. Nous étions toutes tellement prises par son histoire que même Kristy en a oublié d'ouvrir la séance. Quand Carla a eu terminé son récit, nous étions toutes bouche bée.

Claudia la première a rompu le silence :

– Oh, là, là ! On peut dire que tu as bien joué sur ce coup-là !

– Je n'avais pas le choix. Nina était sur le point d'exploser. Elle hurlait si fort que, lorsque je suis partie de chez les Marshall, un voisin est venu vers moi pour me demander s'il y avait eu un accident.

– Tu devais être gênée, lui a dit Jessi.

– Oui, un peu. Enfin, ce que j'espère surtout, c'est que mon idée va fonctionner.

Lucy a ajouté :

– Si vous voulez mon avis, je pense que, maintenant, Nina va se sentir beaucoup mieux à l'école.

– Nous allons toutes nous sentir beaucoup mieux, a continué Mary Anne. Je sais que ce n'est pas très bien de dire ça, mais la dernière fois que j'ai gardé Eleanor et Nina, sa doudouce m'a vraiment cassé les pieds.

Kristy a toussoté avant de prendre la parole d'un ton présidentiel :

– J'aimerais d'ailleurs féliciter Carla pour son merveilleux travail. Et je voudrais vous signaler que la séance est officiellement ouverte.

Comme en réponse aux mots de Kristy, le téléphone a immédiatement sonné. Claudia a décroché.

– Club des Baby-Sitters, bonjour ! Quel que soit votre problème, nous pouvons le résoudre.

Lucy a étouffé un petit rire.

– On dirait une agence de détectives.

– D'une certaine façon, nous faisons un peu la même chose, lui a dit Kristy pendant que Claudia notait les renseignements. Un détective doit toujours être prêt à réagir et à composer avec les événements. Exactement comme nous.

Mary Anne a réfléchi à la théorie de Kristy un instant.

– Tu sais, Lucy, je trouve que notre présidente a raison. Carla a résolu le problème de Nina et de son doudou avec beaucoup d'ingéniosité. Et tu te souviens de la façon dont Mallory a trouvé ce qui tourmentait les jumelles Arnold ?

J'ai souri en me souvenant de l'affaire Arnold. Les jumelles détestaient être considérées comme des poupées identiques. Mais, une fois que j'avais trouvé ce qui n'allait pas, il m'a été facile de les aider à aller mieux. Je me suis tournée vers Jessi.

– Il y a aussi la fois où Jessi a appris la langue des signes pour pouvoir communiquer avec Mathew Braddock et que tous les enfants du quartier ont ensuite voulu apprendre leur langage secret.

Jessica m'a répondu en langue des signes : « Merci. »

Claudia nous a coupées en plongeant sa main dans un paquet de chips.

– Hé, les filles ! Vous nous prévenez quand vous avez fini de vous faire des politesses. Mary Anne vous attend pour répartir les baby-sittings.

Nous avons toutes ri avant de nous mettre au travail. Le téléphone n'a pas arrêté de sonner pendant la réunion. Tout ça m'a un peu aidée à oublier le concours, un peu seulement... Mon estomac faisait toujours autant de bruit.

Après quelques coups de fil pour des gardes habituelles, Mme Marshall nous a appelées.

Carla avait décroché et nous nous sommes toutes tues lorsqu'elle a dit :

– Oh, bonjour, madame Marshall.

Carla n'avait pas eu de nouvelles de Nina depuis son aventure et elle ne savait pas si sa trouvaille avait tenu le coup, alors elle lui a demandé :

– Comment s'est passée la journée de Nina à l'école ?

– Très bien ! Elle en est revenue avec un sourire jusqu'aux oreilles. Sa couverture déchirée ne semblait pas du tout la préoccuper.

– Je suis drôlement contente, lui a dit Carla. Dites-lui que je l'embrasse très fort.

Elle a raccroché et nous a fait part de la bonne nouvelle. Claudia a ensuite changé de sujet.

– Alors, Mallory, comment se passent les répétitions du spectacle *Les Stars de demain* ?

Malgré mon angoisse concernant le concours, j'avais tout de même pu constater que les enfants avaient l'air bien organisés.

– Ils me paraissent prêts. Les triplés ont aidé mes frères et sœurs à faire une estrade qui servira de scène et tout le monde répète jour et nuit.

– J'imagine que ta mère a hâte que ça soit fini, m'a dit Mary Anne en riant.

J'ai souri en pensant à ma pauvre mère.

– Elle compte les jours sur le calendrier. Il en reste huit.

Jessica m'a demandé, visiblement impressionnée :

– Alors, nous allons vraiment y avoir droit ?

J'ai acquiescé.

– Je dois admettre que j'étais plutôt sceptique au début mais les enfants ont tout organisé comme de vrais pros.

– Et toi, Mal ? Tu es prête pour ton grand show ?

Les mots de Lucy m'ont fait frissonner de peur. Je me suis mise à regarder la moquette.

– Je suis aussi prête que possible.

Kristy s'est penchée vers moi en me regardant bizarrement.

– Tu n'as pas l'air très enthousiaste !

Jusque-là, je n'avais pas voulu parler de tous mes problèmes au centre équestre avec mes amies. Je crois que j'avais peur qu'elles me prennent pour une idiote. Mais, là, je n'en pouvais plus. J'ai senti les larmes couler sur mes joues sans que je puisse les retenir.

Jessica a posé sa main sur mon épaule.

– Mal, qu'est-ce que tu as ?

Je n'ai pas pu faire semblant plus longtemps. J'ai tout raconté : à quel point ces leçons comptaient pour moi, à quel point les autres élèves me snobaient, et puis je leur ai parlé de ma chute.

– Maintenant, j'ai peur de monter sur un cheval. N'importe quel cheval, même Pax.

– Ce n'est rien, Mal, m'a rassurée Jessi. Il y a beaucoup de gens qui ont peur des chevaux.

– Mais pas moi !

Je me suis mordu les lèvres pour arrêter de pleurer avant de continuer.

– Je veux dire que ce n'est pas possible, j'adore les chevaux. J'ai toujours rêvé de devenir écrivain et d'avoir un ranch rempli de chevaux.

Kristy est intervenue :

– Tu viens de faire une chute. Il faut du temps pour s'en remettre. Une fois, au base-ball, j'ai reçu une balle en pleine tête alors que j'étais à la batte. Il m'a fallu un an pour ne plus avoir peur.

Je l'ai regardée en essuyant mes larmes.

– Tu crois qu'un jour je n'aurai plus peur ?

– Évidemment, m'a assuré Jessica avec un sourire. Mais pas tout de suite.

J'ai baissé la tête.

– C'est vraiment nul. J'ai demandé à mes parents de m'aider à payer des leçons d'équitation. Ils ont accepté alors que je sais très bien qu'ils n'ont pas vraiment les moyens. Et à cause de cette chute, j'ai passé toutes les leçons pétrifiée sur le cheval à n'attendre qu'une chose, que tout ça se termine. C'est un vrai gâchis. Je n'ai quasiment rien appris.

– Je suis sûre que ce n'est pas vrai, m'a dit Mary Anne. Tu ne t'en rends pas compte, c'est tout.

Claudia a ingurgité la dernière chips d'un grand paquet avant de prendre la parole :

– Franchement, moi, je suis drôlement impressionnée que tu sois capable de monter sur ces immenses canassons ! Je ne sais vraiment pas comment tu fais pour tenir dessus.

– Tu sais, c'est juste une question d'habitude. Il faut suivre le mouvement du cheval avec son bassin.

Lucy m'a donné un coup de coude.

– Tu vois, tu en sais beaucoup plus que tu ne penses.

Il était six heures, la réunion était terminée. Toutes mes amies m'ont encouragée pour le concours en me disant que, de toute façon, elles seraient toutes là pour me soutenir.

Jessica m'a proposé de rentrer ensemble pour bavarder un peu. Rien ne pouvait me faire plus plaisir !

– Mal, je n'avais aucune idée de ce qui t'arrivait !

– J'ai essayé de t'en parler mais, à chaque fois, j'avais l'impression de te déranger.

C'est Jessi qui a baissé la tête cette fois-ci.

– Je suis vraiment désolée. Je crois que j'étais jalouse que tu puisses suivre le stage d'équitation et pas moi. Je ne supportais pas que tu m'appelles pour me raconter ce que tu faisais, surtout la fois où tu m'as dit que tu avais vu le cheval de tes rêves.

– Tu sais, il est vraiment extraordinaire !

– Je te crois, Mal. C'est juste que j'avais l'impression que tu en faisais un peu trop.

– Mais tout ce que je voulais, c'était partager mes découvertes avec toi.

– Tu n'arrêtais pas de me parler de tous tes nouveaux amis riches qui avaient leurs propres chevaux. En plus, tu étais invitée à des soirées qui avaient l'air géniales, avec des piscines et des buffets gigantesques.

– Je suis vraiment nulle !

– J'avais l'impression que tu m'avais complètement oubliée.

Je ne m'étais pas rendu compte de ce que j'avais fait à ma meilleure amie.

– Si tu savais ! En fait, ces super nouveaux amis daignent tout juste me dire bonjour lorsque je les vois. Je ne sais même pas s'ils ont pris la peine de retenir mon nom et ça fait huit semaines qu'on se connaît. Je n'ai pas la bonne tenue, je suis la seule à être tombée de cheval et je suis la plus mauvaise cavalière. La seule chose positive de ces deux mois, c'est Pax.

Jessi a souri.

– Il a vraiment l'air merveilleux.

– Oh, oui ! me suis-je exclamée. J'aimerais tellement te le montrer.

– Tu le pourras dimanche.

– Ah, c'est vrai… J'aimerais bien pouvoir y échapper.

– Tu vas très bien t'en sortir, m'a dit Jessi. Ça ne va durer que quelques minutes et, après, tu n'y penseras plus.

– Ce n'est pas si simple. Après, il y a un autre stage…

Jessi a haussé les épaules.

– Tu n'es pas obligée de t'y inscrire.

– Et comment j'expliquerais ça à mes parents ?

– Dis-leur juste la vérité. Ils comprendront.

– Jessi, c'est impossible ! Mes parents ne voulaient pas que je fasse ce stage. J'ai fait un tel cinéma pour qu'ils acceptent que, si je leur avoue que j'ai détesté, ils ne comprendront pas et penseront que je ne sais pas ce que je veux.

– Humm…, a murmuré Jessi. C'est vrai que ce n'est pas évident. Tu devrais venir à la maison pour qu'on puisse en parler un peu.

– Je ne peux pas. Je dois rentrer pour le dîner.

Jessi m'a alors dit ce que je rêvais d'entendre :

– Tu n'as qu'à venir manger à la maison !

J'ai alors passé une de ces bonnes vieilles soirées comme je les aime. Jessi et moi, on avait huit semaines à rattraper. On n'a pas arrêté de parler pendant tout le repas. On avait tellement de choses à se dire que j'ai fini par dormir chez elle.

On n'a pas réussi à résoudre le problème de mes parents mais je m'en moquais. Jessi était redevenue ma meilleure amie et c'était tout ce qui comptait.

14

Le grand jour était arrivé et j'étais dans tous mes états. Depuis que j'avais posé le pied par terre à mon réveil, tout s'était passé de travers.

J'avais mal dormi, je n'arrivais pas à sortir du lit, je ne trouvais pas deux chaussettes de la même couleur et mes cheveux étaient impossibles à coiffer.

Une seule chose de bien est arrivée ce matin-là : Lauren Kendall est passée à la maison. Elle avait emprunté une tenue d'équitation à un ami et pensait qu'elle pourrait m'aller. La veste et les bottes étaient un peu grandes mais c'était sans importance, j'étais aux anges !

– Il n'est pas question que tu portes un jean pour le concours, m'a dit Lauren en souriant. Avec ça, tu auras l'air d'une véritable cavalière.

« Ouais, jusqu'à ce que je sois sur le cheval », ai-je pensé mais je lui étais vraiment reconnaissante d'avoir eu cette attention. J'étais tellement obnubilée par ma peur des chevaux que je n'avais même pas pensé à ma tenue. Je l'ai remerciée en la raccompagnant à la porte.

– Merci, Lauren. Ça me touche beaucoup.

Elle m'a fait un grand sourire.

– Tu dois avoir confiance en toi, Mallory. Tu as de grandes possibilités.

Ces mots auraient dû m'aider mais j'avais dépassé le point de non-retour. Ma mère a ensuite fait des pieds et des mains pour que je mange quelque chose. La pauvre, si elle avait été à ma place, elle n'aurait pas insisté. J'avais la nausée rien qu'à l'idée de boire un verre d'eau. Tout ce que je voulais, c'était aller à la ferme Kendallwood pour retrouver Pax. Il était le seul à pouvoir me détendre.

Claire et Margot m'ont aidée à m'habiller (si on peut appeler ça aider). Claire a commencé par essayer tout l'équipement. Elle a particulièrement apprécié les bottes qui lui arrivaient à mi-cuisse. Margot paradait dans la chambre avec la bombe sur la tête et donnait des coups de cravache à Claire qui couinait en mesure. J'ai finalement réussi à récupérer toutes mes affaires et à les enfiler. J'ai emprunté la laque à cheveux de ma mère pour faire une dernière tentative mais j'ai laissé tomber l'idée d'être coiffée. Ma chevelure sauvage était déchaînée.

Le téléphone a sonné au moment où j'allais prendre les ciseaux pour tout couper. Adam a hurlé de la cuisine :

– Mal, c'est pour toi !

C'était Jessi.

– Je voulais juste te souhaiter bonne chance. En danse,

avant un ballet, on dit : « Casse-toi une jambe ! » Qu'est-ce qu'on dit en équitation ?

– L'idée de me casser quoi que ce soit me stresse un peu, pour tout t'avouer, lui ai-je répondu. Alors, un simple « bonne chance » sera parfait.

– Tu te sens comment ?

– Comme si je venais de passer au mixeur.

– Je me sens comme ça avant chaque ballet, moi aussi. A ce moment-là, je fais des exercices d'assouplissement et d'échauffement. Tu devrais faire pareil.

– Tu veux dire que je devrais faire des « pliés » ?

– Tout à fait ! m'a répondu Jessi d'une voix autoritaire. Fais quelques étirements de côté. Puis lève tes bras au-dessus de ta tête avant d'aller toucher le sol avec tes mains...

– O.K., je vais essayer, ai-je promis.

– Et surtout, juste avant de monter à cheval, prends une grande inspiration et expire à fond le plus lentement possible.

– C'est drôle que tu me dises ça, notre professeur, Lauren, nous répète tout le temps de penser à respirer.

– Eh bien, elle a raison. Tu ne peux rien faire convenablement si tu retiens ta respiration.

Jessi m'a encore souhaité bonne chance une dizaine de fois, elle m'a ensuite passé Becca, qui voulait faire de même. Avant de raccrocher, Jessi m'a dit :

– Mal, tu es ma meilleure amie et je suis vraiment fière de toi.

J'avais les larmes aux yeux. (J'allais bientôt me mettre à pleurer aussi facilement que Mary Anne.) J'ai marmonné en reniflant :

– Oh, merci, Jessi. Ça me touche beaucoup que tu me dises ça.

Ma mère m'a déposée à la ferme à onze heures avant de rentrer à la maison pour préparer le reste de la famille. Le champ à côté de l'écurie était déjà envahi par les voitures. Ma gorge s'est serrée lorsque j'ai découvert la foule se dirigeant vers les gradins installés spécialement pour l'occasion. Avant de partir, ma mère m'a dit :

– Ton père et moi, nous serons de retour avec tous tes frères et sœurs vers midi et demi.

J'ai hoché la tête. Je ne l'écoutais pas vraiment, j'étais tétanisée devant le nombre incroyable de voitures !

Je me suis dirigée vers les écuries sans faire signe à ma mère.

– Mallory !

J'ai tourné la tête pour voir ce qu'elle me voulait.

– Tu oublies quelque chose !

Ma mère m'a tendu la bombe que Lauren m'avait apportée le matin.

J'ai secoué la tête, désespérée. Si j'étais déjà incapable de me souvenir de quoi que ce soit deux heures avant le concours, qu'est-ce que ça allait être pendant, devant des centaines de personnes ? Une catastrophe, sans aucun doute !

Ma mère a dû sentir que j'étais en train de paniquer car elle m'a dit tout doucement :

– Détends-toi, Mallory. Tu as tout le temps de te préparer. Souviens-toi que nous serons tous là pour te soutenir.

J'ai essayé de faire un sourire convaincant mais je n'ai réussi qu'à esquisser une grimace. Ma mère partie, je me suis rendue le plus vite possible à l'écurie en me frayant un chemin à travers la foule. J'ai poussé un long soupir de soulagement lorsque je suis arrivée devant le box de Pax et que ses naseaux tout frais sont allés se nicher dans mon cou.

– Je suis tellement contente de te voir ! lui ai-je dit en lui grattant la tête entre les oreilles. Maintenant, il faut te faire une beauté.

J'ai essayé de le brosser mais il n'arrêtait pas de bouger. Il piaffait en frottant sa tête contre ma veste. J'ai alors réalisé ce qui n'allait pas. Je ne lui avais pas donné sa carotte !

– O.K., tu as gagné. Aujourd'hui, comme c'est un jour important, tu as droit à un traitement spécial.

J'ai sorti deux carottes et une pomme de mon sac. Il les a reniflées sans oser y toucher.

– Vas-y, Pax. Tu peux les croquer, c'est pour toi.

Il ne s'est pas fait prier et, pendant qu'il mastiquait, j'en ai profité pour coiffer sa crinière. Lauren nous avait montré comment tresser la crinière de nos chevaux avec des rubans. En quelques minutes, une belle natte ornait la robe du plus beau de tous les chevaux. J'ai ensuite brossé sa robe jusqu'à ce qu'elle brille.

La queue de Pax était plus longue à coiffer car on ne devait pas utiliser de peigne ou de brosse mais juste les doigts. Il fallait séparer les crins un par un. Mais le fait de devoir me concentrer sur la préparation de mon cheval m'a permis de penser à autre chose qu'au concours et de me détendre un peu.

Je l'ai ensuite sellé et bridé, puis je me suis reculée pour admirer mon travail. Pax a levé fièrement la tête comme s'il posait pour une photo.

– Tu étais déjà le plus beau cheval de l'écurie, lui ai-je murmuré. Maintenant, tu es le plus beau cheval du monde.

Le vacarme du haut-parleur a rompu le calme de l'écurie. Une voix a annoncé :

– Mesdames et messieurs, bienvenue à la ferme Kendallwood pour un magnifique spectacle d'équitation offert par nos jeunes cavaliers.

J'ai eu l'impression de recevoir un grand seau d'eau froide sur la tête. En sortant du box, j'ai jeté un coup d'œil aux gradins. Ils étaient pleins. J'ai aperçu mes parents au dernier rang avec mes frères et sœurs assis devant eux.

J'ai soudainement eu envie de fuir loin, très loin. Loin des selles, des brides, de tout ce qui avait à voir avec l'équitation.

Le haut-parleur a encore crachouillé avant qu'une voix annonce :

– Classe numéro un, la classe de poney, on vous attend. Amenez vos montures jusqu'au paddock pour les échauffer, s'il vous plaît. Nous appelons maintenant la classe de dressage. Veuillez amener tout de suite vos chevaux pour la présentation.

Le paddock est un enclos où nous devons promener nos chevaux en main juste avant le passage devant le jury. J'ai soudain réalisé que je ne savais pas quand ma classe, celle des débutants, devait passer. Complètement paniquée, j'ai regardé autour de moi en quête d'une personne qui pourrait me renseigner. Derrière moi, Kelsey sortait Brandy de son box.

– Kelsey, je ne sais pas quand on doit passer, ai-je haleté. Qu'est-ce que je dois faire ?

Kelsey a roulé les yeux.

– Tu n'as qu'à lire le programme, tiens. Il est accroché au mur juste derrière toi.

J'ai ri nerveusement.

– Oh, merci.

Je me suis retournée pour lire la liste. Il y avait tellement de classes que j'ai eu du mal à trouver la mienne. Il y avait les classes de saut d'obstacle, tous les différents niveaux de classes d'équitation. J'ai finalement vu la mienne, classe trois, équitation débutants, juste après celle de poney.

J'ai foncé vers le box de Pax pour le sortir et le promener un peu au soleil. L'enclos était plein de chevaux et de cavaliers. Les apprentis dresseurs avaient terminé leur présentation et ramenaient leurs montures vers les écuries.

La classe de poney est alors entrée sur la piste. Les cavaliers, qui n'avaient pas plus de huit ans, portaient exactement le même uniforme que nous, avec des bombes et des vestes minuscules. Ils avaient l'air très sérieux... vraiment trop mignons (exactement comme Shirley Temple dans *Petite Princesse*). Ça m'a fait penser à Jessi et j'ai tourné la tête vers les gradins pour voir où était mon amie. Je l'ai repérée, appuyée sur la rambarde, entourée du Club des Baby-Sitters au complet. En imaginant que mes amies allaient m'observer pendant le concours, j'ai senti une fois de plus mon estomac se retourner.

– Équitation débutants, classe numéro trois, vous êtes appelés au paddock.

Le haut-parleur qui se trouvait au-dessus de moi m'avait fait sursauter.

– C'est nous ! ai-je gémi.

J'ai pris les rênes de Pax pour le mener en direction de l'enclos.

J'ai aperçu Lauren qui était déjà là avec tout le reste de la classe.

– Mallory, tu es là. Bien.

– Je… je m'excuse, ai-je bégayé, mais Lauren m'a coupée :

– Pas de problème, Mallory. Tu es pile à l'heure.

Elle a remis à chacun de nous un carré de tissu avec un numéro dessus et des épingles à nourrice.

– Attachez-les à vos vestes, s'il vous plaît. Grâce à ces numéros, les juges pourront savoir qui est qui.

Ses yeux brillaient d'excitation alors qu'elle poursuivait :

– Maintenant, écoutez-moi bien. Commencez par monter sur vos chevaux et promenez-vous tranquillement dans le paddock. Lorsque le présentateur appellera votre classe, entrez un par un et placez-vous sur la droite. Le juge et son assistant se tiendront au milieu. Une fois que vous serez tous entrés, ils fermeront la barrière et le concours commencera. Faites exactement ce que le juge vous demande et tout ira bien.

Nous devions tous avoir le même air terrorisé car Lauren a éclaté de rire.

– Ne vous inquiétez pas ! Le juge ne vous demandera rien que nous n'ayons fait des centaines de fois en cours. Alors détendez-vous et, surtout, respirez !

Douze cavaliers à bout de nerfs ont pris une grande

inspiration avant d'éclater de rire. J'ai baladé Pax dans le paddock tout en essayant de me rappeler toutes les recommandations de Lauren à propos des différents exercices. Mais, soudain, le haut-parleur a hurlé :

– Nous appelons maintenant la classe numéro trois, équitation débutants, sur la piste. Classe quatre, préparez-vous.

Je suis sortie du paddock avec les autres élèves. En approchant de la barrière, j'ai donné de légers coups de talons à Pax. Il a fait une magnifique entrée et je me suis retrouvée face à une mer de visages.

J'ai entendu les applaudissements vrombir dans mes oreilles. Je voyais les choses défiler comme des photos, toute ma famille au dernier rang qui tapait dans ses mains, le Club des Baby-Sitters qui m'encourageait lorsque je passais devant. Et la juge et son assistant debout au centre de la piste, les bras croisés, le regard sévère.

Une fois la barrière refermée derrière nous, la juge s'est adressée à son assistant qui a fait un signe à l'adresse de la cabine du présentateur.

Le haut-parleur a hurlé :

– Mettez votre cheval au pas, s'il vous plaît.

Ce que nous avons fait immédiatement. Nous avons fait un tour complet et l'assistant a à nouveau fait signe au présentateur.

– Passez votre cheval au trot, s'il vous plaît.

La juge s'est mise à gribouiller quelque chose sur sa feuille pendant que nous nous mettions en position. J'ai fait mon possible pour ne pas avoir l'air aussi gauche que je me sentais en réalité. Je n'arrêtais pas de me répéter : « Talons vers le bas, pointes de pieds vers le haut ! »

Le présentateur nous a ensuite demandé de mettre nos chevaux au pas. Pax est passé au pas sans problème et j'ai poussé un long soupir. Jusque-là tout allait bien.

– Passez vos chevaux au petit galop, s'il vous plaît.

J'ai pressé mes genoux sur les côtés de Pax et il a immédiatement changé d'allure. Le présentateur nous a alors demandé de changer de direction.

Pax a parfaitement obéi à mes ordres. J'ai remarqué que Kelsey avait des problèmes pour diriger Brandy mais je n'ai pas eu le temps de me réjouir car le présentateur nous a tout de suite demandé de redescendre au trot. Nous nous sommes exécutés et le présentateur nous a dit de nous mettre en ligne devant le public.

Je me suis mise en position à côté d'Allison en priant pour que Pax soit aussi immobile que possible. Megan se tenait dans les premiers cavaliers et j'ai noté que la juge avait fait un signe de désapprobation en passant devant elle. Je me suis redressée et j'ai vérifié que Pax faisait bien face à la juge comme Lauren nous l'avait appris.

J'avais l'impression que ça n'allait jamais finir mais la juge a enfin fait un signe à son assistant qui s'est rapidement dirigé vers la ligne de chevaux.

– Vous, vous, vous, vous, vous...

Il avait pointé le doigt vers Allison, David, Amber et deux autres cavaliers. Il s'est ensuite rapproché de moi.

– ... et vous. Faites un tour de piste au pas, s'il vous plaît.

Je ne comprenais pas ce qui se passait. J'ai suivi les autres mais sans réfléchir, je n'étais plus du tout concentrée. La juge nous a demandé de tout refaire.

Nous sommes retournés dans les rangs et nous avons

attendu anxieusement que la juge finisse de prendre ses notes. Elle a ensuite tendu sa feuille à son assistant qui a couru vers la cabine du présentateur.

C'était le moment de l'annonce des gagnants.

– La première place dans la catégorie cavaliers débutants revient à Allison Anders montant Joli Cœur.

L'assistant a épinglé un ruban bleu à la bride du cheval d'Allison pendant que le public applaudissait. Les autres gagnants ont ensuite été annoncés. Amber était deuxième, une fille appelée Sophia était troisième et David a eu le ruban rose pour la quatrième place. Lorsque le présentateur a dit le nom du cavalier à la sixième place, j'ai sursauté. C'était le mien !

La bride de Pax s'est retrouvée ornée d'un ruban blanc et c'était fini. Toutes mes angoisses s'étaient envolées, mon estomac s'est détendu comme par miracle. Pax et moi, nous avons trotté jusqu'à l'écurie comme un vrai couple de champions.

Un peu plus tard, Jessi et mes frères et sœurs sont venus me rejoindre alors que je brossais Pax.

– Sixième sur douze, ce n'est pas si mal.

– Pas si mal ! ai-je répondu à Jessi. Tu veux dire catastrophique !

Vanessa a ajouté :

– On peut dire que la moitié de ta classe est meilleure que toi mais tu es meilleure que l'autre moitié.

J'ai ri.

– C'est vrai que, dit comme ça, c'est pas mal.

J'ai remarqué mes parents qui se dirigeaient vers nous. J'ai murmuré à Jessi :

– Mais c'est une bonne excuse pour ne plus prendre de leçons d'équitation. Maintenant qu'ils ont vu comment je montais, ils ont forcément compris que d'autres cours ne seraient qu'une perte de temps et d'argent.

Eh bien, j'avais tort !

Mon père était tout sourires. Il m'a prise dans ses bras en s'exclamant :

– Mal, tu étais fabuleuse sur ton cheval !

Ma mère m'a embrassée.

– Sixième ! C'est plutôt pas mal pour ton premier concours.

– Premier concours ? ai-je répété.

Mon père a cru bon d'ajouter :

– Il y en aura des tas.

Ma mère m'a posé la main sur l'épaule.

– Ton père et moi, nous en avons parlé et nous sommes d'accord pour couvrir entièrement les frais de ton prochain stage.

– Vous feriez vraiment ça ? leur ai-je demandé.

– Absolument !

Mon père a passé fièrement son bras autour de mes épaules.

– Tu es une véritable cavalière maintenant.

J'ai jeté un regard suppliant à Jessi. Il n'y avait pas moyen d'y échapper. Je devais leur dire toute la vérité. Elle a bien vu que j'avais besoin de rester seule avec mes parents. Elle s'est adressée à mes frères et sœurs :

– Ça vous dirait d'aller voir les autres chevaux ?

Évidemment ils ont tous été d'accord. J'ai fait un geste de remerciement à Jessi avant de me tourner vers mes parents. J'ai inspiré un grand coup et je me suis lancée :

– Maman, papa, j'ai quelque chose à vous dire.

– Quoi donc, ma chérie ?

Ma mère n'avait pas perdu son sourire, ce qui ne me facilitait pas la tâche.

Je devais aller droit au but, sinon je n'allais jamais y arriver.

– Je n'ai pas beaucoup aimé les cours d'équitation, vous savez.

– Ah bon ?

Mon père avait l'air très surpris.

– Après ma chute, j'avais tout le temps peur. J'ai dû me forcer à aller aux cours et je n'y ai pris aucun plaisir.

– Tu sais, Mal, m'a répondu ma mère, je pense que c'est tout à fait normal. Mais tu ne crois pas que, avec quelques leçons, tu réussirais à dépasser ton appréhension ?

– Peut-être, mais plus tard. Je... je ne suis pas encore prête.

Mes parents ont échangé un rapide regard.

Mon père a pris la parole :

– Mallory, ta mère et moi, nous ne voulons pas te forcer à quoi que ce soit. C'était juste que, comme tu nous disais adorer les chevaux, nous avons pensé que...

– Oh, mais je les aime toujours autant. C'est juste que je n'ai plus trop envie de monter.

– Tu en es sûre ? m'a demandé ma mère en me regardant attentivement.

– Définitivement ! Mon estomac se serre rien qu'à l'idée de devoir remonter sur le dos d'un de ces chevaux. Mais peut-être que, dans quelques années, je changerai d'avis.

Ma mère a pris mes mains dans les siennes.

– Je suis sûre que ça n'a pas dû être facile pour toi de nous parler. Nous sommes vraiment fiers de toi.

– C'est vrai, a ajouté mon père. Et Mallory, si jamais tu changes d'avis, notre proposition tiendra toujours. Tu sais, je suis convaincu que tu deviendras une grande cavalière un jour.

Mon père parlait si fort que quelques cavaliers qui étaient autour l'ont entendu et ont tourné la tête vers moi. Je suis devenue toute rouge mais c'était surtout parce que mes parents étaient fiers de moi.

Avant de quitter la ferme, j'ai demandé à Jessi de venir avec moi lorsque je suis allée faire mes adieux à Pax. Il était dans son box, mâchouillant gaiement son avoine. Je me suis glissée à son côté et j'ai pressé ma joue contre son cou. J'ai essayé de lui dire au revoir mais les mots n'arrivaient pas à sortir. Je suis juste restée là, à le caresser un long moment en silence. En levant les yeux, j'ai remarqué que Jessi s'essuyait les yeux.

Elle m'a dit de sa voix douce :

– C'est vraiment le plus beau cheval du monde entier. Tu as vraiment de la chance de l'avoir connu, même si ce n'était que pour quelques semaines.

– Je sais, ai-je répondu. Je sais.

15

– C'est l'heure du spectacle ! a hurlé Nicky. Je n'arrêtais pas de rire. On était samedi matin et le grand spectacle « Les Stars de demain » allait commencer.

Toutes les pièces de la maison étaient remplies d'enfants qui se maquillaient ou enfilaient leur costume.

Les triplés s'étaient proposés pour s'occuper des spectateurs et des billets. Byron passait son temps à courir d'un bout à l'autre de la maison en marmonnant : « On ne sait plus où les mettre ! » ou « Ils vont être obligés de rester debout, il n'y a plus de place ! »

Il avait raison. Tous les voisins étaient là avec leurs enfants et même quelques chiens et chats. Le Club des Baby-Sitters était aussi venu bien sûr. Certaines avaient amené des enfants avec elles. Kristy s'occupait ce jour-là de son demi-frère, Andrew, et sa demi-sœur, Karen, de son frère, David Michael, et de sa petite sœur, Emily Michelle. Ils avaient pris le premier rang en entier.

Jessi et moi, nous étions assises juste derrière eux avec Becca, P'tit Bout et Charlotte Johanssen. Son père m'avait appelée dans la matinée pour me demander de prendre soin de Charlotte pendant le spectacle. Becca et Charlotte étaient les seules à ne pas avoir voulu participer aux *Stars de demain*. Il avait été impossible de les faire changer d'avis. Après leur douloureuse aventure du concours de Mini Miss Stonebrook, elles s'étaient toutes les deux juré de ne plus jamais mettre un pied sur quelque scène que ce soit. Mais en tant que public, elles étaient très enthousiastes.

– On veut voir les stars ! hurlait Becca en tapant des mains.

Les autres enfants se sont joints à elle en applaudissant.

– *Les Stars de demain* ! *Les Stars de demain* !

Complètement paniqué, Nicky s'est précipité derrière le rideau pour parler avec Vanessa. Les rideaux n'étaient toujours que des draps, mais désormais ornés d'étoiles en aluminium.

Les triplés ont décidé de jouer au service d'ordre. Ils sont montés sur la scène pour maîtriser la foule.

– Silence ! Silence ! TAISEZ-VOUS !

J'ai regardé Jessi en rigolant.

– Je savais bien que les triplés allaient servir à quelque chose.

Vanessa est passée devant le rideau et nous l'avons découverte habillée de la veste de smoking de mon père avec des collants blancs et un nœud papillon. Elle a levé un bras en déclarant :

– Bienvenue au tout premier show des *Stars de demain*, organisé pour vous par la seule et unique famille Pike.

Les triplés, qui s'étaient mis aux extrémités du jardin pour surveiller le public et contenir les possibles éléments perturbateurs, ont lancé des cris d'encouragement. Vanessa a alors fait un grand signe vers la droite.

Mais rien ne s'est passé.

Elle a attendu un moment puis a mis ses mains en porte-voix autour de sa bouche.

– Margot, c'est à toi !

On a vu apparaître la tête de Margot d'un côté du rideau.

– Maintenant ?

Vanessa a levé les yeux au ciel en mettant les poings sur ses hanches.

– Oui, maintenant !

Bien sûr, ce petit jeu a provoqué une grande vague de rires dans le public. Le rire étant communicatif, Margot s'est elle aussi mise à rigoler. Il lui était totalement impossible de lire le morceau de papier qu'elle tenait.

Vanessa a traversé la scène, l'air furieux. Elle a arraché le papier des mains de sa sœur

– Donne-moi ça ! Notre premier numéro, Sean Addison et son tuba !

Nicky a passé la tête sous le rideau, désemparé.

– Sean n'arrive pas à trouver son tuba. Il est derrière, en train de pleurer.

Vanessa commençait sérieusement à être énervée par l'incompétence de ses assistants.

– Eh bien, aide-le à chercher. Et dis à Buddy que c'est à lui.

– Je crois que j'ai vu le tuba de Sean dans la cuisine, ai-je murmuré à Jessi. J'y vais.

– O.K. Et moi, je vais réconforter un peu Sean.

Nous avons laissé Becca, P'tit Bout et Charlotte assis dans l'herbe. Ils se sont mis à applaudir comme des fous lorsqu'un chat gris est apparu sur scène poursuivi par Fred, le basset artésien.

Buddy et Liz lui couraient derrière, accrochés à sa laisse, mais ils n'avaient aucune chance de l'arrêter.

Nicky n'était pas du tout content de leur intervention sauvage.

– Hé ! Vous n'êtes pas censés entrer en scène tant qu'on ne vous a pas annoncés !

Buddy a ignoré Nicky, trop concentré sur la laisse de Fred.

– Au pied, Fred ! Je suis sérieux !

Miraculeusement, le chat a disparu par un trou dans le grillage.

Buddy ne semblait pas du tout troublé par ce qui venait de se dérouler. Il s'est tourné vers le public pour déclarer :

– Je suis Buddy Barrett et voici mon chien Fred, le chien le plus rapide de l'Ouest. Et il parle aussi. Vous voulez qu'il vous dise quelque chose ?

Le public a hurlé :

– Oui !

Pendant ce temps-là, j'avais réussi à me glisser parmi les enfants costumés qui étaient agglutinés sous la véranda pour entrer dans la maison. Le tuba de Sean était pile à l'endroit où il l'avait laissé, sur la table de la cuisine. J'ai jeté un coup d'œil pour m'assurer qu'aucun autre instrument ou costume n'avait été oublié dans la précipitation.

Buddy et Fred étaient en train de terminer leur numéro

avec le cerceau. Pour s'assurer que Fred sauterait bien au travers, Buddy avait apporté un gros steak. Je n'étais pas sûre que sa mère était au courant.

Fred a traversé le cerceau sans précipitation et s'est écroulé par terre pour dévorer le steak. Rien ne pouvait plus le faire bouger. Les triplés ont dû venir au secours de Buddy pour tirer le chien fermement accroché à son morceau de viande hors de scène.

Vanessa a attendu la fin des applaudissements pour annoncer le numéro suivant. J'en ai profité pour jeter un coup d'œil dans le public. J'étais impressionnée. Les gens continuaient d'arriver. J'ai aperçu Lucy qui payait son entrée. Elle était avec Eleanor et Nina. Elle m'a fait signe de les rejoindre. Après avoir passé le tuba à Claire qui l'a rapidement emporté en coulisses, je me suis précipitée vers mon amie.

Eleanor m'a tout de suite souri.

– Ma-o-i !

– Comment se passe le spectacle ? m'a demandé Lucy.

– C'est assez mouvementé ! Mais j'ai l'impression que ça plaît au public.

J'ai senti qu'on me donnait des coups sur les fesses et j'ai vu Nina qui voulait me parler.

– Mallory, devine quoi !

Je me suis agenouillée en face d'elle.

– Je donne ma langue au chat.

– Ma doudouce est venue avec moi pour voir le spectacle.

– Ta doudouce ? Mais où elle est ? Je ne la vois pas.

Lucy a souri avant de chuchoter :

– Dans la poche de son pantalon.

Nina montrait fièrement sa poche.

– Mais personne ne le sait, juste toi, Lucy, Eleanor et moi. C'est notre secret !

– Bouche cousue !

La foule a tout à coup poussé un grand « hoooo ! » et je me suis retournée pour voir ce qui se passait sur scène. J'ai sursauté en découvrant la tête de Nicky au-dessus des rideaux de la scène, à trois mètres du sol.

– Je ne savais pas que Nicky savait marcher sur des échasses, m'a dit Lucy.

– Eh bien, moi non plus.

J'étais impressionnée de voir mon frère à l'aise sur ses échasses. Vanessa a annoncé :

– Et maintenant, voici Nicholas Pike le géant.

Nicky est arrivé sur scène sur une musique de clown. Il portait un très long pantalon qui cachait les échasses, il semblait vraiment faire trois mètres de haut.

– Mais ton frère a dû s'entraîner chez vous, ça se remarque. Tu ne l'as pas vu ?

– J'étais tellement absorbée par le stage d'équitation et le concours que je n'ai rien vu.

Avec ce stage, j'avais négligé mes amies du club, en particulier Jessi, et mes frères et sœurs. Mais tout ça était derrière moi et j'étais soulagée. Jessica était redevenue ma meilleure amie et les chevaux n'étaient plus ma préoccupation première. C'était un peu comme pour Nina et sa doudouce. Elle n'avait plus besoin de traîner son énorme couverture partout avec elle. Un petit morceau suffisait. Aimer les chevaux de loin était tout aussi suffisant pour moi.

Finalement, *Stars de demain* a été un grand succès. Lorsque Vanessa, Margot, Nicky et Claire sont venus saluer à la fin du spectacle, ils ont été accueillis par des tonnerres d'applaudissements.

Et c'est sans aucun doute moi qui les ai applaudis le plus fort.

A propos de l'auteur

ANN M. MARTIN

Ann Matthews Martin est née le 12 août 1955. Elle a grandi à Princeton, aux États-Unis, avec ses parents et sa jeune sœur, Jane.

Elle a été enseignante, puis éditrice de livres pour enfants, avant de se consacrer à la littérature. Pour écrire, elle s'inspire d'expériences personnelles, mais aussi de sa connaissance du monde de l'enfance et de l'adolescence.

Tous ses personnages, même les membres du Club des Baby-Sitters, sont des personnages imaginaires (ainsi que la ville de Stonebrook). Mais beaucoup d'entre eux ressemblent à des gens qu'Ann M. Martin connaît.

Ann M. Martin vit actuellement à New York et ses passe-temps favoris sont la lecture et la couture – elle aime particulièrement faire des habits pour les enfants.

Sa série *Le Club des Baby-Sitters*, dont nous avons regroupé ici trois titres, s'est vendue à plusieurs millions d'exemplaires et a été traduite dans plusieurs dizaines de pays.

Retrouvez
LE CLUB DES BABY-SITTERS
dans deux volumes hors série :

Nos plus belles histoires de cœur

Mary Anne et les garçons
En vacances au bord de la mer, Mary Anne rencontre un garçon formidable. Le problème, c'est qu'elle a déjà un petit ami à Stonebrook. Et elle ne sait pas lequel choisir...

Kristy, je t'aime !
Kristy, la présidente du Club des Baby-Sitters, reçoit de mystérieuses lettres anonymes et des déclarations d'amour de plus en plus bizarres. Qui peut bien être son admirateur secret ?

Carla perd la tête
Pour plaire à son petit copain, Carla a décidé de changer... et de devenir une nouvelle Carla. Mais ses copines du club ne sont pas vraiment d'accord !

Nos dossiers TOP-SECRET

Carla est en danger

C'est la panique au club. Les événements bizarres se multiplient : coups de fil et lettres anonymes... Les filles sont très inquiètes. Il faut agir vite et démasquer le coupable !

Lucy détective

Lucy et la petite fille qu'elle garde, Charlotte, sont témoins de phénomènes étranges dans une maison abandonnée. Quel secret abritent ses tourelles biscornues ? Serait-ce une maison hantée ?

Mallory mène l'enquête

Mallory entend un miaulement à vous glacer les sangs... dans une maison où, normalement, il n'y a pas de chat ! Les filles partent à la recherche du chat fantôme...

Maquette : Natacha Kotlarevsky

Loi n° 49-956
du 16 juillet 1949
sur les publications
destinées à la jeunesse

ISBN : 2-07-055245-4
Numéro d'édition : 146303
Numéro d'impression : 80437
Imprimé en France
sur les presses de la Société Nouvelle
Firmin-Didot
Premier dépôt légal : mai 2005
Dépôt légal : juillet 2006